Spiritual Culture
青心文化

不宽恕者迷宫

荷小姐 著

中国青年出版社

第一章

Chapter 1

一

有一种"语义饱和"效应，指的是长时间注视同一个字或重复书写同一个单词会导致主体对这个字或单词产生某种知觉变化，可能会产生语义丧失、字形分解等情况。总之，你会因为和这个字的互动过于亲密而使你们的关系变得陌生，像极了亲密关系中的某种感情悖论。

此时此刻，珊妮对着第1967本书的扉页上自己签到一半的签名，忽然感到困惑，她一瞬间忘记了自己名字的笔画顺序，有些无助地看着面前等待她签名的读者。读者受宠若惊，这是他人生辗转的若干次签售会中，第一次和作家对视如此之久，即使他还没看过珊妮的书，也是几天前才从知乎推送上得知有个叫珊妮的畅销书作家，但他已经构思好了等下朋友圈要发的九宫格的动人文案。他并不觉得这有什么逻辑不能自洽的地方，精神偶像大量泛滥的年代，大多数人都是这样，喜欢某个歌手、演员、作家和设计师的依据，不是他的作品有多么惊艳，而是在他那里自己得到了多少"双向奔赴"的错觉。

"要不，您教教我该怎么写？"对视了近十秒之后，珊妮终于尴尬开口。读者显然没有明白她的意思，以为自己被命运选中拥有了一对一签名的定制服务。"您太客气了珊妮老师，您就写，张鹏飞，祝你和我的主人公一样幸福，谢谢，麻烦您了。"

珊妮皱起眉头，这位张鹏飞先生一定没有看过她的作品，否则他不会不知道，自己书里的主人公最后饥寒交迫晚景凄凉，死后十几天，邻居才在蛇虫鼠蚁的带领下发现她的尸体。珊妮心里的愧疚感荡然无存，几笔写完这句话，甚至没有落款，就礼貌而不失轻蔑地把书交给了张先生，紧接着，张先生迫不及待开始拍照修图。珊妮活动了一下自己的颈椎，换作前几年的她，会觉得这样的读者是对自己极大的不尊重，但如今面前形形色色的人在她眼里，都是毫无差别的百分之十的版税收入。

现在只剩下最后一个百分之十了，他没有排在队伍后面，而是坐在签售的读者区，看到前面排队签名的长龙慢慢瓦解干净，才起身走到珊妮面前，珊妮已经用潦草的字迹签完了一本书，有些心虚地把书合上准备递给他，这样他就只有在离开这里后才能看到珊妮突然退化的硬笔书法。对方打量了一下珊妮，愣了一秒。珊妮也愣住了，在众多的百分之十里，还没有谁像面前这位这么不识抬举。对方接过书，礼貌地点了下头，随后把拿书的手垂在下面，看着珊妮，欲言又止的样子。

珊妮明白了，她经常见到很多有社交障碍的人，他们在沟通时会表现得格外僵硬和紧绷，对他们感觉重要的人更是如此，珊妮被冒犯的情绪逐渐平复，甚至还生出一种得意和窃喜来。"您想对我说什么？"她努力让自己的声音和蔼一些，鼓励对方讲出对自己的欣赏和爱慕。

对方又沉默了几秒，轻轻叹了口气，"珊妮小姐您好，我是河口区刑侦大队的队长李自江，您叫我老李就可以了，有些关于您母亲王淑怡女士的案情信息，希望您能够配合调查，方便的话，去警察局聊聊可以吗？"

二

警察局里，珊妮环视着老李的办公室，露出有些失望的神色，这里没有她想的那么冷峻，反而有些凌乱的生活气息，老李的电热杯还插在墙根的插座上,几件衣服乱七八糟地挂在门口的衣架上,桌上扔着一把剃须刀,珊妮猜他应该是在去自己的签售会之前刚刚刮了胡子。

"您坐,最近事情有点多,忙得焦头烂额。我简单了解下情况就可以,不会占用您太多时间。王淑怡是您的母亲是吗?"老李拿过一个记录案情的板子放在自己的面前,试了三支水笔终于找到了一支墨水没干透的。

"是的。"珊妮看着老李,换了一个坐姿,她不知道这次又是什么戏码,过去的十余年里,她被亲生母亲和母亲的几个姐妹起诉过七八次,大到诽谤罪,小到人身攻击,连多年前朋友圈发的合影都被控告成"侵犯肖像权"。自己也经常为了五百块钱的赔偿金花费几十万用于公关。这次又是什么了不起的罪名直接把警察找来了?珊妮迅速检索自己的种种回忆,推测出这大概率又是母亲的一次虚张声势,声音变得有底气了很多:"没关系,有什么事情您说吧,这种世面我也不是第一次见。"

"王淑怡女士,昨天晚上不幸因为意外去世了。"

珊妮沉默了一会儿,老李低下头翻着珊妮的新书,用余光打量着珊妮。他很少见到这样的人,通常倘若与被害人有不愉快的过往,即使不是犯罪嫌疑人也会本能地陷入紧张情绪,他们要么故作镇定，要么用激烈的惊讶和悲痛掩饰自己真正的情绪。但面前的珊妮却是一副放任自流的姿态。老李看不出珊妮的脸上写着什么，不是因为她面无表情，而恰恰是因为她呈现的东西太多太复杂，仿佛是七色的光勾兑出的纯白，是一种味道盖过另一种味道之后的麻木，老李无从分辨每一种情绪的渊源和来由。在这种情况下，珊妮下一秒开口要说什么，只是取决于她更倾向于分享哪一种感受而已。

"您说的意外去世的意思是，一个按照因果早就应该不得善终的人，意外体面生活了很多年之后，终于去世了，是吗？"珊妮缓缓开口，老李放下自己手里的书，看着珊妮的眼睛，他不再用余光和珊妮交流，而是用一种坦诚直率的目光审视面前的珊妮，珊妮也看着他，以一种一览无余的姿态暴露着自己。

"这件事情和您没关系对吧？"老李露出笑容。

"为什么这么觉得？是因为我毫不掩饰地表达了对她的不满吗？我是个作家，粘性读者五十万，也就是说，国内至少有五十万人知道我和我母亲的关系，算上为了调查案子不得不了解我的李警官您，现在至少应该有五十万零一个人知道，我总不能把他们都灭口了吧？"珊妮说完，自嘲地笑了笑，露出无奈的神色。

在老李二十几年的刑警生涯中，丰富的办案经验让他越来越擅长引导面前的人暴露出真实的一面，他很少在调查案件中感觉到像此刻一般被动，珊妮的厉害之处在于不需要任何引导，她的真诚让任何有"窥探"动机的人自惭形秽。老李坐在珊妮对面，共情了站在诸葛亮空城门前眩晕无措的司马懿。

"也不全是，我查了你案发前后的行程，独处的时间并不多，想要完成作案，有些难度。"老李说完，有些难为情地挠挠头，像是一个私生粉被偶像发现自己跟踪行径之后的样子，既希望对方明白自己的良苦用心，又担心对方感到冒犯。珊妮露出不自然的笑容，老李的职业敏感在短暂出走后又迅速与他的肉体合而为一，他记住了珊妮此刻的表情。"真的是辛苦您了。"珊妮说，听不出是感慨还是讽刺。

"抱歉，珊妮小姐，把您直接带到这里实在有些唐突，您感到不适我非常理解，不过根据案件流程，还是希望您简单写一下昨天晚上十点到十二点前后您在哪里，做了什么。"老李说着递给珊妮一张白纸，珊妮想了想，低下头奋笔疾书起来。

"先喝杯茶吧，"老李说着，转身向办公室外喊，"小徐，倒两杯茶！"

一个二十五岁上下的小年轻很快端着两个搪瓷杯跑进来，他戴着口罩，珊妮看不清他的长相，只能感觉到他把茶杯放在自己面前的时候抬头看了自己一眼，很快又跑出去了，珊妮猜他应该是被分配来实习的警校学生，她读大学的时候第一份实习工作，主要工作内容是给4A广告公司的所有部门打印材料，在打印机旁待了几个月，留下了奇怪的后遗症，听不到喷墨机的声音就难以入睡。珊妮打开搪瓷杯盖，一股热气横冲直撞，绿茶的茶叶粘在杯壁上，珊妮笑了笑，没什么不能理解的，哪个实习生不摸鱼呢。

"珊妮小姐，其实我找您来，主要是觉得您作为王淑怡的直系亲属，应该知道这件事情，我问过死者的邻居和朋友，他们都说您与死者很多年没有来往，他们也没有您的联系方式。"

"我理解，李警官，这种情况任何一个负责任的警察都不会忽略我的存在，我愿意配合调查，如果有什么需要我的地方，您随时可以找我。"

老李点点头，从抽屉里拿出几张照片递给珊妮，"死者是被高层建筑下坠物砸到头部，出血过多身亡的，致死伤初步诊断是被这个东西砸到的，你认识这个吗？"

珊妮接过照片看了一眼，上面是一个碎掉的鱼形骨瓷花盆，花盆上的烤漆已经有些脱落，但却很干净，周围并没有什么泥土。珊妮认识这个花盆，这是很多年前他们一家刚刚搬进这个小区的时候，小区年会赞助商，一个日化用品的品牌送的纪念品，几乎每户出席年会的业主都领到了一个，一起赠送的是当时很流行的一种青草娃娃，把包草种的袋子做成娃娃的样子，只要浇水，娃娃的头上就能长出草来，这个花盆是青草娃娃的容器。青草娃娃寿终正寝后，这个花盆就变成了一个鸡肋的摆设，留在家里这么多年也是因为没人在出门的时候会特意想起扔掉它。

"所以你的意思是，这个花盆几乎每一户人家都会有一个？"老李皱起眉头，在记录板上奋笔疾书。"不一定，这套小区的楼盘总价不高，物业水平一般，之前和我家一起买房的住户大多是把这里当成阶段性过渡住宅，攒了几年钱就会置换一套更好的房子，最早的一批业主很多已经搬走了，一直住在这里的并不多。"珊妮努力回忆着，自己六岁搬进这个小区，没到两年邻居就开始不断换人，楼上楼下的装修整日响个不停，等到她大学寒暑假回家的时候，小区里已经没有几张熟悉的面孔了。"或许您可以采集一下邻居们的指纹，看一下可不可以和上面的指纹做个比对。"珊妮机智地提出建议。老李笑了笑没有说话，化验部门送来的鉴定结果显示，花盆上没有任何人的指纹，但老李并不反感珊妮卖弄自己聪明的样子，珊妮多说一句话，老李就能多了解她一点，这对于办案的警察来说，并不是什么坏事。

"那你知不知道，你母亲为什么不搬走？"老李不是不知道答案，他要确认自己的判断。珊妮的眼睛微微眯起来，尽管嘴角的弧度没有变化，但鱼尾纹还是暴露了她的得意："不想搬，不能搬，不想且不能，还能有什么呢？"珊妮说完放下笔，把写着自己案发时间行动线的白纸推到老李面前。

"谢谢您，珊妮小姐，今天真的是冒昧占用了您的时间，您看一下记录，没有问题的话在上面签个字，我送您出去。"老李说着站起来，把手上的记录递给珊妮。他这句客套非常生硬，甚至带着一点埋怨，原本调查过现场后可以初步判断是意外致死，但王淑怡的一大家子姐妹一口咬定是珊妮蓄谋杀人，托了七八层关系打了几十个电话给市政府，从痛哭卖惨到威胁，连环卫部门都接到了她们的骚扰，公安部门的领导没有办法，只能交代老李，认真调查，一定要给家属和社会一个满意的答复。老李本想发发牢骚，看到珊妮平静的姿态又把话咽了下去，他是执法者，执法者不该比嫌疑人看着还沉不住气。

珊妮拿起笔，看着老李，露出茫然的表情。

"有什么记录错误的地方吗？"老李问道。

"不是，我在想我的名字怎么写。"珊妮露出抱歉的神情。

老李笑了，珊妮一笔一画签好了名字，起身准备离开，又突然坐了下来。

"我想请问，除了我之外，你们还推测到了哪些人的犯罪动机？"

"目前还没有什么其他的线索，你问这个干什么？"老李正要拿起珊妮的笔录存档，听到这个问题不由停下手里的动作。

"所有创作者都难免好奇，对杀人动机的猜测，是人类对同类的恶意的认知范围。"珊妮说完，起身离开。

珊妮走出老李的办公室，小徐正坐在办公室外面走廊的地上，一台笔记本电脑放在蜷缩的膝盖上，他正在聚精会神地打游戏，看到珊妮出来，下意识合上电脑，目送珊妮走出警察局大门。

老李的身影出现在办公室半开的门后，给了小徐一个"进来"的眼色，小徐赶紧一骨碌爬起来，走进办公室，在老李的面前坐下。

"看清楚了吗？"老李问，小徐点了点头，"有什么发现？"老李把珊妮面前的那杯茶拿到面前，看了一眼，有些惋惜，"都没喝，白瞎了。"

"要说发现啊……我上网查了这女的,她照片和本人差别不大,挺难得的,现在的女的,和照片基本上就是俩人,我上次见……"

"谁问你这个了!"老李呵斥小徐,"你跟死者走得最近,见过这姑娘和死者有什么来往没有,尤其案发前后。"

小徐抿起嘴想了想:"本人没见过,要是说监控里,都是背影,看不太清楚,这种打扮的姑娘挺多的,是不是她不敢说死了。"

"挺严谨的啊你。"老李拿起小徐泡的茶喝了一口,翻了个白眼,"泡得真好啊,就该趁热倒了。"

小徐难为情地笑了起来:"叔儿,你也知道,我就一保安,能力一般,水平有限,这些东西玩不转。"

"你是个保安你还挺理直气壮的,你爹妈这么多年培养你,都打水漂了,行了,把那两天的监控拿给我,我再看看。"老李不耐烦地摆了摆手。

"没问题,坚决配合警察工作!"小徐说完,哈着腰赔着笑离开了老李的办公室。

老李看着小徐的背影,无奈地苦笑了一下,讨人喜欢要是算一种本事,小徐这孩子也不算一无是处,但是有些人的讨人喜欢能变成真金白银，甚至连招人讨厌都能折现。相比之下，小徐这种讨人喜欢就有点过于无用，老李想不通小徐为什么会变成今天这样。

老李第一次见到小徐的时候，还是八九年前，小徐的父亲是个卡车司机，高速上疲劳驾驶出了车祸，老李负责这个案子，当时十七岁的小徐一个人拎了一瓶飞天茅台闯进警察局，不等老李说话，自顾自把自己带的两个酒盅从口袋里拿出来在衣服上擦了擦，打开茅台倒了两盅，老李也没吭声，两个人你一盅我一盅地喝完了茅台，小徐才缓缓开口："要不你让我替我爸把这事儿顶了，要不我去举报你受贿。"老李听完，擦了擦嘴，哈哈大笑起来："那你举报我去吧，你不去你是孙子。"

小徐的父亲被判有期徒刑三年，缓刑一年，徐家原本就不富裕，小徐读大学的学费是一大笔开销。老李即将调去市区刑警队，临走前去小徐家探望的时候留下了个信封，说是自己找小徐代购了一瓶飞天茅台，刚发工资来把钱补上，小徐愣了半天，到最后也没好意思说出口，那瓶茅台是他在闲鱼上收了个酒瓶子，自己买了半斤散白灌了进去。

前一天老李调查王淑怡的意外死亡案件时，为了找小区监控去了保卫处，小徐正在里面打游戏，听到老李的声音惊喜地站起来喊了声李叔，老李愣了半天才反应过来，面前这个嬉皮笑脸的保安，和八九年前听见父亲被带走面无表情把头埋进《五年高考三年模拟》的倔强小子，居然是同一个人。

老李想背两句《伤仲永》里的句子，可惜没想起来，于是悻悻地拿过珊妮写的笔录扫了一眼，不禁哑然失笑。

白纸上工整地写着：

案发当晚六点四十分，我乘坐CA9323次航班从上海飞回家乡，于八点四十分抵达，约九点十分走出机场，九点四十分抵达丽思卡尔顿酒店，在酒店一楼大堂与经纪人开了简单的线上新书选题会议，大约十点十分回到1918房间休息。入睡后，我做了一个梦，梦里我只有十岁，和家人一起去西藏旅行，母亲非要去冈仁波齐转山，我满头大汗、四肢乏力，哭闹着走不动，母亲便把我独自丢下离开，其余亲人们也不知所踪，我一个人漫无目的地闲逛，不知不觉走到纳木错旁。天空湛蓝如洗，湖面平滑如镜，蓝天白云像是油画一般投影在湖面上，像素很高，我看到湖面下的鱼群穿梭，仿佛畅游在天际，无拘无束。

有那么一秒，老李把对珊妮的怀疑忘了个干干净净。

三

时间在人心神不宁的时候，会变得格外有弹性，等到珊妮反应过来的时候，最后一抹晚霞已经被夜色紧紧捂住了嘴巴，很快没有了呼吸。珊妮环顾四周，发现自己不知不觉走回了母亲家的小区门口，她抬起头，数着窗户上的格子，寻找王淑怡家的窗口，十八楼右数第二扇窗子，窗口散发出白色节能灯冷漠的光。

大概是自己的某个亲戚在整理遗物吧，珊妮想到游戏里的画面，一个队友阵亡了，同队的同伴第一件事情就是去瓜分补给和武器。她还记得，外公去世的时候，舅舅和姨夫们热火朝天瓜分老人墨镜手表的盛况，像极了商场一楼清仓甩卖的滑车前人头攒动的热闹场面。

手机在牛仔裤口袋里振动起来，珊妮接电话，经纪人陈凯问她有没有看到群里的合同，珊妮仓促应付了几句，陈凯又提醒她不要忘记后天另一个城市的主题论坛，珊妮敷衍着挂断了电话，她不需要准备什么发言稿，她照本宣科的时候反响并不好，大家喜欢看她前言不搭后语的发言，业界的评论家将其美化为"本然"。后来她逐渐摸清了观众的审美喜好，这个世界滴水不漏的完美景致太多了，而大众需要破碎，破碎的地方才有情绪的出口。

珊妮拦了辆出租车准备回酒店收拾行李，过去的十年她在家乡待的时间总计不超过两周，但她并不觉得陌生和疏远，甚至因为过于熟悉而产生某种逆反。家乡是一座翻新很慢的城市，老工业基地转型本身就不是一蹴而就的事情，东北的经济水平较之东南沿海的差距日渐明显。而家乡的人们，因为身处东北地区经济最发达的半岛城市，几十年来听惯了全国各地游客的夸赞和羡慕，举手投足还带着北方明珠东道主的自负。近几十年，长三角、珠三角发展日新月异，这座滨海小城仍然沉醉在得意扬扬里，醒过来的时候已经是一片新的气象了。

此时，珊妮面对着熟悉的家乡街景，像是面对着相约厮守一生的青梅竹马，珊妮已经女大十八变，有了崭新的生活和朋友圈，男生却一动不动等在原地，她一方面为他的坚守恒常而感动，另一方面也知道，这样只靠回忆连结的两者，关系注定只会越来越远。

手机再次振动起来，珊妮看到来电显示，没有备注，是家乡的号码，她想可能是老李又有什么其他问题想要跟自己确认，随手挂断了电话。她讨厌凌驾于隐私权的调查，她担心这种调查会把她生活的每个褶皱扒开，然后用手电筒一一照过，没有人的褶皱里是没有污垢的,任谁都是这样,当露出真面目的时候,都会吓到人。

平静了两秒的手机又振动起来,珊妮无奈叹了口气,接通电话。

"您好,是唐珊妮小姐吗?"电话另一边是个有点纤细的男性声音,和老李的声线相差很远。珊妮皱起眉头,她并不喜欢被称呼全名。珊妮小学的时候有一篇课文叫《唐山大地震》,正是孩子们喜欢把刻薄包装成童真的年纪,以后只要各科老师在课堂上点到唐珊妮的名字,同学们总是在老师刚刚说出前两个字后齐声高喊"大地震",然后笑成一团,珊妮苦恼万分。直到有一堂公开课,校领导坐满了教室后排,年轻的老师捏着粉笔的手微微发抖,她还没有被聘为正式职工,任何一点疏漏都有可能让她重新跌入人才市场成千上万拿着简历等待被拣选的求职者的洪流里,老师目光注视着地板,结结巴巴讲完自己备课的内容,不知不觉才意识到遗漏了大半,抬起头看见校领导交头接耳,心悬得更加厉害:"哪位同学说一下对这个问题的看法?"老师的目光扫过下面的学生们,她记得她课前特地交代过这个问题让大家准备,还抽查过有位学生答得不错,究竟是哪一位?她大脑一片空白,突然看到第三排中间的唐珊妮同学冲她意味深长地眨了下眼睛，她如释重负，脱口而出："大地震，你来回答一下。"

全班哄堂大笑，连校领导都没忍住笑出了声。不再有人关注老师的授课水平，甚至大家都没听清珊妮到底回答了些什么，这节课在欢乐的气氛中结束，短暂的插曲也没再被人提起过。但大家不知道的是，那天珊妮回到家，绝食抗议要求父母给她改名字，母亲绝不同意，唐珊妮这个名字是她花了大价钱找人算出来的，必能让珊妮前程似锦、一马平川。"外号这东西，你叫什么别人都会起的，我大学的时候就叫我们宿舍老三大白蹼（大白鹅），因为他每天走路昂首阔步的，总踢倒我的暖水壶。"珊妮父亲提醒了珊妮，如果无法洗刷自己的昵称，那就给每个人都起个花名，一个月后，珊妮的父亲被请到学校，原因是珊妮带着全班同学叫脱发的校长"光明顶"。

读大学后珊妮就很少介绍自己的姓氏了，身边的人也习惯叫她珊妮，如果不是这个莫名其妙的电话，她已经很久想不起这些狼狈的往事了。

"是我，您哪位？"珊妮有些不爽地问。

"我是王淑怡女士委托的律师，负责她的遗产分配事宜，后天早上八点，请您来华府大厦903会议室，我将公开宣读王淑怡女士的遗嘱。"

第二章

Chapter 2

一

周末,写字楼的正门和几个主要的电梯都关闭了,珊妮找了半天才在紧急通道的楼梯间旁找到一个供外卖员和清洁工使用的电梯。

她也不太明白自己为什么要来,她和母亲上一次见面还是几年前在法庭上,母亲要求珊妮在网络上就对她的辱骂向她公开赔礼道歉。官司结束没多久,珊妮就收到了母亲的断绝关系短信,大意就是母亲和她的兄弟姐妹一致要与珊妮断绝关系,珊妮以后再也不能去看外婆。珊妮从小在外婆家长大,如果说把世界上的东西按照对珊妮的重要性排个序,外婆排在第一,诺贝尔文学奖排在三百名之后。

越是亲近的人,越能精准定位到对方的死穴在哪里。

有人仗着母亲的名号做自己的遮羞布,想看到无罪的珊妮配合跪地求饶,珊妮偏不让他得逞。

母亲原本以为珊妮会因此而服软,没想到珊妮很快公开了那条信息的内容,并且再也没有去看望过外婆,那阵子,几个姨妈旁敲侧击地联系过珊妮,珊妮统统不回复,直到两年后,珊妮一大早接到了二姨的电话,外婆的身体状况不容乐观,希望珊妮能够去看一眼。珊妮只犹豫了两秒就干脆利落地回复,一家人不联系是王淑怡的要求,自己不能坏她的规矩,外婆见不到自己有多难过,自己就有多难过,这些账会统一记在王淑怡的头上,外婆健在的时候,珊妮不想让她看到儿孙手足相残,但外婆百年之后,母亲说过的每一句话,做过的每一件事,她会一笔一笔跟她清账。

这之后她再也没有收到过母亲一家人的讯息,大概她们心知肚明,外婆去世后,她们没有什么能让珊妮回心转意的筹码。此刻,珊妮站在电梯里有些恍惚,母亲是被花盆砸到头意外身亡的,为什么会事先立好遗嘱?即使对遗产有规划和安排,这跟她又有什么关系?但有一件事情珊妮是预料到的,母亲和自己的纠葛绝不会就这样轻易结束,这不是她的作风,如果王淑怡有能力从世上带走一个人殉葬,珊妮估计此时也已经躺在火化炉里了。

电梯门缓缓关上的瞬间,急促的脚步声响起,一个五十几岁的女人急匆匆跑过来,珊妮下意识按下了开门键,电梯门在严丝合缝关上的瞬间又再次打开，对面的女人看到珊妮，惊讶地瞪大了眼睛。四目相对，明显对方更惊慌失措一点。

她是王淑怡最小的妹妹王淑妮，理论上珊妮应该叫她小姨，上次见面还是在法庭上，听见她巧舌如簧给自己姐姐做证，珊妮当场哈哈大笑把法官吵得不断敲桌子。王淑妮把自己的台词背诵完毕，珊妮对着她举起右手的三根手指："你说的是假的，如果我说谎的话，我断子绝孙，不得好死，好了该你了。"

王淑妮愣了一下，彼时的她早已过了生育的最佳年龄，为了要个孩子费尽周折，珊妮那句断子绝孙戳了她的命门："我说的是真的假的不重要，反正不管怎么说你确实对你妈人身攻击了。"王淑妮最擅长的就是胡搅蛮缠，在珊妮的记忆里，母亲一家人都不会认错，公序良俗在她们嘴里可以被随意揉捏。珊妮又哈哈大笑起来，她想起自己六岁那年，外婆过生日，一家亲戚整整齐齐欢聚一堂，买单的时候各自掏出计算器AA，因为小姨虚报了蛋糕的价格拉扯不停的样子，顿时觉得心情大好，珊妮笑得越大声，王淑妮的脸色就越难看。法官不想再看狗血闹剧，摆摆手让证人出去，清官难断家务事，曾经刚考上法律系的他也胸怀大志，想要匡扶正义，没想到到了不惑之年，依然在看重播了几千遍的扯头花。

王淑妮站在电梯口喘着粗气，脸上的口罩鼓起来又瘪下去，像癞蛤蟆睡觉的时候松弛的肚皮。眼球差点就掉出眼眶，直到电梯门关上都没反应过来。珊妮独自坐上电梯，闭上眼睛想象自己是众目睽睽下飞升的嫦娥，电梯门开关的几秒，她已经把王淑妮三百六十度无死角打量了个干净。除了没人能阻挡的衰老痕迹之外，她几乎和这座城市一样毫无进步又不知收敛，居然来这种场合也要精心打扮。珊妮的外婆有五个女儿，由于当年物资匮乏，父母忙于讨生活，小女儿是姐姐们照顾长大的。珊妮记得外婆说过，那个时候生女儿太多不是件光荣的事情，一家人商量了半天，差点把小姨送给别人。后来小姨是姐妹里混得最风生水起的一个，逢人就要展示自己带父母外出旅游的照片和新买的钻戒，以反复证明当年家人留下自己的正确性。

珊妮走进会议室，屋子里几排椅子已经坐了大半，大家都聚集在后排偷偷观察四周，珊妮在第一排中间坐下。转过身放包的时候，看到后边几排的二姨冲自己点了点头，二姨的脸被头巾包住大半，只露出眼睛，珊妮完全是凭借着她人情练达的姿态识别出她的身份，于是也欠了欠身表示问候。珊妮从小在外婆家长大，几个姨妈和舅舅经常回来探望外婆，珊妮自然成了七大姑八大姨的吉祥物，和母亲决裂后，珊妮隐约有些遗憾，这种一刀切的绝交方式总会牺牲掉很多其实并不差的情感，但那时的珊妮，为了心中的正义连外婆都能割舍，更何况这些可有可无的附属品。

"你有什么脸来这？"王淑妮气势汹汹冲进来，指着珊妮的脸破口大骂，看得出在门外已经酝酿好了情绪并准备了简短的腹稿，"我们这一家人就是被你给害惨了的！现在你妈死了你来抢遗产了！说不定就是你把她杀了的！你这个凶手，白眼狼！"

会议室迅速安静下来，珊妮一声不吭地看着自己的小姨，甚至换了个更舒适的坐姿，王淑妮没想到自己会冷场，她印象里的珊妮也是个火药桶，两人一人一句就能吵一整天，如今因为对手的不配合，自己的正面形象看起来岌岌可危。珊妮伸了个懒腰眯起眼睛："小姨，好久不见，你还在吃生男孩的药吗？"

女人多的家里最不缺的就是嚼舌根的长舌妇，珊妮很小的时候就听母亲讲过，小姨是外语学院日语专业的，去日本留学的时候勤工俭学做了翻译，后来嫁给了那时候认识的一个日本什么会社的社长，把外婆气得半死。那时外婆的身子尚且硬朗，关于抗日战争的记忆也没有随着年纪增长而模糊走样，她不理解为什么全中国的适龄男青年都不够自己小女儿挑选，非要一脚踏去异邦。好在日本姨夫对小姨极尽宠溺、百依百顺，外婆也只能安慰自己：小闺女每天花日本人的钱孝敬自己，四舍五入也算一种曲线爱国了。只可惜小姨和姨夫二人婚后多年也没有孩子。珊妮曾经去小姨家玩过，看到小姨和姨夫一直分房睡，珊妮听母亲和二姨打电话的时候分析，这日本人多半有些生理缺陷。珊妮读高中的时候，小姨突然开始积极备孕，那时她已经年近四十，四处搜罗求子秘方但收效甚微。珊妮预感到小姨的求子之路不会有结果。不是因为什么医疗常识，而是一种朴素的因果观念：小姨为了社会地位和财富做出的选择，也必然会有无可商量的代价。

窃窃私语的声音再次响起，王淑妮浑身发抖，珊妮转过头给了二姨一个眼色，二姨这才走上前拉走了王淑妮。二姨是生意场上的老手，不会不懂如何解围，刚才她大概在私下盘算，倘若妹妹真的骂走了外甥女，对在座的各位等着分财产的人来说不是件坏事。即使妹妹发挥失常，自己趁她狼狈的时候再上来和稀泥，对两边都是个人情。

律师走进来，拿出一个文件夹，低头看了眼自己的手表，清了清嗓子："相关人员都到齐了吧，那我现在开始宣读遗嘱了。"律师的话音没落，一个戴着鸭舌帽的青年冲进来，有些抱歉地作了个揖，在门口的凳子上坐下。珊妮看了一眼男青年的侧脸，不符合自己记忆里的任何一个形象，却又觉得似曾相识，大概是因为自己记忆里的人物版本太过古早，而现实中的人每一秒都在走样。

律师开始宣读冗长无聊的条款，珊妮坐在座位上开始看手机，陈凯跟她确认下午的座谈会时间，她应付地敷衍过去，陈凯大概以为自己已经到了另一座城市，最近陈凯因为自己的一个作品版权问题每日忙得焦头烂额，没空留意自己已经改签了机票。

珊妮走神的时间里，小姨已经签字确认过属于自己的一部分财产，珊妮没听清到底是什么，她也不在乎，她只想听一听亲生母亲会把抢占她的那套房子怎么处置，在自己被赶出家门的时候说过，侵占不义之财的人不得好死，如今她来验收自己誓愿的成果。她原本规划得很明白，母亲意外死亡，如果没有遗嘱的话，根据法定继承自己大概率会拿回这套房子，即使无法全部拿回，也可以把其他人的部分折现支付。拿回房子后，她要把它改造成一间私人博物馆，墙面用于参观者自行记录自己对抗原生家庭问题的心得体会。

律师说了两次已经确认过的相关人士可以提前离场，但小姨还是直挺挺地坐在自己身后，珊妮知道她想知道自己会得到什么，伺机引起一波争端。

"下一位，唐珊妮女士。"

听到律师的声音，珊妮站起来，律师从身后拿了一个信封，凭珊妮文字工作者的职业判断，里面至少有十五张对折的稿纸。

"这是您母亲留给您的信,请您签字确认一下。"不用回头珊妮也猜得到身后亲戚们如释重负的表情,她们甚至会在家庭群里奔走相告:珊妮没有分到遗产,警报解除。

珊妮潦草地签了个字,两下撕碎信封,随手扔到一边。

律师有些诧异:"唐女士,您母亲的遗言,您不看吗?"

"她不配。"珊妮说完起身拎起包离开。

珊妮刚刚走出会议室门口,听到身后律师的声音:"徐田宇先生,您拥有万达小区一号楼18层1802室的房产所有权。"珊妮转头看,满屋子的人都没有反应。律师又重复了一遍,坐在门口的男青年才起身点头哈腰向律师道谢,他或许察觉到了来自门口的冷峻目光,回头看了一眼,然后迅速地转过头去。

珊妮想起来了,他是前天警察局里给自己倒茶的小徐。

二

当珊妮闯进论坛的时候,不算为了等她而推迟的时间,论坛也已经开始三十分钟了,珊妮有些抱歉地拿着话筒道歉:"对不起，这两天有一点小状况，迟到了。"

"没出什么要紧事情吧？"主持人虽然对迟到的嘉宾心怀不悦，但还是礼节性地问候了一下。

"没事儿"珊妮笑笑，"我妈死了。"

全场哗然，和珊妮的预期不太一样，她不习惯无人调侃和消费自己的场合，又补了一句："不是我杀的，是被花盆砸死的。"

"珊妮小姐，很抱歉听到这个消息，但我还是想问您，作为原生家庭的受害者，您对自身经历的坦诚剖白，帮助了很多同样受困于家庭的人打破枷锁，如今在您等待道歉的时候，加害方去世了，您会感到痛快，还是有所遗憾呢？"一旁一位研究心理学的男嘉宾迅速组织好了措辞，他私心想问的是另一件事情，从一开始珊妮的知名度和受到的追捧就来自对自己母亲的公开质疑，如今拉锯战的另一方消失了，珊妮收获了潦草敷衍的胜利。但这确实仓促宣告了游戏结束，她接下来要做什么呢？男嘉宾联想到《我不是潘金莲》的结局，有些唏嘘。

"人总是要死的。"珊妮说。

像是应激状态下有点语无伦次的敷衍，却又在冰山一角下藏着另一个世界。

论坛结束后，珊妮小心翼翼给陈凯打了个电话约他一起吃晚饭，陈凯是个负责的经纪人，体现在每一次珊妮公开露面时他一定会盯着直播不放过对任何弹幕的监控分析，珊妮迟到了这么久，假装无事发生是行不通的。陈凯假装若无其事地和珊妮聊起后续活动的安排，珊妮低头搅动着奶茶，鼓起腮向吸管里吹气，杯子底部的气泡此起彼伏。这是珊妮每次犯错之后的惯用伎俩，陈凯六岁的女儿分享给她的，自己的爸爸就吃这一套，珊妮很感激六岁的前辈传授的实用技能。

"我下次改行程之前提前跟你报备。"珊妮吹了半天气泡也没见陈凯笑场，估摸着这次的事情没那么好摆平。陈凯没说话，在自己的平板电脑上做时间表。他这一下午都没闲着，先是几个图书平台致电说珊妮的书被抢购一空，他得协调出版社安排补货的事情。然后几个大型影视公司都对他手上的几个 IP 抛出了橄榄枝，合同像雪花一样砸下来，他得哄着几个法务加班审阅。此外，王淑怡一死，关于珊妮的话题在知乎上热度翻了几十倍，一部分人觉得从活人变成死人并不能改变这个人的所作所为给其他人造成伤害的既定事实；还有一部分人嚷嚷着死者为大，无论这人生前做错了什么，人死如灯灭，一切争端都应该归于安宁，这是对生命的尊重，也是对宇宙的敬畏。陈凯还注意到，有一小部分人在带节奏，说珊妮回到家乡签售的时间和王淑怡遇害的时间吻合，认为这不是巧合，而是一场精心策划的阴谋。陈凯看现在阴谋论的声量还太小，盘算着要不要推波助澜地帮助发酵一下，然后再发律师函起诉诽谤，这样才能反向营销出珊妮即使在母亲死后也受到无端的恶意攻击的受害者人设。陈凯思忖着，任由珊妮在对面展示她的小伎俩。

"我真的以为自己能赶上，这班飞机的晚点率很低，不知道今天怎么就中奖了，不过没有关系，大家都知道我妈死了，肯定可以谅解……"

"珊妮"，陈凯打断她的话，"我真的很失望。"

"我知道。"珊妮无言以对。

"我们已经合作三年了，我以为你早应该知道，你现在不是一个人孤军奋战了。"

"谢谢你。"

二人良久无话，珊妮轻轻擦了下眼角的泪水，她记得自己之前在豆瓣上疯狂输出的时候，很多质疑声说她"戾气太重"，这让珊妮十分困惑，她不想谈论人性如何、社会如何，可是像她这样被亲生母亲编织谎言欺骗玩弄，又被巧取豪夺反复伤害的人，真的太擅长恨了。恨真的有错吗？如果人类没有了负面的情绪，世界会变得好一点吗？珊妮根本不屑知道答案，仇恨是她生命里的一部分，是心脏造血的原材料，经过细胞分裂重组和新循环，生产出很多良性的品质。

那个时候，只有陈凯无条件支持她，让她放肆表达，说想说的话，陈凯像是寓言里年轻的神，她听他的话，就能一路青云直上。

恨的对立面是爱，那些对她有一点点鼓励和包容的人，她也没法不珍惜。

"事情麻烦吗？需要给你点时间处理吗？"陈凯又恢复了在商言商、公事公办的状态。

"没什么要处理的，现在已经结束了。"珊妮迅速摆出干脆利落的姿态，"你刚才说我下周什么安排来着？"

"下周没有安排，你听错了，早点回去休息吧。"

珊妮乖巧地点了点头，急匆匆离开餐厅直奔机场。

飞机落地时已是凌晨，小城的街道十分冷清，珊妮甚至有些担心出租车的发动机声会惊碎城市的心脏。珊妮不太适应这种安静，出版第一本书之前被经纪人要求住在北京，工作责任之一就是每天晚上十一点到凌晨三点在三里屯的playhouse里扩列，珊妮起初不太理解面前形形色色的网红和自己有什么关系，直到自己的第一本书出版之后，一个日常在抖音上表演用各种调料勾兑特色饮品，然后以身犯险的博主在她的直播间卖掉了珊妮的很多书，珊妮大跌眼镜，她说不出是什么心情，大概和此刻被惊醒的街道感觉差不多。

出租车在街道上唯一亮着灯的酒吧招牌前停下，珊妮本能地整理了一下鸭舌帽和口罩，迅速钻进了店里。酒吧像是为珊妮一个人开的深夜限定快闪店，里面一个客人都没有，只有一个歌手在角落里哼唱着民谣。珊妮在吧台旁坐下，歌手一曲结束，起身走到吧台里，开始调酒，把渐变色的鸡尾酒杯放在珊妮面前，然后继续回去唱歌。珊妮一边听着歌，一边用鸡尾酒杯上用牙签做的纸伞戳杯壁上插着的半片柠檬，不时低头啜饮一口。时间不知道过了多久，珊妮的酒杯见了底，起身准备离开。

"走了啊？"歌手终于说话了，"今天不下去吗？"

珊妮转头看了眼角落里，有一个洞中间是一根钢管，滑下去会有另一个空间，珊妮摇了摇头："我妈死了。"

"我妈好几年前就死了，下去玩玩吧。"

"警察问我那段时间在哪里，一周前的今天，晚上十点到十二点。"

"那你怎么说的？"歌手收敛了笑容，吞咽口水的声音被麦克风放大了几倍。

"他没问那么细。"珊妮说完离开，酒吧里伴奏还在继续，歌手突然觉得这调子荒腔走板，一时间忘记了该唱什么歌词。

珊妮闯进老李办公室的时候，老李正在看法医验伤的报告，王淑怡的头骨受到重创，从伤口的深度和花盆的重力加速度来算，专家判断花盆从十六楼以上掉落，符合楼层高度和窗户方向的只有三户人家，王淑怡自己算一户。案发后老李检查过王淑怡的家，王淑怡家的窗子玻璃刚刚更换，玻璃胶彻底凝固之前的几天需要尽量减少开关窗的次数，案发时王淑怡家的窗户紧闭着，那个鱼形花盆也完整地放在阳台上。剩下的两户人家，一户是小区知名的"散伙夫妻"，平均每三天吵一架，每次妻子的口头语就是"咱俩散了吧"；另一户租住着两个女大学生，根据可靠消息，案发时二人都不在家，几扇窗户开着，穿堂风吹掉花盆也不无可能。

老李正盘算着下一步的排查工作，抬起头看到珊妮悄无声息地坐在对面，吓了一跳。"哎哟喂，能给人民警察吓一个激灵，可不是一般的本事啊，"老李下意识把手上的报告翻过来扣在桌子上，"小徐这王八蛋也是的，来个人也不知道吱一声，养条狗都比他强。"

"他被我支出去给您买茶叶了，再说了，人家是小区的保安，又不是您的手下，没必要给您当马前卒。"

珊妮说完，老李就知道来者不善。"你不是去南京了吗？怎么没去啊？"老李给珊妮倒了杯茶，并把话题从小徐拐到了珊妮身上。

"去了，又回来了，李警官，小徐也是案情相关人士吧，在案件侦破之前，任何人都有嫌疑，都不可以轻信，我说得没错吧。"

"没错，我就是没咋听明白。"老李放弃打哈哈，拿出记录本。

"李警官，我母亲是意外丧生的，今年五十五岁，如果不是自己已经患有重大疾病，或是其他特殊情况，应该不会很早立遗嘱。"

"被害人立了遗嘱？"

"是的，我母亲把她居住的一套房产赠予了小徐，我已经很多年没和母亲联络了，小徐和我母亲的渊源我不便揣测，有没有债务往来也不清楚，我只是觉得，凭我对我母亲的了解，她不会做出这种决定。"

"你觉得她会留给你？"老李手上的圆珠笔在太阳穴点了一下。

"那倒不一定，但也绝不会给自己小区的保安。"珊妮斩钉截铁。

"姑娘，我和你母亲年纪差不多，有些上了年纪才能感觉到的东西，你现在还体会不到，我办过不少案子，好多老人临终前，都会把财产留给自己的护工、保姆、司机，甚至邻居。人老了，越来越像个孩子，谁对他好一点他就想留住谁。你年轻漂亮又能干，多少钱对你来说也不算什么，大部分人没有别的本领，就只能劳神费力换点钱财，说得通。"

"您误会了，以我现在的身家，这套房子归谁对我没有什么影响。我好奇的是，您刚才说的那位老人的护工本人是否知道有这样一份遗嘱在？如果护工刚好急着用钱，那是不是更容易把被子蒙在老人脸上？"珊妮说完，看了看老李的脸色，知道老李把她的话听了进去。

"你很在乎谁杀了你母亲？"半晌，老李才开口。

"我不在乎，但我想快点得知真相，我希望真相是——这是个意外。"

"为什么？"

"李警官，你相信因果报应吗？"

老李没说话，他不相信，只要还有一个罪犯逍遥法外，他就无法相信。"你相信吗?"老李反问道。

"我相信,"珊妮露出期待的笑容,"我最后一次见我母亲的时候,诅咒她被雷劈死,你不觉得她现在的死法,浪漫又应景吗?"

"我是个粗人,不懂你说的那些,我只知道意外死亡和蓄意谋杀。"老李摆了摆手。珊妮知趣地起身准备离开,"李警官,打扰了,母亲的案子就拜托您了。"

"我今天已经接了几十个问这个事儿的电话了,要不是他们打鸡血的样子一听就是你的粉丝,我真怀疑是你雇人在这逼我快点结案。"老李不满地嘀咕了一句。

"对不起李警官,他们是我的衣食父母,我没权利要求父母懂事一点。"后半句珊妮一语双关,老李听出来了,珊妮为此得意了两秒。

她准备离开的时候,小徐正拿着茶叶回来,看到她,客套地打了个招呼:"走了啊?"珊妮笑着冲他点了下头,仿佛刚才对着李警官言之凿凿指控小徐的人并不是自己。

小徐目送珊妮离开,看到老李面色铁青地坐在座位上,有些顽劣地伸出五个手指张开在他面前晃晃,"咋啦?又让她给怼了?"

老李拨开小徐的手，叹了口气，"小子，你什么时候也学会吃软饭那一套了？"

"你说房子那个事儿，这女的告诉你的吧？这人看着挺好的，怎么这么嘴碎啊，她自己不搭理她妈，还管她妈房子给谁？不肖子孙！"小徐恼羞成怒骂了两句，看老李面色冷峻的样子，又变成了乖巧的姿态，"李叔儿，这事儿我之前真不知道，要不然我不可能不交代，因为你肯定也会查出来，我现在这样很被动。"

"没说你杀人谋财，你要有这两下子现在也不是这个鸟样。你放着大学不去念，没有文凭找不到体面工作，跑出来当保安，这个小区里好多独居退休老人，你一个月拿着一千二百块钱，天天帮东家倒垃圾帮西家开锁的，有点自己的小九九吧？"老李跷起二郎腿看着小徐。

"我对业主热情也有问题？他们愿意给我什么那是他们的事情，我可一次都没张嘴要。再说了，现在这个年景，学好数理化，不如有个好干妈，你知道，现在流行一句话，叫少年不知软饭香……"

"滚出去！"老李一杯热茶泼在小徐身上，小徐躲闪不及吓了一跳。"行行行，我走，当警察厉害，说急眼就急眼，你要是去当保安啊两天就被投诉了。"小徐一边拍打身上的茶叶末一边离开,"对了叔儿,有什么情况你随时找我哈,别客气。"

"不用,下次找你就是给你抓起来。"老李轻轻啐了一口。

三

十七楼的"散伙夫妇"坐在老李对面,妻子张秋梅紧张地咬着嘴唇上的死皮。

"别紧张,没什么事儿。"老李笑了笑,"我做刑警之前也做过民警,和你们那片儿的片警很熟,听说你们两口子总是吵架扰民,我来了解下案情,顺便劝劝你们两个,多大点事儿啊天天吵来吵去的,让左邻右舍看笑话。"

"警官,我们挺长时间没吵架了,昨天在小区花坛撒泼那个女的不是我。"张秋梅继续咬嘴唇,牙齿上已经沾了血丝。

"那前天呢?我看监控记录了,停车场骂他吃软饭的那个是你吧?"老李刚说完,张秋梅就变了脸色,转头狠狠瞪了丈夫一眼。秋梅丈夫吓得一个激灵,迅速道歉:"是这样的啊警官,前天那事儿是我不对,吵到大家了,我现在就在业主群里道歉。"

秋梅丈夫说着拿出手机一通打字,然后把手机屏幕举到老李面前,老李一看,道歉文案的开头是:"各位业主大家好,我是前天停车场那个吃软饭的……"不禁笑出了声。

"行吧,反正话我是说到了,还有些情况想跟你们了解,你们楼下那户,有两个小女孩那家,你们熟悉吗?"

"不太了解,那家业主儿子出国留学,爹妈都去陪读了,房子交给二房东,房客换了好几拨,这两个小姑娘说是哪个大学的学生,跑出来租房住准备考研,不过这两天好像搬走了,我看楼下单元门上又贴着租房信息了。"

老李点点头,出了命案,租客生怕被卷进去,当然是跑得越快越好。"那保安小徐呢,和你们两口子熟吗?"

"小徐啊,这孩子年前来这儿的,我们两口子之前吵架,他没少来劝……"秋梅露出赞赏的神情。

"这不是居委会的事儿吗?怎么轮到保安来劝了?"老李皱起眉头。

"还不是因为她回回吵架都跟拆家一样,吓得邻居总给保卫科打电话。"秋梅丈夫小声嘀咕了一句,迅速被秋梅狠毒的眼神封了喉。

"哦……那他跟十八楼的王淑怡关系怎么样啊?"老李赶紧

拐到正题，生怕这俩人在自己办公室大动干戈。

"这你算问对人了，"秋梅吞了口吐沫，"大概半年前吧，一大早上，他们都上班去了，没上班的也买菜去了，小区楼下突然来了一帮人，王淑怡一出门就被堵住了。他们就骂她啊，不要脸，骗子，什么难听说什么。后来小徐来了，你别看他年轻，凶起来可凶了，人都被他吓走了。王淑怡也是啊，人家骂她的时候她不敢吭声，等人家都走了，她一屁股坐大门口开始哭，最后小徐给她送回家的。后来有一天，我看见他俩在保卫科门口拉扯，听说王淑怡要把房子给小徐，自己退休去住养老院，都去公证处咨询了，小徐死活不要，两个人拉扯了好久王淑怡才回家。"

"这两件事之间相隔多久？"老李一边问一边低头记录。

"三个来月吧，具体我记不清了。"

"你们知道王淑怡为什么被骂吗？"老李记录完，抬起头看了秋梅一眼。

"嗐，那谁还能一点儿不知道，缺德事儿干多了呗。"秋梅不屑地翻了个白眼，"好事不出门，坏事儿传千里，我们两口吵架这点屁事儿都能传到你这，更别说她家那事儿了，我听说，她当年赶出家门那闺女，现在出息着呢……"秋梅压低声音，她每次传八卦讲到关键的地方都会压低嗓音，使听众不得不聚精会神，生怕错过知识点。

"好的,谢谢二位的配合。"老李在秋梅话匣子打开前按下了切歌键,"我要整理一下信息,就不送二位了,有什么问题我再联系二位。"

秋梅和丈夫起身离开办公室,刚走到门口,老李又喊住他们,"对了,还有个情况,根据我目前的调查,死者大概率是意外身亡,这种高楼意外坠物的情况并不少见,通常这种情况,如果家属起诉的话,是需要高层楼的业主分摊赔偿金额的,您二位觉得可以接受吗?"

"可以可以,当然可以,我们坚决配合警察。"秋梅连忙答应,秋梅丈夫狠狠扯了一下秋梅的衣角,秋梅愣了两秒才反应过来,自己这种热切希望事情翻篇儿的姿态,在影视作品中通常出现在凶手身上,"我们不是这个意思,我们就是……"

"我理解,"老李打断秋梅,"这种事情拖得久了,谁心里都犯硌硬,感谢二位对警方工作的支持。"

秋梅和丈夫推推搡搡走出办公室,两秒后,老李听到二人的争吵声,由近及远,调门儿却不断升高。

王淑怡原本就有把房子给小徐的念头,小徐拒绝过,如果小徐想要这套房产,根本不需要杀人。这是老李今天收获的唯一有用的信息。一丝内疚的情绪在房间里弥漫开，老李决定在这种情绪浓度变高之前离开警察局。

小徐正在保卫科里嗦螺蛳粉，听见有人敲窗户，把窗打开一个缝儿，一只手伸了进来，手上拎着一只烧鸡。

"谢谢人民警察。"小徐接过烧鸡，跟那只手握了一下。

"不请叔儿进去坐坐呀？"那只手说话了。

"门在这边，您进来呗。"小徐挪了挪凳子。

保卫科房间很小，地上堆满了快递盒和包装袋，老李一进门就被呛了出去，只好靠在门口，"咋不回你房子吃呢，你不刚得了套房子吗？"

"案子还没破呢，给你保护被害人家，说不定是凶案第二现场呢。"小徐嘴里嗦着螺蛳粉，说话含混不清。

"这房子你早点收下就没这么多事儿了吧，人家不是老早就要给你了，干吗不要？"老李说这话的时候故意转过身去，假装漫不经心。

"你当我傻啊，她那闺女凶着呢，笔杆子一歪不一定招来多少人，我收下了，再被她闺女写死，不值当，不值当。"

"那你现在就不怕被写死了？"

"我不是说了吗，我不知道她写遗嘱了！我上次都跟她说清楚了我不要不要,谁知道死都死了还给我惹这么大乱子!"小徐突然烦躁起来,把手上的筷子一扔站起来,"我看出来了,你就是来审讯我的,我有权保持沉默,我走了。"小徐用身体撞开老李走出门,"我那屋你翻完记得关灯把门带上。"

老李看着小徐走远,走进保卫科的房间,自顾自整理起来,现在的孩子脾气越来越大了,还好自己没有家室,不然肯定得被孩子气死,唯女子与小人难养,他一样都没有,挺好的。

小徐骂骂咧咧走出小区,路边一辆停着的陆地巡洋舰突然鸣笛,给他吓了一跳。开豪车就这么了不起吗?小徐正要骂娘,猛然想起这不是小区住户的车,小区里就那么几十辆车,他门儿清,外来车辆来来回回他也总有印象。他刚想查这辆车有没有登记,突然注意到这不是本地的车牌,再往上看,珊妮坐在驾驶位,跟他比了个"上车"的手势。

第三章

3
Chapter

一

服务生端上最后一道菜的时候,珊妮和小徐还在面对面端正地坐着,大概这桌的规则是谁先动谁买单吧,服务员撇撇嘴,从口袋里掏出圆珠笔在水单上画了一道。

"我妈是你杀的吧?"珊妮拿起刀叉,一刀扎进羊排里。

"我还以为是你杀的。"小徐挽起袖子,徒手把螃蟹一掰两半。

"能进到她家里的人只有你,她死了你是最大利益获得者,不是你是谁?"珊妮手法娴熟地把羊排骨肉分离。

"你俩的深仇大恨全世界都知道。她要不是死在你手上,你粉丝都不买账。"小徐拿起半只螃蟹连壳放进嘴里,咔吧咔吧嚼出声,再把壳吐掉。

来硬的没戏,珊妮放下刀,叉了一块羊排放进小徐的盘子里。"没关系的,你也知道我跟她关系一直不好,实话实说,我之前很多次都动过这种念头，又觉得自己的生命宝贵，和她鱼死网破太亏了，如果真的是你，那我得谢谢你，我主要怕你年轻没经验，别留下什么破绽。"

"你别谢我，我怕折寿，你当我不知道你要干啥，就有那么一些子女，爹妈活着的时候不知道孝敬，人才刚死，就惦记起遗产来了。"小徐边说边把珊妮面前的一大盆猪骨端到自己面前，把吸管插进骨头里，故意大声吸起骨髓，颇有讽刺意味地说："你不就是想让我承认我杀了你妈，然后我被抓走，遗产最后就到你手里了，啧啧啧，我跟你说，你们这些人，心都脏。"

珊妮没说话，慢悠悠地拿起盘子一侧一朵萝卜雕花在手里转动着，"你会这么想很正常，她在我这是个禽兽，对你也确实算得上是恩人。不过啊，我妈是个聪明人，她只有我这一个女儿，兄弟姐妹也都面和心不和，如今孤家寡人，总得为自己做打算。哪怕她先假惺惺地立个遗嘱，骗你为她养老送终，到时候再偷偷改了，也就是个手续费的事情，不过好在你命硬，她这计划刚实行了一半就出了意外。"珊妮说完，看见小徐直愣愣地看着自己，露出胸有成竹的表情，"怎么，不信啊？我小时候住在我外公家，那时候我舅舅刚留学回国，身上一分钱都没有，外公让我妈在她单位给舅舅找个差事，我妈不答应，外公气得要跟我妈断绝关系。那时候正赶上外公生日，我妈赶紧买了个金元宝摆件送给外公，之前的不愉快才告一段落。过了几年，外公去世，当天我妈就去外公家里把那个金元宝拿了回来，去金店给自己砸了个镯子戴。"珊妮眯起眼睛沉浸在回忆里，表情逐渐变得伤感起来，"现在她到了那边要是见到外公，也不知道外公能不能认出来她戴的那个镯子是给自己的礼物。"

"我吃饱了，晚上还得值班呢。"小徐有些烦躁，"你快去买个单，我要回去。"

"我没说我买单啊！"珊妮故意惊讶地睁大双眼。

"你……"小徐气急败坏地站起来，"我路上走得好好的你非开车带我来，不是你买单谁买？"

"菜都是你点的呀，我都没怎么动，你看看你吃了多少。"珊妮露出委屈的神情。

"黑吃黑我见多了，我不管，我走了。"小徐起身要走，走了几步看到珊妮在座位上一动不动，有些心虚地补了一句，"你爱在这坐着就坐着吧，跟我又没关系。"

"没事儿你走吧，我开个直播，我妈刚死，我最近手机都被打爆了，刚好回应一下，说我妈把之前霸占我的东西给了个叫小徐的保安，他跟我吃完饭自己跑了留我买单。"珊妮说着把手机靠着玻璃杯放在自己面前,从口袋里掏出口红开始给自己补妆。

小徐恨恨地回到座位上,从桌上拿起水单看了一眼,牙咬得咯吱响,面红耳赤地压低声音:"这单我买,你先帮我垫上,我发工资就还给你。"

"不然这样吧,这单我买,你答应我一件事儿。"珊妮又拿起萝卜花把玩着。

"我没杀你妈,我去自首也没用!你当人家警察是二百五吗?"小徐已经快急哭了。

"谁让你自首了,我妈不是给你留了套房子吗?你卖给我,你放心,我绝不让你吃亏,你呢,先去中介那挂三个月,找个出价最高的买家,我在他的基础上,加三十万给你,你觉得怎么样?"

"不卖。"小徐斩钉截铁。

珊妮没有说话也没有走,只是自顾自地用餐巾擦手,她在等待小徐自发的英雄主义情怀散去,小徐没有说话也没走,他并不激动也没有犹豫,甚至有些怜悯珊妮,怜悯她如此庸俗和自大。

"你知道你妈为什么把房子留给我吗?"小徐问。

"我怎么会知道?我三天前还不知道有你这么号人。"珊妮翻了个白眼。

"你妈之前跟我说过,她死了之后,你肯定会把她挫骨扬灰,让我把她的骨灰放在这间房子里,每天守着,等过个几年,你有了自己的家,不再把她放在心上了,我也结婚生子了,我就带着老婆孩子来城里住,把老家的房子改成希望小学宿舍,给那些家住得偏远、上学困难的孩子住。"小徐说完,流露出骄傲的神色,仿佛看到世界杯期间,自己下注的球队以帽子戏法大获全胜。

王淑怡还是棋高一着,无论珊妮有多大的煽动力,在王淑怡身后的几十年里,世界上始终有人惦记她,感激她,只要这些人还存在,她就不算一败涂地。

餐厅里的客人陆续离开,没有客人的区域灯也已经暗了,角落里的服务员疲惫地聊着天,暗暗骂最后一桌的客人到底什么时候才能走。珊妮从沉思中醒过来的时候,不记得时间过了多久,茫然地看着小徐。

"你真不买单啊。"小徐说。

"你说,如果一个人,他抢劫了一户大户人家,把那家人满门十几口人杀尽,抢来的金银财宝,他挥霍了一大半,剩下一小点,救济了几千个灾民,在这个世界上,几千人叫她活菩萨,只有那家人的遗孤一个人咒骂他下地狱,他到底是个好人,还是个坏人呢?"珊妮看着窗外的夜色,露出脆弱无助的神色。

"这人是啥人我不知道,但是被他杀了的那家的一家之主,肯定不是什么好人。"

"为什么,为什么不能是一户安富乐道的良善人家,只是倒霉摊上了这场无妄之灾呢?"

"坏有很多种,倒霉算其中一样,你看你倒霉了,连累了周围一群人,你要真是作恶了,我们可以骂你,可以惩罚你,但你偏偏还不是,你只是倒霉,跟着你一起倒霉的人还得安慰你,鼓励你,割肉卖血地照顾你,这说成坏或许太昧良心了,但我不能说这是什么好人。"

"你当保安可惜了。"珊妮把杯里冷掉的茶一饮而尽。

"狗眼看人低。"小徐又拿起桌上的骨头啃了一口,菜已经冷掉了,一层油脂凝在盘子边缘。

"也不能这么说,你才来工作了不到一年就饶了套三居室,算下来年薪也不比华为的天才少年低多少呢。"珊妮起身离开。

"你真不买单啊!"小徐吼了一嗓子。

"坏有很多种,倒霉算其中一样。"珊妮冲小徐调皮地挥了挥手,在小徐反应过来之前,珊妮已经飞快开车离开。

小徐骂骂咧咧,看了眼水单,拿起手机给老李打了个电话:"叔儿,借我八百块钱呗,我让一女的杀猪盘了。"

老李孔武有力的声音透过话筒传来:"你傻啊,这个时候千万不能给钱,你固定好证据明天给我!"

小徐挂断电话,无奈地起身,从口袋里掏出身份证走到店员面前,"不好意思啊,我出门忘带钱了,手机也坏了扫不了码,我身份证押给你,明天一早就来还钱,你看行吗?"

"你不是跟珊妮小姐一起来的吗?"店员皱起眉头。

"对对对,你们认识她啊,那正好,你们找她要也行。"

"珊妮小姐在我们这里是挂账的,她经纪公司会统一结掉。"两个店员看到小徐呆立着,交换了个眼神,捂着嘴巴轻轻笑了一下,"我们老板是她粉丝,就算不买单也没关系的。"

"我呸!"小徐破口大骂,一脚踹开玻璃门,走出了餐厅。

夜色像是给江洋大盗打掩护的同伙儿,珊妮开着车行驶在滨海公路上,油门狠踩到底。她希望这个案子快点结案,最后查出来什么结局都行,意外也好,被杀的也好,自导自演也好,她不在乎。她迫不及待要去给王淑怡烧纸,珊妮得告诉她,她的死后洗白计划不会得逞的,珊妮会摆平小徐,让他忘记曾经接受的嘱托,和珊妮一起把王淑怡钉在耻辱柱上。

珊妮会让全世界知道,她只是倒霉,倒霉的人没有罪。

二

　　杜丽丽和严文玥各自抱着一沓考研练习册,有些拘谨地坐在老李对面,老李在整理材料,不时抬头看二人一眼,两个姑娘低头玩手机,老李不用猜就知道俩人此刻一定在微信交流,交流的内容大致是谈论自己。

　　"不好意思啊,让你俩跑一趟,快考试了是吧?"老李露出和蔼的表情,他上学的时候成绩一直不好,这就导致他对成绩好的孩子本能有一层怜爱滤镜,这么多年了这层滤镜也没掉。

　　"还行,不远。"对面短发的女生露出爽朗的笑容,长发的姑娘一直低着头,有些腼腆。

　　"那我先认一认啊,你们俩谁是杜丽丽啊?"老李眯起眼睛看着两个姑娘。

　　"是我,警官。她叫严文玥,英语专业的,我是杜丽丽,对外经贸的。"说话的依旧是短发的女生,女孩笑起来有一颗虎牙,看起来比实际年龄小一些。

　　"也没什么特殊的事儿,就是你们之前租房子那栋楼,上周有个住户不幸去世了,我来找你们俩了解一下情况,你们在那栋楼里住了多久啦?"老李尽量用温柔一点的词汇交代案情,他不确定对面的两个女孩有没有接近过死亡,如果没有的话,他希望她们与死神遥相对视的时刻来得越晚越好。

"我俩是上学期期末出来租房的,因为寒假学校宿舍不开门,我们准备复习考研,都不打算回家,就一起在这里合租,大概有半年吧,但是不一定每天都在这,学校有早课的时候,前一天就回宿舍住。"杜丽丽转头看了一眼严文玥,"她在宿舍的时候多,英语专业查早自习查得严,我们专业宽松一点。"

虽说这话并不能降低多少身边女孩的嫌疑,但杜丽丽的体贴还是让老李刮目相看。"小严,你这同学不错啊,以后你要是出息了,可以雇她当你发言人。"

听到老李这话,严文玥终于抬起头,红着脸笑了一下。

年轻真好啊,连笨拙和生涩都显得那么可爱,老李下意识抬手摸了一下自己的胡茬。

"有个东西,你们看看有没有在哪见过。"老李把被电脑修复的鱼形花盆的照片推到二人面前,严文玥凑过来看了一眼,迅速摇了摇头。杜丽丽倒是拿起了一张,皱起眉头仔细辨认。

"居委会里好像有一个。"杜丽丽沉默了半天说了一句。

"嗯,是有一个,前几天我也发现了。"老李赞赏地点点头,"你这过目不忘的记性,难怪成绩好。"

"不是，这个小区可麻烦了，租户隔三差五就要去居委会签字，没有传染病要签字，不养宠物要签字。我们前前后后跑了几十趟了，居委会李婶儿脸上多少条褶子都数明白了。"杜丽丽说完，和老李一起笑了起来。

"那这个邻居，你们有见过吗？"老李从电脑相册里找出王淑怡的照片，把屏幕转到二人面前。

严文玥抬起头，用手撩了一下刘海儿，对着屏幕上王淑怡满是噪点的照片，流露出复杂的表情。"我见过几次，她对我们挺好的。"严文玥说话声音很小，加上有些鼻音，老李需要格外专注才能听清她的话。

"是哪种好？客气的还是热情的？"老李在判断严文玥和死者的熟悉程度，这些天他大致了解了王淑怡的生活习惯和性格，严文玥的描述如果和其他人出入太大，要么是她们之间过于陌生，要么是她们过于熟悉，让她洞悉了别人看不见的一面。

"我说不好。"严文玥露出抱歉的表情，这不是敷衍，老李从她努力试图表达的微表情里判断出来。严文玥思索得很艰难，王淑怡的那些特征就飘浮在她的脑海里，她在自己的词典中抓不到妥帖的词汇让飘浮在半空中的形象精准落地。如果她的语言系统再发达一点，她会说，这是一种惊弓之鸟的热情和善意。一个人的恶劣行径曝光后,本能地感受到来自四面八方的窥视,她要强作出一种淡定和温柔,这种淡定是坚强的衍生物,而温柔也带着浓重的表演性。甚至不止于此,王淑怡身上是带着一种"审判的期限"的,她的眉眼间仿佛始终在跳动着一个别人看不见的倒计时,她不知道下一次末日什么时候到来,于是对见到的每一个人都在筛选和期待,她期待他们在自己被审判的时候依然愿意支持自己,这样想着时,对待每个人的神态又多了些抱歉和感恩。严文玥感受得到王淑怡的姿态里夹带的生硬颗粒感,但这种感觉卡在她喉咙里,她不知道怎样说出来。

"没关系,你们已经提供给我很多帮助了,不耽误你俩时间了,快回去上课吧,这是我的电话号码,想到什么可以随时联系我,我姓李,叫我老李就行。"老李不忍心看严文玥那副解题失败的表情,结束了聊天。

杜丽丽和严文玥站起来,一前一后走出门。像是交完考卷走出考场的学生,生怕一个瓜田李下的动作,沾染上了作弊的嫌疑。

一种朦胧的直觉在老李心头蔓延开,老李轻轻起身,放低声音跟着二人走出了警察局。两个女孩的身影距离他五十米远,他看到严文玥的肩膀微微颤抖,像是在抽泣,杜丽丽把练习册全部挪到左手，右胳膊搭在严文玥的肩上。老李继续跟着二人穿过马路，不远不近地保持着距离。

"李警官！"一声清脆的声音响起，前面的杜丽丽和严文玥迅速回头看着身后的老李。老李自己也吓了一跳，有些尴尬地站在原地，冲两个女孩生硬地笑了笑，转头寻找这不识相的声音的来源。不远处，珊妮挥动着胳膊，笑盈盈地跑向老李。

一句国骂被老李生生咽了下去。

"我那个……我正好去前面商场买点东西，跟你们顺路。"一个人的长处有多长，短板就有多短，老李识破谎言的能力有多强，就有多不会说谎。

珊妮刚好走过来，"李叔儿，干吗呢，这俩哪个是你闺女？"

"哪个都不是！"老李没好气地凶了珊妮一句，好在珊妮的到来让两个女孩暂时忘记了老李拙劣的谎话。

"这两个姑娘之前住在万达小区，我找她俩了解点情况。"老李敷衍地跟珊妮介绍二人，"然后，这个，这个是……是个作家。"老李又更加敷衍地跟杜丽丽和严文玥介绍珊妮。

"我想起来了！我见过你！我之前参加分型橘子的读者见面会！你是他的特邀嘉宾对不对！"杜丽丽突然大呼一声冲向珊妮，一把抱住珊妮的胳膊。

"是我，我们关系不错。"珊妮给了老李一个得意的眼神儿，老李报以嗤之以鼻的哼声。

"真的？我特别喜欢他！他每一本书我都看！"杜丽丽整个人像个无脊椎动物一样贴在珊妮身上。

"是吗？那我们找个地方坐坐，我让你跟他视频电话怎么样？"

"那个……她俩下午还得上课呢，快回去上课！"老李在杜丽丽欢呼之前打断了她。"你不是都找学校给我们请假了吗？请一堂也是请，四堂也是请，对吧？"杜丽丽一边冲老李喊，一边撒娇地摇晃着珊妮的手，珊妮留意到一旁默不作声的严文玥，转过头给了她一个只有她的角度可见的俏皮眨眼，"你说呢？"

严文玥没看过什么畅销书籍，也不太关注知乎上的大V博主，她的阅读高频作家还停留在川端康成和伊坂幸太郎，她喜欢被翻译过的文字，不同于中文母语的有些生疏和间离感的表达，让她感受到一种有距离感的优雅和安全感。当世界上煽动情绪的人过多，克制就显得难得。严文玥读这些书时时常被这些作家和翻译家的平静和游刃有余所感动，她知道他们完全可以把情绪推向极端，这样似乎更容易被记住，可他们放弃了这种表达，选择了一种温柔的方式，严文玥在这种文字里，读出了作家的悲悯。

严文玥不认识珊妮，也不知道珊妮就是她最想远离的那种声嘶力竭抛头颅洒热血的作者，可是珊妮的眨眼打动了她，她相信珊妮是一个温柔的人。

"你是个什么样的作家？"严文玥歪着头问珊妮。

"我是个三流的作家，但隐约知道世界上有一流的存在，所以比大部分人幸运一点。"珊妮笑着拉起严文玥的手。

老李眼睁睁地看着珊妮一左一右带着两个孩子走远，职业病引发的担忧扑面而来，但他又不得不承认，眼前这幅图景静谧祥和，美不胜收。

"你们是怎么认识李警官的呀？"珊妮牵着两个女孩的手，微微转头看到老李的身影已经很远了，才开口问道。

"上礼拜我们之前租的那个楼死了个女的，警察找我们两个了解情况，这事儿跟我俩没什么关系，就是走个形式，估计他们警察也有KPI。"杜丽丽喋喋不休的样子像是被家长带去游乐场的小朋友，"不过还好他找我们来，不然我真不知道去哪偶遇你，你怎么在这边啊？"

"我啊，我也刚好要去万达小区找个朋友，早知道会遇到你们我就开车了，小区里那个保安小徐太凶了，外地牌照的车开进去很麻烦，我才走路来的。"珊妮为自己提到小徐的姿态十分轻松自然而感到得意。

"你说那个保安小徐哥？二十多岁那个？他很凶吗？不会吧，他就是个烂好人。"杜丽丽满脸惊讶。

"是吗？他怎么个烂好人法？"

"他能来当保安就因为他烂好人啊，他本来是海事大学的学生，交了个女朋友，女朋友被前一任搞大了肚子，他拿自己学费给人家做手术。后来那个前任来找他女朋友麻烦，他上去跟人家打，被学校开除了，没有大学文凭，那女孩的家里也不同意他们交往了，后来女的出国交流了，两个人就这么不了了之了。"

"这样啊。"珊妮抬起头，太阳正从眼前的地平线降落，她不由得停下了脚步，她之前几年生活的都市，四周都是高耸的摩天大楼，午后不多时阳光就被高大的建筑蚕食殆尽，从来看不见太阳和地平线接触。

"我听居委会李大妈说的，好像她也是听别的大妈说的，大妈这个物种，你懂的。"杜丽丽开心地分享着信息，没发现珊妮已经融化在了夕阳里。

三

弄乱一个整洁的房间需要两分钟,整理好却需要一个小时。珊妮把小徐最后一件扔在地上的外套叠好放在折叠床上的时候,轻轻感慨了一句,她想不出来归置一间面积这么小的保安室难度居然这么大,过期的驾照,剃须刀的赠品刀片,已经包浆的脏袜子,让珊妮不禁感觉自己在沉浸式地通关一个叫"找你妹"的游戏。

她没找到任何和王淑怡有关的东西,确切地说,小徐脏乱差的房间里没有任何指向他软肋和弱点的证据,一个大大的Lost跳出来,充满了三维空间,在珊妮面前原地转体一百八十度。没找到是最差的结局,要是她发现了小徐对王淑怡暗藏祸心的蛛丝马迹,可以直接把他扭送公安局,哪怕是查到些拿停车费回扣这种鸡毛蒜皮的小事,至少也可以阴阳怪气地对小徐指桑骂槐一通。

倒也不是一无所获,至少看到了上次小徐和自己吃饭的水单,证明上一次的人格打击还算是有效,珊妮暂时搁置自己心中的感慨,准备趁小徐回来前事了拂衣去,一开门,抱着泡面桶的小徐刚好走到门口。

"私闯民宅被我抓了个现行,公了还是私了给个答复吧?"

小徐身体一侧挡住珊妮的去路,"公了容易,李叔现在还没下班,咱正好找他评评理。私了的话,上次那顿饭钱你给我付了,以后别来烦我,你挑一个吧。"

"什么时候保安室也变成民宅了,我来反映问题,你们小区有个洒水车挡了我的车,看你不在,随手帮你整理了一下,不识好人心。算了,我先走了,东西我都给你放在桌子上了,你看看别少什么。"珊妮有些心虚地转身离开。

小徐迅速扫描了一下房间里的陈设,凌乱的生活带给他的不只是时刻洋溢着的颓废感,还有对物品惊人的记忆和检索能力。除了垃圾,什么都没丢,小徐的大脑立刻下达了检索报告。

不对,不只没丢,好像还多了点什么。

小徐走到桌上的一摞文件前,拿起自己过期的驾照,下面压了一个白色的信封,小徐打开信封,把里面的纸打开,嘴唇轻微颤动地读了几个字,眉头立刻紧紧皱起。他来不及把纸张塞回信封,转身向外跑去。

珊妮刚刚放下手刹,小徐的身影出现在挡风玻璃前,珊妮象征性地按了下喇叭示意他离开,小徐一动不动,珊妮转动钥匙,发动机的声音响起,小徐依然站在原地。

"干吗呢,别挡路!"珊妮摇下车窗喊了一句。

小徐走到车窗前，展开红纸上的内容，是一所大学的成人教育申请通过的通知书。"这啥意思？"小徐把红纸扔进车窗内。

"就，念大学呗。"珊妮故作轻松地耸了耸肩。关于小徐的前女友，关于杜丽丽和严文玥，关于珊妮看到的夕阳以及一些其他琐碎的片段和微妙情绪，都被生生掰开揉进了四个字里。

"读啥啊读，我又不是没读过。"小徐不爽地翻了个白眼，转身就走。

"喂！你真打算当一辈子保安啊！"珊妮发动汽车跟上小徐。

"我跟你说啊，我这天生的灵气劲儿，让书本一熏就没了，到时候可惜都来不及。"

"我知道你上次读大学遇到了点不好的事情，但是你不能丧气，你知道国外有个实验吧，有两碗米饭，一碗你每天对着它说你真棒我好爱你，另一碗你每天对着它说你真讨厌，结果挨骂的那碗先馊了。你要相信精神的力量！"

小徐停下脚步，思量了几秒，"有没有可能馊了的那碗其实有更高的追求，它想变成酒，只不过你们这些肉眼凡胎没看出来？"小徐说完，继续转身往前走。

"你等会儿！你知道我大学毕业和我妈裂穴的事儿吧，但是其实我初中就不想跟她有什么瓜葛了，我忍到了大学毕业，因为我得找她给我交学费，不管是什么样的感情创伤都不值得拿前途陪葬，真的，你不要过了几年才后悔，一辈子太短了。"

珊妮也想不到她能够一口气说出那么大一段和自己精神气质完全不相符的话，她平日向来强调独立人格，在公开场合发表最多的言论，无一例外关乎距离感和尊重，她讨厌所有越过边界的行为，无论这其中的动机有多么婉转动人，她一直坚信生命的究极规则在于每个人求仁得仁，自食其果，如果不是小徐的出现，她甚至以为多年的反抗和思索让她厘清了自己，此刻自己已经是个完全通顺的人。

"总之，如果你真的在保安的岗位上乐在其中，那当我没说，但是如果你还想再考虑一下，任何时候重新开始都不晚的。"珊妮勉强把自己的态度纠正了回来，很庆幸此时没有其他人围观她的这场正义的失态。小徐停下脚步，转身面对珊妮，脸被半开的车窗切割成几个色块。

"你知道你刚才絮絮叨叨这德行特别像谁吗？"小徐冷笑着看着珊妮，在珊妮察觉到伤害来临，发动汽车逃离现实之前，小徐压低声音凑近了车窗，"像你妈，一模一样。"

如果发挥想象力的极限，你该如何描绘自己无助的瞬间？大概像是，你远远看着一发子弹朝你袭来，你试图闪躲，却发现它的速度超过你千倍，在你做出判断的瞬间，它已经洞穿了你的心脏。

此时此刻，珊妮才后知后觉地看到自己身上的枪眼，为自己注定无法避免的结局而剧烈阵痛，小徐已经走远，车玻璃的遮光膜把阳光折射成一抹诡异的刺眼灰色，看起来更像是阳光被杀死后，散落在汽车里的残骸。

一切来得猝不及防，却又好像什么也没发生。

最可怕的是，小徐的话真实又严谨，让人无从否认。这世上有很多东西，渺小又自大的人类想要斩断、丢弃，却变得可悲又滑稽，像用刀划破空气，像试图用简单的爱恨切割亲人间的联系。

珊妮不记得太阳是什么时候落山的，扶着方向盘的手也没有了力气，她下了车，漫无目的地走着，不知不觉走到警察局门口，远远看到老李的办公室亮着灯，珊妮不由自主走进去，求助一般敲了敲老李办公室的门。

老李喊了声请进，珊妮推开门，老李正在比对指纹，看到珊妮，推了下眼镜。"你怎么又来了，我忙着呢，你要喝水自己接。"老李的声音很平静，珊妮还是听出了其中的厌恶和不耐烦。

"没事，我就是突然路过，来看看您。"珊妮看着老李，期待得到一些什么，但又难以说出具象的需求。

"还是为小徐的事情来的吧？"老李头都没抬。

珊妮愣了一下，不知道该点头还是摇头。

"我知道，因为那套房子的事儿，你一直对小徐有很大意见，但是经过我的排查啊，小徐作案的可能性很低，具体原因我就先不透露了，希望你能够相信人民警察。还有就是，正好今天没别人，我也跟你说句掏心窝子的话，我呢，比你虚长个几十岁，按辈分，也算是你的父辈，有些东西说得像是什么大道理，其实无外乎一口气的事儿，你还年轻，被气冲昏了头，看什么就都不对了，你先别急啊，我没说你气得不合理，你有你的委屈，但是你毕竟还年轻，你跟那些个一辈子能看到头的人斗狠怄气，说实话，你亏了啊姑娘。"

珊妮点点头，退出了办公室，此时此刻她已经不知道自己在跟谁置气，跟王淑怡吗？她似乎已经记不住她的样子了，她难过的是一种形而上的不公平，这让她感到无比苍凉。她最喜欢的音乐剧是易卜生的《培尔·金特》。培尔·金特浪荡一生，临终前追索自己人生发现光阴虚度、毫无意义，不禁心痛万分，此时此刻深爱他的索尔维格走出来，对代表死神的人说："他的人生不是毫无意义，他时刻活在我的爱里。"每到这一幕珊妮总会哭掉隐形眼镜。和王淑怡网络上的争执全面爆发不久，珊妮的初恋男友和她提了分手，理由是自己只想过平静的生活，和她在一起的日子太腥风血雨了，感受不到温柔和幸福。珊妮向往过未来的某一天，这一切的喧嚣尘埃落定，她从舆论战场上伤痕累累地回来，攻城略地，割地赔款各占一半，她已经懒得再去追求。此时此刻如果有一个人，会烧水洗毛巾擦干她手上的劣迹斑斑，会随意地聊起天气、新闻和自己新换的碎花桌布，对斗争的惨烈和经不起推敲的人性避而不谈，那么这一生就不算被命运捉弄。

珊妮不理解，为什么王淑怡这样虚伪又恶毒的人，明明应该不得善终，却在生命的最后时刻还有一条善良又诚恳的生命陪伴左右。珊妮没有，她或许有互联网上成千上万的拥趸，有资本和荣誉嗅着她的鲜血味与她互利共赢，但她从来没有这样一个人，谁都不明白。

深夜，寂静得如同乐高积木模型一样的街道，珊妮的影子被拖得很长，她拐过几个街角，看到唯一亮着灯的夜店的招牌，她走到门口，把门推开一道缝，热闹的迪斯科声浪扑面而来，里面不大的空间里，男男女女在欢呼呐喊，庆祝某一场足球比赛的胜利。"今天真的是太开心了，所有买对的朋友们挥动你们的双手给我看看！"珊妮听到熟悉的声音，但呐喊声被音箱放大，有些粗粝和毛躁,"给大家唱一首崔健的摇滚乐,会唱的跟我一起好不好?"声浪再次如洪水猛兽般袭来,珊妮一个趔趄,险些被欢快的气氛扑倒在地,赶紧后退了两步关上了门,关门声迅速淹没在屋内热烈的欢笑里。

四

珊妮醒过来的时候,自己正躺在一片海洋球里,她对着天花板上的圆形缺口愣了半天才想起来,这是酒吧的地下室。她赶忙坐起来痛苦地揉了揉眼睛,她不记得自己什么时候进入了这家酒吧,在她最后的印象里,自己离开了这里,在便利店买了啤酒,靠在路边看天上时隐时现的星星。

一双手扶住珊妮的肩膀,珊妮吓得一个激灵,本能地挣脱,转过头看到一旁衣冠不整的歌手正一脸莫名其妙地看着自己。"怎么啦你?不舒服吗?"

"我怎么又跑这来了?"珊妮低声自言自语,她疑惑的是这个问题的字面意思,但歌手却理解成了某种失控清醒之后的懊恼。

"我知道，你现在这个时期，应该格外注意自己的形象，昨天的事情我也有责任，你可以恨我，但是不要恨你自己。"歌手说着，抱住珊妮的头，把她埋在自己的胸口。

"我们昨天……那什么了吗？"珊妮的脸贴在歌手的胸口，说话有些费力，半晌才挤出来这几个字。

"你说的，是那什么……还是那什么？"歌手扶住珊妮的肩膀和她对视，珊妮只觉得耳边轰的一声，身下海洋球摩擦的声音被格外放大，她意识到这绝不只是酒精的作用。她正挣扎着想站起来，又是一阵地震般的轰鸣。珊妮本能地捂住了耳朵，直到歌手从她身边的海洋球里拿出她振动的手机，她才惊魂未定地把两只抱着自己头的手放下来，用手指戳了一下歌手手里的手机屏幕，接通了电话。

"小唐吗？我是老李。"李警官的声音传来，珊妮只觉得天昏地暗，被发现了怎么办？她只知道对于毒品的严苛法律，贩卖和容留都是五年以上有期徒刑，其他致幻剂应该也不相上下，即使没有这些刑罚，光是事件曝光自己也会身败名裂，自己和几个影视制作、图书出版发行公司都有合作项目，合同里清清楚楚地写着珊妮有义务保持个人形象的积极正面，稍有闪失就是天价的赔偿。珊妮的耳边仿佛灌进了警笛和人群嘈杂议论的音效,无休无止,一直到她的头即将炸掉。

"小唐?听得到吗?"老李的声音盖过了这些恐惧衍生出的音效,珊妮轻轻"嗯"了一声。

"你怎么了?没事儿吧?"老李问了一句,珊妮只觉得自己的心脏要跳出胸腔,轻轻干呕了一下。"还没睡醒呢是吧,我忘了你们年轻人作息跟我们不一样,晚上生龙活虎的,一到早上就歇菜了。"老李的声音又轻松起来,珊妮这才把已经到嘴边的心脏又放了回去,"是啊李叔,有什么事儿?"

"小徐说你那车停的位置不太行,你有空去给挪一下,不然物业扣他奖金。行了你先睡吧,别忘了这事儿就行。"老李说完就挂断了电话。珊妮长舒一口气,直挺挺倒在海洋球里,完全不顾一旁的歌手还举着自己的手机。

"谁啊,这男的怎么这么没有眼力见儿,一大早吵你睡觉还理直气壮的,太不尊重你了。"歌手阴阳怪气,顺势拿过自己的外套披在珊妮身上,期待在这场和假想敌的较量里获得评委珊妮的首肯。

"他是警察。"珊妮的声音从海洋球下面艰难地飘出来。歌手瞬间慌了神,一个鲤鱼打挺想要站起来,结果踩到海洋球脚下一滑摔在了珊妮身上，两人挣扎了半天才站起来。"你怎么跟警察走这么近的？"歌手因为紧张声线已经走了样。

"查我妈那事儿的。"珊妮整理着自己的衣服和头发。

"那他是不是还要见你，你你你注意一下姿态别被看出来，我们快离开这吧，我等会儿叫个人来打扫一下。"歌手一口气说完了一整段话，几乎没有断句，珊妮甚至有一刻开始怀疑他是不是更适合转型做个Rapper，想到这里她还是有一点想笑。她看着面前慌乱无措的挺拔男人，不知道为什么，对方越紧张，珊妮反而更加平静了起来，她满脸戏谑地看着对方，直到被对方一把横抱起离开了酒吧。

歌手是珊妮的高中同学，那个时候他还叫杨贺，是个有些腼腆的国旗班班长。高中的时候，珊妮的父母总是吵架，珊妮放学后经常留在学校写作业，直到很晚才回家，教室的窗户正对着操场，珊妮写作业的时候，常常能看到他从窗口踢着正步走过，影子就投在珊妮的作业本上，很长时间珊妮的记忆里，自己的作业本纸张对角线，都是一个男生挺拔的轮廓。

国旗班班长是学校的风云人物，没少受到女生追捧，在万千明示暗示的姑娘里，每天和他一起很晚离开学校的珊妮脱颖而出。她和其他人太不一样了，其他假装偶遇的女生，都会夹着嗓子嗲里嗲气地说一句"哎呀好巧",但珊妮不一样,她脸上始终是一种纯然的抽离和冷漠,每天和自己打个照面,会微微点一下头,眼睛轻轻眯起,像是在外太空神游的时候偶遇了一个有过一面之缘的地球人。

杨贺起初以为这是珊妮欲擒故纵的技巧,迟早有一天对方会消耗完耐心面红耳赤找到自己和盘托出,或者自己会在某个早上走进教室的时候看到桌洞里放着一张字迹娟秀贴着碎花贴纸的长长的信。可一年过去了,什么事情都没有发生,珊妮依然与他只是"点头之交",杨贺终于按捺不住,有一天约珊妮在操场上喝奶茶,故作豪爽地拍着珊妮的肩膀说:"你真了不起,我同意了。"

"你同意啥了?"珊妮像听外星人说话一样五官都拧在了一起。

巨大的乌龙让两个人之间的气氛变得微妙起来,珊妮说不清两个人是怎么在一起的,只是记得自己为了证明对杨贺绝对没有歹意,解释了自己晚回家的原因,说起母亲的凶恶和父亲的懦弱,情不自禁潸然泪下。杨贺伸出手揉了揉珊妮的头发,说不会太久,等高考之后我就可以打工,有了收入,给你找个外面的地方住。

之后的事态发展顺理成章，二人依然保持着自己的作息，唯一的变化就是每天晚上离开学校时一起从校门口走到车站，杨贺总是看着珊妮上车，珊妮会在公交车发动时跳起来和他挥手告别，看起来像是滚动的静帧动画。

直到有一天，珊妮没有笑出来，杨贺察觉到事情不对，一路狂奔追上了公交车，冲上去问珊妮发生了什么，伪装了一天的珊妮哭着把头埋在杨贺的胸口，说自己再也不想回家了，杨贺想了想，说我们私奔吧。

周末一过，第二周的周一刚好是珊妮班级主持的升旗仪式，珊妮担任护旗手，红旗刚刚蹿到旗杆顶端，珊妮一头栽倒在地上，现场一片慌乱，杨贺站出来说我送她去医务室吧，其他人还没有反应过来，杨贺横抱起珊妮离开了操场。两个人手套还没来得及摘，就翻过铁门，飞一般地消失在校门口。

杨贺和珊妮是在火车站被教导主任抓获的，珊妮已经不记得当时自己回到家经历了一些什么，左不过是父母互相推诿责任，和他们平时的对话差不多，珊妮并不觉得愧疚。但次日一早，杨贺的母亲冲进教室指着鼻子指名道姓地把珊妮痛骂了一顿，拉着班主任的手哭诉珊妮带坏了自己的儿子，说自己的儿子已经坦白了，都是珊妮的主意。珊妮在一片议论声里收拾东西离开了学校，再次回来的时候已经是高考放榜那天。

有人说过，爱一个女人，男人需要离开他的父母，忠于他的恋人，放弃最原始最亲密的依赖，组建新的命运共同体，那时的杨贺显然并不知道这个道理。

离开学校在图书馆复习并没有对珊妮的成绩造成影响，只是她习题册对角线的影子，从她离开学校那天起，就变得佝偻、走样，终于模糊一片，再也看不清了。

大学生活丰富斑斓，离开了家乡的珊妮迅速在自我暗示下忘却了家乡的一切，打包扔进记忆垃圾桶的，当然还有一地鸡毛的初恋经历。再次想起这个人已经是八年后，珊妮在一座古城签售，前一天晚上翻了翻自己的微博私信。鼠标随机滚动看到一条消息："我是杨贺，见一面吧。"

珊妮打开对话框，同样的消息起码有二百条，最后的一条消息距离现在也已经有半年，她犹豫了一下，还是回复了自己的联系方式，半分钟后，自己的手机振动起来，珊妮接通电话，对面没有声音，二人就这样彼此倾听着对方的呼吸，沉默了十分钟。

"见一面吧。"杨贺说完就急促挂断了电话，但珊妮还是听出了他的哭腔。

二人计算着在珊妮转机的机场见了一面，杨贺额前的刘海盖住了眼睛，下巴上有细碎的胡茬，皮肤粗糙，身后背着一把吉他，微微驼背，和之前挺拔阳光的男孩判若两人。

"我只有十分钟时间。"珊妮说。

"那我给你唱首歌吧。"杨贺说完就拿起吉他，坐在地上弹唱起来，机场里的人群纷纷围观，小情侣议论着要不要给面前这个云游诗人打赏几个硬币以表达自己对自由的向往，珊妮在原地静静地听着，直到杨贺被机场的保安当成狂热的粉丝带走，二人都没有多说一句话。

"我不是从前的我了！我什么都敢！"杨贺的吼声传来，珊妮远远看着，杨贺被两个保安架着，背影走出了一种英雄就义的凛然和苍凉姿态。

珊妮看着此刻被押送走的杨贺轻轻笑出了声，他果然没变，所有的叛逆和英勇都是过犹不及的拙劣表演，但珊妮的笑并不全是讽刺，还夹杂着一些温暖。感情不就是这么一回事儿吗？能给的就尽力给，给不了的就努力学，学不了的就用力装，装也装不像，就只能远远地看着，默不作声。珊妮这些年习惯了和家人的互相憎恨，被爱的感受是她难得的寄托，即使是这样力有不逮、漏洞百出的爱，她也觉得弃之可惜。

第四章

4
Chapter

一

珊妮找到车的时候,车旁的一个四十几岁的妇女正牵着小学放学的儿子的手路过,看到珊妮的车,发出啧啧的声音,低头对自己的儿子说:"你看,你要好好学习,将来才能买这样的车。"小朋友似懂非懂,伸出手轻轻摸了一下车门把手,汽车警报器响起,妇女吓了一跳,拉着儿子快步离开,珊妮和他们擦肩而过的时候,听到母亲依然在喋喋不休地教育儿子:"还是得好好学习听见没有,不然的话就只能当保安了。"

珊妮突然大笑起来,妇女和儿子一个激灵,逃离的速度比刚才更快了。珊妮走到自己的车前,按下车钥匙,警报器的声音戛然而止。珊妮正准备上车,看到前挡风玻璃雨刷上放着一张纸,纸上写着"帽子在保安室,不拿我给扔了啊。"

"什么服务态度,我迟早得给这人投诉了。"珊妮小声嘀咕,脚步却不受控制地轻快了起来。

珊妮跑到保安室门口，保安正趴在值班室的桌子上睡觉，珊妮蹑手蹑脚绕到他身后，突然双手用力拍打他的肩膀，同时大叫了一声，然后哈哈大笑起来。午睡的保安条件反射跳起来，膝盖撞到桌角，迅速捂住膝盖用斗拐的姿势单腿跳跃，珊妮捂着嘴笑得浑身抽搐，抬起头的瞬间，笑容立刻僵在脸上。

这个保安不是小徐，是个年近五十的男人，此刻他正睡眼惺忪地看着珊妮，几根头发因为受到惊吓避雷针一般突兀地竖起，脸上纵横的沟壑里写满了莫名其妙。

"那个……师傅……我……帽子。"语言组织能力是最擅长背叛的薄凉情妇，总是会从窘迫的人身上出走，连招呼都不打一声，珊妮此刻面红耳赤结结巴巴的样子很难让她和一个文字工作者挂钩。老保安没有说话，警惕地看着她，炯炯目光跟着珊妮的轨迹同步运动，直到珊妮拿起帽子走到门口，保安依然警觉得像只训练有素的警犬，提防珊妮下一秒狂犬病发作扑向他并咬断他的颈动脉。

"那个，不好意思叔叔，我把你当成小徐了。"珊妮很奇怪自己状态的掉线程度，不仅编不出自然的谎言，甚至连说真话的时候看起来都像在捏造事实。老保安看着珊妮发愣，两个人的动作静止了五秒。

"就算是小徐也不能这么打人家呀！"老保安突然开口，声如洪钟，"你们这群年轻人真的是，下手没轻没重，我一个退役二级运动员都差点让你给拍散架了，多大仇啊下这种死手。"老保安像是被卡住的碟片突然转起来一样，珊妮只觉得面前有一挺机关枪不断开火。"对不起叔叔，我下次一定注意，您知道小徐在哪吗？"珊妮迫不及待想找到小徐把自己刚刚的窘迫转嫁出去。

"他辞职了，我也是今早刚接到通知来交接。"老保安摆了摆手，"你先回去吧，我等会儿跟小徐说一声你把帽子拿走了。"老保安说完就开始揉自己的肩膀，又试着甩了几下胳膊，确保珊妮的突然袭击没有带来不可挽回的后遗症。老保安做了全套的第三套全国中学生广播体操，最后一节体转运动的时候一扭头看到珊妮还在门口站着，又险些闪到了自己的脖子，"怎么了你？还有什么事儿？"

珊妮转身就跑。老保安怔怔地看着珊妮的背影，掂量着这种症状究竟存不存在人传人现象。

珊妮气喘吁吁地冲进居委会办公室，李婳儿正在玩连连看，听到声响，背对着珊妮头都没回，"签个字就可以领护手霜了啊，一家只能领一支，不能代领。"

"小徐住什么地方？"

李婶儿愣了一下，缓缓转头，眯起眼睛看着珊妮，从椅子上站起来，张开嘴半天才说出话："你是……那谁的闺女是吧？"

"小徐在什么地方？"签约公司之后珊妮很少用这样不礼貌的方式和人交流，经纪人陈凯告诉她，如果她想让别人知道她不是忘恩负义的白眼狼，而是忍气吞声的受害者，那么除了触及她家庭问题之外的任何时刻，她都要温柔优雅，绝不能失控。珊妮深以为然，在今天之前一直努力践行这个原则，但她此刻恨不得把面前脑满肠肥的李婶儿抵在墙上拿起一支圆珠笔架在她脖颈上威胁她，顺便看看刺穿她之后流出来的是不是白花花的猪油。

"小徐啊……他……我也不太清楚，他入职的时候填了个表说是跟谁合租的，后来房租涨价他搬家了，我让他来把住址更新一下，他一直拖着没来，昨天刚辞职，也用不着来了。"李婶儿的语速依然不紧不慢，说话又絮絮叨叨，这已经是某种特色，无论全国哪个城市什么样的小区，在居委会工作的人大多有相同的气质。

"怎么啦姑娘？"李婶儿看到面前一动不动的珊妮慢慢红了

眼眶。

珊妮摇摇头，转身离开。后知后觉的眩晕和疲惫瞬间袭来，她一直以来自我标榜的独立意识和顽强不屈的坚毅被身边干燥的空气瞬间稀释干净，人质跑了，她和母亲最后的赛点不见了，她还要怎样捍卫自己自以为是的正义呢？

她本想去找李警官询问，想到李警官上次对自己说的话又决定放弃，那样的话自己输得太惨了，比起此刻平静安详躺在棺材里的母亲，她太狼狈了。珊妮坐在路边拨通经纪人的电话，告诉他自己的事情结束了，可以接受任何日程安排，她挂断电话，低头抱住自己，沉浸在巨大的悲伤里，这难过或许除了报复受阻之外还有些其他的原因，但珊妮难以察觉，也不想承认。

珊妮起身准备回酒店收拾行李，无意中瞥见远处高层星星点点的光，即使隔着一段距离，又有参差的遮挡物，珊妮还是迅速捕捉到，王淑怡家的窗子里亮着光。

与其说是捕捉，不如说是感应，人会和自己有过幸福经历的地点发生某些磁场的连结，即使时移世异，但那个地方和你的脉搏依然会同频跳动，夜深人静的时候，这种共振就格外难以被忽略。

珊妮走到自己家楼下，轻车熟路走进电梯，突然意识到自己没有小区门卡无法按电梯楼层键，难道自己要徒步去十八楼了吗？珊妮低头看了下自己的高跟鞋，努力估算自己血槽里剩余的能量能否支撑如此具有挑战性的极限运动。

"珊妮姐！"清脆的声音打断了珊妮的思考，珊妮一抬头，严文玥站在自己对面，"这么巧？我来帮丽丽一起退押金签字。"严文玥走进电梯，自然地按了十八楼，王淑怡家的楼层。

这姑娘已经上网查过自己，且心思缜密，深藏不露。珊妮对面前这个文静的女孩刮目相看。"快考试了吧，考完带你们出去玩。"珊妮相信严文玥可以从自己稀松平常的话里听出感激的弦外之音。

"好啊，我们考完试也没什么事儿，我也不急着回家，我和我妈关系也不好，不如多在这里玩两天。"严文玥轻描淡写地说了个"也"字，把脸转向背对珊妮的一侧，轻轻吸了下鼻子，"珊妮姐，十八楼到了。"说完，又按了下十六楼的按键。

珊妮走下电梯，双手撑住电梯门防止它很快关上，冲里面的严文玥笑了笑："你会过上你想要的生活的，好多人都说我这嘴开过光，你相信我，我们这样的人，会赢的。"

"是的，我们会赢的。"严文玥平静的脸上露出罕见的激动神情，仿佛面对着的人不是刚见过两次的陌生姐姐，而是一个战壕里身经百战彼此挡过枪的生死之交。珊妮松开手，电梯门缓缓关上，珊妮冲着关闭的金属门做了个击掌的手势，金属门里映出的模糊影子默契地配合了她。

她没骗严文玥，她知道她们这样的人一定会赢的，因为她们已经没有什么可以输的了，原生家庭给了她们难以平复的伤疤，围观人群又站在审美的立场对日渐严重的伤势反复品鉴观赏，追逐眼球的媒体把她们的面孔捏成千种模样，这些都不算什么，最重要的是，她们的余生都要与这场伤害博弈，她们要么隐忍一生，在每个深夜被自己的伤痛指责懦弱，要么沦为冤冤相报的棋子，她们生活在谷底，自然每一步都是向上攀登。

可是她们又会赢得什么呢？珊妮从没幻想过自己的生活能够从这场战争中改善一点点，所谓的名气和公众的支持也不过是中看不中用的泡沫，那自己为什么还不停下？珊妮想到自己曾经写过的一句话：我把自己撕碎给你们看，从不是期待你们把我缝好，而是希望这世界上不再有人躲在名为亲人的遮羞布后成为衣冠禽兽，希望我所承之苦，子孙后代永不再受。

珊妮对着面前的铁门轻轻说了句加油，声音很小，全世界只有她自己能听得到。

一

"你干什么的？"老李走进大学校园的时候，被门口的保安拦了下来。

"我啊，我是老师。"老李忙着观察周围三三两两走过的学生，觉得每个背影看起来都像杜丽丽和严文玥，他不想引人注目，急着进去。

"是吗？教师卡给我看看。"保安不依不饶。

"什么卡？"老李条件反射问了一句，保安抓住了老李的把柄，迅速大声嚷嚷起来："我就知道，你一看就不是老师！别看现在天色晚我看不清楚！我隔着八米远就感觉出来你不是啥好人！你说你是不是去宿舍楼里撒小广告的！"保安一边扯着嗓子大声嚷嚷，一边盘算着把今天自己火眼金睛的经历记录进职业生涯的高光时刻榜。

"你这人……"老李压低声音凑近保安，"你仔细看看我这张脸，我这一身正气，我像是去发小广告的吗？"

"你这话说的，你看看我，我这么帅一人，不也在这当保安呢吗？"保安翻了翻白眼，并不买老李的账。老李无可奈何，咬着牙掏出自己的证件，一只手按住保安让他无法转头，一只手把自己的证件放在他面前晃了一下,"看清了吗兄弟?还像发小广告的吗?"

保安吓了一跳,身体动不了,只能艰难地点了点头,老李松开手,用力捏了两下保安的肩膀,大摇大摆走进学校。

夜色更深了,学生们三三两两结束晚自习走出来,老李置身在一群嬉笑的女生里,听她们兴致勃勃地设计如何和心仪的学长偶遇,突然脸红起来,觉得自己是闯进蟠桃盛会的孙悟空,正放肆地偷饮着七仙女手里的琼浆玉液。

"……我本来想拉着杜丽丽一起去的,她非要去等严文玥,重色轻友这女的。"老李在杂乱的对话里敏锐地捕捉到了一句,他转过身,走近几个互相推搡的女学生。

"你们认识严文玥吗?"老李脱口而出,几个女学生愣了一下停下脚步,隔着浓重的夜色看不清老李的面孔,只能看到一个魁梧男人的轮廓,姑娘们面面相觑,谁也不敢说话。"我是送快递的,有个杜小姐寄了个快递要求必须本人当面签收,我刚打电话联系不到她。"老李很庆幸面前的天然的黑色幕布让他说谎的拙劣姿态不至于无处遁形。

"这两个人也太浪漫了吧!搞什么真是的!"女生们爆发出一阵啧啧声。"大叔我跟你说,你想找严文玥就去学校后面的小花园,半夜十二点她俩一准在那撒狗粮。"一个女生说着,哈哈大笑起来。

"谢谢啊。"老李说完转身离开,他发现自己的脸有些发烫,不是因为对某种小众关系的不适,只是他太久没有受到过温情的滋养了,那种甜蜜光滑又黏稠的情绪从他的生活被剥离许久,如今他突然跌进了一个青春又丰盈的池塘,老李只觉得自己出现了氧气中毒的现象。他飞快地走了好久,才意识到自己根本不知道小花园的方向,这才拿出手机打开了导航。

夜深露重,花园里的幽香没有了白日里匆忙路过的行人的掩护,浪漫得更加放肆妖娆起来,花坛边上,几对情侣正坐着聊天,独身一人的老李显得格外扫兴,他找到一个不引人注目的地方点起一根烟,不想破坏这暗香涌动的美好气氛,不远处,另一个烟头的微弱光亮忽明忽灭。

那里也是一个人,老李迅速看清,那是杜丽丽。她正背对着情侣们,看着远处的湖面失神。如果杜丽丽走来跟自己借个火,老李随时都有可能暴露,老李于是掐灭了自己的烟,远远观赏着杜丽丽手上的、夜色中唯一的光点。

半个小时过去,温度已经变得有点凉了,情侣们来了几对又走了几对,只剩下稀稀拉拉的几个人,老李染了一身的花香,正打算回去洗衣服，突然听到急促奔跑的脚步声，由远及近，节奏零乱。

一个瘦弱的身影扑进杜丽丽怀里，两个影子迅速变成了一个，然后长久不动，老李听不清她们在低声嘀咕什么，却觉得自己的身体没有刚才那么冷了。他小心翼翼地往靠近两人的方向挪了挪，希望听到更多的信息。

"都办好了吗？"杜丽丽的声音变得很温柔，完全不似在老李面前干脆利落的样子。严文玥轻轻"嗯"了一声，依旧没有太多话。

"没出什么状况吧？"杜丽丽用手抚摩着严文玥的长发，把脸埋进严文玥的棉衣里。严文玥轻轻摇了摇头，老李听到了微弱的抽泣声，他无法断定自己是不是真的听清了，那哭声隐隐约约，不绝如缕，却裹挟着巨大的悲伤，像是一个马上被饿死的婴儿，在气绝前发出的微弱哀鸣声。

"没事儿了，都过去了，不会有事儿的，我们已经搬走了，以后这事情就跟我们没有关系了，你看警察都没有再找我们了，再说现在每天有那么多状况，一个案件能被记住多久呢？"杜丽丽把严文玥的手握得更紧了些，老李看到两人重合在一起的影子看起来瘦了一点。

"可我还是睡不着……"严文玥的哭声越来越明显,杜丽丽两只手托住严文玥的脸,严文玥的哭声小了一些。

她们一定与王淑怡的案件有关系,即使不是嫌疑人,作为知情者也必然对老李有所保留。老李知道,此时冲上去,两个女孩一定会被吓傻,自己只要轻轻恐吓几句,再讲两句主动坦白可以争取宽大处理之类的话,她们肯定会言无不尽。但老李的两条腿不听他的使唤。他的喉咙也发不出声音,再找个时机吧,总有机会的,老李放轻脚步离开了花园,走出几十米又回头看了看两人,目光比深夜里昏黄的路灯还要温柔。

两个相拥的女孩的身影,已经融化进了夜色里,虽然看不太清楚,但每一丝甜丝丝的空气都证明了她们的存在。

老李向校外走去,这是他一无所获却并不难过的一天。他脚步轻快地路过一栋灯火通明的建筑,建筑里的热闹气氛和深夜的宁静形成了突兀的对比,老李喊住两个脚步匆忙走出来的学生:"请问这是哪儿啊?""这是图书馆。"学生走路的速度并没有因为老李的出现而慢下来。

老李走进图书馆,一楼门口负责出入登记的打更大爷此时正趴在桌子上睡得香甜,整个身体跟着他的鼾声有规律地起伏振动,老李没费吹灰之力就走了进去。一楼的几个书库已经上了锁，只有一间自习室座无虚席，门上贴着一张A4纸，纸上黑体加粗打印着"考研自习室"五个大字。老李缓缓走进去，里面几乎座无虚席，学生们都在埋头学习，对老李这位不速之客的到来没有表现出任何重视和兴趣。老李走到一张桌子旁，轻轻敲了一下桌子的一角，一个学生皱着眉头抬起头看着老李。"不好意思同学，你知道严文玥在这里复习吗？"老李尽量让自己的声音温柔一点，防止吓坏这里少不更事的学生们。"最后一排右边数第二张桌子。"学生说完又低下了头，这群孩子的眼里只有肖四肖八和真题演练，根本看不到面前的老李。

老李在逼仄拥挤的自习室里找到了严文玥的桌子，桌子很干净，练习册和文具被整齐地码在一边，椅子背上挂着一条珊瑚绒薄毯，应该是午睡的时候披在身上的，桌子中间放着一台笔记本电脑，老李伸出手碰了下键盘，电脑屏幕亮起，需要解锁的对话框弹出，提示问题是"我老公的名字"。老李犹豫了一下，输入了杜丽丽的姓名全拼。电脑叮的一声提示输入错误，老李皱起眉头，把电脑转过去一看保护套上是科比的照片，又输入了科比的英文名字。解锁成功，老李哭笑不得。

电脑桌面上是一个微信对话框，里面是严文玥和母亲的对话，老李滑动了一下，几乎是严文玥的母亲在絮叨，催促严文玥考驾照。埋怨严文玥生活开销太大，叮嘱严文玥保护眼镜，严文玥很少回复，偶尔回一个"嗯"或者中规中矩的微信自带表情。几十条信息上面，有一条消息，是三周前严文玥的母亲发的："给你寄了点龙眼，你多吃一点，给王淑怡阿姨和李婶儿一点。"

图书馆闭馆的铃声急促地响起，老李全身一震，匆忙拿出手机拍下那条信息，和人流一起离开了图书馆。

人群里，他仿佛看到一个很像小徐的男生的背影，他快走了几步走到男生身边，果然认错了人，男生戴着一副金丝眼镜，目不斜视。一股淡淡的忧伤蔓延过老李的心头，他想到小徐原本也应该混迹在这群人里，顶着三天不洗的头发和随手抓来穿上的衣服，对什么事情都心不在焉，一心奔赴着模糊又抽象的远大前程。

三

从万达小区一号楼十八楼电梯口到1802的房门口需要穿过大概十五米的长走廊，十五米的长走廊需要走多久？

答案是负二十年。

当珊妮走到曾经自己家的门口时，她又变回了六岁那年第一次站在这间房子门口的自己。珊妮六岁前生活在外婆家，一个远离市中心的宽敞院子，过惯了在家里起飞降落的日子。六岁时为了上市区的重点小学，不得不搬到市中心旁的高层住宅楼，珊妮很不喜欢这些逼仄丑陋的建筑，不喜欢上学时候拥堵的早高峰，不喜欢拥挤的电梯和狭窄的长走廊，小区偶尔电压不稳，走廊里的廊灯急促闪烁，路过的人像是信号很差的老电视里的影像，珊妮总是担心自己会莫名地消失在这条长走廊的灯光频闪缝隙里。好在她居住的楼层很高，从自己房间的飘窗可以看到小城边缘的海岸线，珊妮常常在窗边从正午发呆到天黑，她的灵魂会慢慢从身体里走出来，顺着思绪的轨迹一路飘到尚未被完全开发成景区的那片海滩，享受某种不足为外人道的名为"自由"的东西。

父亲和母亲都察觉到了珊妮情绪的低落，母亲那时安慰她，说这房子她特地找高人来看过，虽然面积小、设施旧，但风水一流，住在这里的家庭会蒸蒸日上，六岁的珊妮深信不疑，看着远处波光粼粼的海面，等着未来的好日子蹑手蹑脚踩着日光爬到十八楼的窗口来。

她不知道，那已经是她人生中最好的一天，从那天起，每一天她都在回望那天的阳光，像是景区坐缆车下山的游客，恋恋不舍地回头看着山顶的风景，想要多逗留一会儿再看一眼已经烂熟于胸的景色。在山顶的时候是意识不到的，所有人幸福的时候都以为，这不过是个开始。

六岁的珊妮站在自己的家门口，门虚掩着，透过门缝她看到自己的母亲王淑怡正微笑着看着自己，那时她还没有皱纹，脸上还有没有褪尽的婴儿肥，颧骨还没有刻薄地高耸，珊妮恍惚起来，误以为自己真的无意中参透了某种量子力学理论的实现方式，直到她注意到，房间里熟悉的鹅黄灯光变得惨白，微笑着的母亲也洗去了鲜活的生命气息，降维成了一张黑白照片。

她熟悉的客厅沙发和茶几被挪到墙角，地上放着几个蒲团，黑白照片摆在餐桌上，前面是一盏火光摇曳的酥油灯，旁边摆着两支白色的蜡烛，蜡烛上用金色写着经文，像古代错金和田玉玉雕龙柱。再前面摆着几个果盘，水果上已经落了一层薄薄的香灰，因为被摆在桌子上作为某种象征符号表演了太久，呈现出一种令人毫无食欲的干瘪姿态。

小徐此刻正跪在蒲团上，背对着珊妮，背影无力地根据万有引力松弛着，看得出十分疲惫，珊妮轻轻推开门走进客厅，站在小徐身后，听见蚊子一般模糊的声响，过了几秒才辨认出这是他低声地背诵经文的声音。燃烧的酥油灯冒出阵阵浓烟，钻进珊妮的鼻子里,珊妮没忍住打了个喷嚏,已经在睡梦中机械重复背诵经文的小徐瞬间惊醒过来,回头看到珊妮,两人默契地沉默着,谁也没有说话。

"你怎么来了?"小徐揉了揉眼睛,用困意模糊自己不知道该选择何种语气的尴尬。

"我回家看看。"珊妮脱口而出,说完才意识到自己有些过于感性,"哦,不对,我刚好路过楼下,来你家做客,顺便恭喜您乔迁新居。"珊妮迅速恢复了刻薄的姿态,希望对方没有察觉到她被怀念击溃的一秒。

"你妈……你母亲的尸检报告出来了,明天早上八点在殡仪馆火化,我今晚帮她念个经守灵。"小徐有些艰难地从蒲团上爬起来,从桌上摆着的果盘里拿了一个橘子,在自己衣服上擦了一下递给珊妮,珊妮接过用手摩挲着橘子皮,橘子皮的水分已经流失干净,手感接近老年人皲裂的脚后跟。

珊妮看着小徐的样子,又看了眼王淑怡的照片,突然笑出了声。

"喂,你们公众人物装都不会装一下吗?"小徐的声音很疲惫,相比于指责,语气更像是无奈的恳求。珊妮走到墙边,拖了两把椅子,示意小徐坐下,剥开橘子皮掰了一半递给他。

"你见过我妈那个大师吗?"珊妮把剩下半个橘子整个塞进嘴里,说话声被咀嚼声盖住大半。

"听说过,没见过,有次你妈给了我一张一百块钱,说是大师开光过的,让我放在钱包里,说可以旺财运,后来没两天,连钱包都丢了。"小徐苦笑了下。

"那个大师说,人死之后灵魂不会立刻离开身体,需要四十八小时才能完全从肉体里脱离出来,所以去世后的四十八小时里,千万不要碰遗体,否则灵魂离开的时候会很难受。我外公去世的时候,外婆找了殡葬一条龙早早等在病房门口准备给老人家穿寿衣,我妈就堵在病房门口死活不让进,任谁来劝都不答应,生生让大家陪着她等了四十八小时,那个时候外婆拉着我的手,偷偷躲在走廊里哭,说你外公这个人最要面子,夏天在家里都要穿长裤,这赤身裸体的到了那边可怎么办……"珊妮说着大笑起来,桌上酥油灯的火苗伴随着珊妮凄厉的笑声紧张地抖动起来。

"你小点声,等下火灭了,我打火机没气儿了续不上。"小徐紧张地护住火苗。

珊妮走到卧室,从桌上随手拿起了一本小白册子,那是王淑怡热衷加入的团体自费印刷的宣传本,上面写满了博爱、慈悲、极乐之类的美好字眼，册子的封底是一个二维码，下面一行小字："感谢捐款，功德无量。"珊妮翻了翻，把它放在了酥油灯的火苗上，小册子迅速被点燃，火苗瞬间旺了些。

"你真该看看这书，学学怎么放下仇恨，善待他人。"

"如果没有恨了，爱应该怎么被衬托出来呢？爱意泛滥的世界里，爱会不会通货膨胀啊？"珊妮歪着头，饶有兴味地看着小徐，"我没你们那么高的觉悟，对我来说，无论怎么包装，教唆一个人失去本能的论调，都是恶。"说完，珊妮又转过头去看王淑怡的遗像，火光照亮了她瞳孔里亮晶晶的东西。

小徐起身，去厨房里拿出一包面巾纸抽，抽出两张纸递给珊妮。

"脸上有脏东西。"小徐说。

"谢谢你。"珊妮接过面巾纸，擦干了脸上的泪水，"不打扰你尽孝了，你忙吧。"珊妮说着起身走到门口，终于没忍住转过身又说了一句，"如果是被我骚扰辞职的，那没必要，我马上就回上海工作了。"

"你不是本来就不乐意我当保安吗？"小徐反问。

"我不想你做你原本不必做的事情，小徐，人生是可以随时重新开始的，我做不到，但你可以。"珊妮又低头揩了下眼角的泪。

"自己都做不到的事儿就别挂嘴上骗别人了,快回去吧,待会儿你妈遗像要跳起来骂你了。我忙完她的事儿还得复习去呢,你给我报名的那个课程,真不是临阵磨枪能考上的。"小徐话音刚落,珊妮惊喜地叫起来:"你真的要回去读书啦?"

"我上辈子欠你们一家的。"小徐背对着珊妮,看不清表情。

回到酒店,珊妮收拾好自己的行李,倒在床上登录自己的微博账号,几万条私信立刻弹出来,珊妮随手翻阅着,一个十岁女孩的甜美头像映入眼帘,这是珊妮十岁的照片,这个人是珊妮多年的粉丝"小橘子",从珊妮的账号只有几千人关注的时候她就每天积极转发热情互动,珊妮记得她,后来珊妮的知名度大了些,逐渐无法一一回复,但总会找到她的留言回应,久而久之,珊妮的粉丝们纷纷把头像换成了同款的十岁珊妮,珊妮更加忙碌起来,账号大多数时候都交给别人打理。珊妮打开对话框,看到她的留言:"珊妮姐,许久没见你更新了,知道你家里发生的事情,你一定有很多要面对的问题,我昨天做了个梦,梦见伤害你的人排队站在轮回入口处,等待你打分批准他们进入天堂或者堕入地狱,我担心你不知道你有这巨大的力量,特地来告诉你。"

珊妮露出对孩子才有的宠溺笑容,打字回复:"谢谢你的安慰，时至今日我倒是对地狱没有什么偏见，起码那里的鬼怪并不伪善，不必把伤害包裹成冠冕堂皇的模样，伤害我的人明天要在亲戚朋友的欢送下大摇大摆逃离这个世界了，受伤的人还要留在这个世界继续面对一切，这到底是谁的盛事谁的悲哀呢？"

刚刚按下发送键，珊妮就后悔了，她不该让爱自己的人分担自己的痛苦，她是独自被关在重症病房的灵魂重症患者，即使每日被孤独苦苦折磨，她也不想再有别人住进来。珊妮闭上眼睛把脸埋在枕头里，想定个闹钟提醒自己不要延误飞机，却觉得身体毫无力气，这座城市阴冷潮湿的土地上似有无数只手伸出来，把珊妮牢牢抓住，她苦练多年学得一身武艺，一个跟头十万八千里，也逃不开这座无形的监狱。

手机铃声响起的时候，珊妮本能地抬手按下了静音键，闹钟响起后的二十分钟是颅内系统加载的时间，二十分钟后，智商恢复在线的珊妮才想起来，自己昨晚太困了，没设闹钟，刚刚响起的是来电铃声。

珊妮拿过手机，几百条未读微信，几十个未接电话，大半来自经纪人陈凯。珊妮拨通陈凯的手机，想解释自己刚才的混沌。

"快看微博热搜，你粉丝去你妈葬礼了。"陈凯接通电话，根本没给珊妮开口的机会。

珊妮张着嘴，半天没有说出话来，刚刚更新好的思维系统瞬间崩溃，耳边响起了卡顿跳针的耳鸣声，显像器出现了故障，眼前一片漆黑，只有心脏还在机械地跳动，并不知道该如何断电重启。珊妮晕头转向地打开电脑登录微博，跳出来的第一条视频就是殡仪馆内，"好日子"的音乐和哀乐交织在一起变成一阵颇具攻击性的噪声。镜头里是一群年轻的孩子和王淑怡的亲属朋友争执的骚动场面，孩子们拿着番茄和矿泉水瓶，训练有素地喊着"不得好死""下地狱"之类的字眼，母亲的家属们猝不及防，以即兴自由发挥为主，脏话按照之前的语言习惯自然流露，凶恶得各有千秋。

昨晚珊妮回复的粉丝小橘子把珊妮的话截图发进了粉丝群，消息不断扩散，粉丝们群情激愤，发誓绝不能让伤害珊妮的人在人间有个体面的结局，在凌晨六点迅速吹响了集结号，这一波偷袭"珍珠港"如同平地惊雷神兵天降，别说对方毫无预料，连总司令珊妮自己都猝不及防。

晃动的画面里，珊妮看到了小徐。小徐抱着王淑怡的遗像，身上已经满是污渍，背对着面前的一群侵略者，用身体护住照片，神情不似家人般恼火，身上反而浸透着一种割地赔款方的无助和酸楚。珊妮想看清楚小徐的脸，镜头里的小徐却被一个粉丝撞开，粉丝对着镜头发射了一个礼炮，彩纸迅速出膛，镜头前只剩下艳丽浓重的彩色色块。

珊妮迅速跳下床拿起外套，飞奔了出去。

四

珊妮赶到殡仪馆的时候。白热化的战争已经告一段落，转而成为一种困兽间的对峙，她的支持者们站成一排挡在门口，坚持要拿走王淑怡的骨灰，以完成"挫骨扬灰"的惩罚仪式，小徐把骨灰盒用一块布包着系在自己的脖子上，两只手护在胸前，对着刚刚发动过一次攻击的激昂的年轻人们喘着粗气。

唯一说话的人是殡仪馆的司仪，这是他职业生涯中从没见过的大世面，他从自己西装的口袋里掏出一方手帕不时擦拭着有些斑秃的额角的汗，焦头烂额地打着电话和领导商量如何快点息事宁人，殡仪馆的日程向来紧张，一上午要流水线一样快速重复几遍告别仪式。因为这一突发事件，排在王淑怡后面等着火化的死者家属被挡在门外，几十号人加上三具遗体，眼看着都压不住火了。

"珊妮姐来了！"小橘子高呼一声，已经平静下来的地震现场迅速引发了余震，珊妮的小姨王淑妮迅速放下手里的水，撸胳膊挽袖子站起来，扯着已经哑了的嗓子高呼一声："领头的来了，我看看还有什么本事，都使出来给你妈看看，看看我们家养了个什么样的白眼狼！"呼声很快淹没在珊妮粉丝群一浪高过一浪的骚动声里，"我就是觉得自己是个长辈，不跟这群小崽子一般见识，不然早教她们做人了。"王淑妮对面前失控的景象有些紧张，给自己找了个台阶下，往小徐身后挪了挪。

珊妮艰难地冲到台上，这十几步几乎耗尽了她全身力气，她根本分辨不出拉扯她的手是来自她的支持者还是王淑怡的亲朋好友，力度都差不多的巨大，让她寸步难行。她披头散发地冲到司仪面前，抢过司仪别在胸口的胸麦，对着面前乱成一团的人群大吼了一声。

"都他妈给我安静！"

告别厅里的嘈杂声戛然而止，珊妮手上的麦接触不良，发出一声刺耳的电流声，珊妮急促地呼吸着，胸口剧烈起伏，伸出手指颤抖着指着王淑怡的遗像。

"这个人！她骗了我爸！抢走了我爸留给我的房子！害得他

得了抑郁症！要把我和我爸扫地出门！还四处泼我脏水说我不孝！今天你们在这里砸场子！用这种方式影响无辜的人！那我们和她还有什么区别！

"我们变成和她一样的人她就赢了啊！

"你看看她的亲戚！看看他们颠倒黑白打破头杀红脸的德行！你们要变成他们这样吗！

"不是的！你们和他们不一样！你们都是世界上最懂爱的、最好的人！"

珊妮的声音从嘶吼变成呜咽，四下无声，忙着拍视频的看客忘记按下结束键，珊妮捂着脸蹲在地上哭泣了很久，小橘子跑过来，跪在珊妮面前，用手轻轻揉着珊妮的头发。

"珊妮姐，对不起。"小橘子的声音带着哭腔，珊妮抬起头，这也是她第一次见到小橘子本人，和她相册里的照片出入不大，她身材矮小瘦弱，眼睛眯成一条缝，颧骨上几颗雀斑看起来有些朴实，珊妮努力挤出一个令人宽慰的笑容，"我没事，快走吧，听话。"

小橘子带着珊妮的后援会成员训练有素安静退场，一旁的王淑妮已经歪靠在墙边用手不断抚弄着胸口，珊妮走到王淑妮面前，王淑妮迅速站直了身体恢复了战斗状态，两人对视良久。

"对不起,节哀。"珊妮轻声说。

王淑妮高高举起一只手,珊妮闭上眼睛等待巴掌落下来的声音。

珊妮出生的时候,王淑妮还在外语学院读大学,是珊妮母亲一辈人里最清闲的小女儿,经常带着小外甥女四处乱逛,五岁的珊妮就跟着小姨去小酒吧里蹦迪,珊妮坐在吧台前用高脚杯里的小纸伞搅动着双色冰淇淋,觉得舞池里五光十色的灯光和肆意张扬的人群十分好看。酒吧里最不缺的就是眼神迷离出言不逊的人,近墨者黑,珊妮很快学到了伶牙俐齿的本领。一日她正在看调酒师卖弄风情,一个醉醺醺的人跑到她旁边吐了一地,指着地上的污秽嬉皮笑脸地看着珊妮,说小朋友你吃吗?叔叔请你吃。"带回去给你妈吃吧。"小学二年级的珊妮面不改色脱口而出。

这种犀利和不拘一格的风格从夜店被带回了家里和学校,珊妮很快因为没有礼貌得到了广泛关注,外婆终于忍不住把小姨王淑妮叫到房间里一顿指责,王淑妮十分委屈,红着眼眶走出房间,坐在珊妮身旁的沙发上。

"你脸肿得跟挨了俩电炮一样,我要是男人我绝对看不上你。"珊妮随口说了一句。

王淑妮勃然大怒,一把拉起珊妮抡起胳膊准备给珊妮一个耳光，珊妮吓坏了，僵在原地不敢动。过了几秒，王淑妮缓缓放下手，珊妮还傻站在原地。"新学的吓人的本领，好玩吧。"王淑妮摸着珊妮的头。

小姨的巴掌是不会真的落在自己脸上的，这是珊妮心里亘古不变的真理。直到十几年后自己和母亲吵翻，在家里摔杯砸盘，崩溃大喊你们家没一个好东西的时候，王淑妮那记响亮的耳光才推翻了这个已经被证明过几万次的定律。

定律就是用来推翻的，珊妮闭着眼睛轻轻安慰自己。

一只手突然狠狠拽了珊妮的胳膊一把，珊妮重心不稳险些栽倒，睁开眼睛看到小徐把她拉到了自己身后。

"算了吧姨，"小徐说，"再被拍到又出事儿了。"

王淑妮放下高高扬起的手，像运动会结束后降下的旗帜，衰老和疲惫在那一刻挣脱了她精致妆容的控制，像蜘蛛网一样在她的脸上越织越密。最后结成一层厚厚的茧。

"滚吧。"王淑妮说完转身去向来宾们道歉，又恢复了从容精致又有些骄傲的神情。

第五章

5
Chapter

一

大学三年级的课程并不多，考虑到学生们的就业实习、留学申请等问题，学校对于高年级在校生的旷课问题也睁一只眼闭一只眼，杜丽丽和严文玥几乎一周里有六天半的时间待在一起。

为数不多分开的时间是杜丽丽要在每周六下午去教务处做助管三个小时，大学生去教务处帮忙时薪并不高，但可以在评奖评优上获得优先被关注的福利，杜丽丽需要优秀毕业生这个荣誉，这能帮助她在毕业后更加顺利地落户在这座海滨城市。

周六下午杜丽丽不在的三个小时，严文玥会固定去逛一趟校门口的零食店，把买来的棉花糖偷偷放在杜丽丽的书包里，如果时间充裕，她去学校图书馆报告厅看随机播放的老电影，这是老李连续偷偷观察了三周了解到的情况。

这一周的周六，图书馆报告厅放的是《泰坦尼克号》，严文玥坐在椅子上半眯着眼睛，她并不在认真看电影，学校的电影翻来覆去就那么几部，她早已经对此脱敏，她需要的是一个稳定恒常的规律。严文玥是个守恒又精确的人，不同于强迫症一般刻意遵守条框的那类人，严文玥的守恒让人感到轻松又安全，她的生活和她的书桌一样，边缘平整，井然有序。

屏幕里Jack和Rose还在生离死别，严文玥已经昏昏欲睡，头轻轻歪在一边合上了眼睛，也不知道过了多久，当她醒过来的时候，报告厅里已经空空荡荡，投影被关闭，灯也暗了大半。她惊讶地发现整个报告厅里只有两个人，另一个戴口罩的中年男性坐在她的身边，刚才她不知不觉靠着对方的肩膀昏睡了半天。

"对不起叔叔。"严文玥红着脸道歉。

"没事儿，"老李摘下口罩伸了个懒腰，"我也好久没睡这么香过了。"

严文玥揉了揉眼睛看着老李，表情从迷茫变得逐渐清晰起来，"图书馆里有个咖啡厅，里面的华夫饼很好吃，需要学生卡才能买，我带您去吧。"老李还没有回答，严文玥自顾自地站起来走出了报告厅，她知道老李一定会跟她去，老李也知道她清楚这一点。

图书馆里的咖啡厅布置得十分可爱，到处是动物的公仔，老李坐在粉红色的小沙发上，如坐针毡。"你们学校平时都放《泰坦尼克号》这种电影吗？你们小孩也喜欢这种片子啊，我就看不进去，腻腻歪歪的，看着别扭，我喜欢《第一滴血》，那个看看多带劲啊。"老李没话找话，试图冲淡他坐在这里的别扭和尴尬。

"我也不太喜欢这种电影，我喜欢《公民凯恩》那种，情节不强但是会让人思考很久。"

"那电影我也看过，讲一大亨的一辈子，所以说啊，人还得平平淡淡的，多风光的人最后都有那么一天。"老李摇头叹息。

"不是啦，那部片子讲的其实是，你永远无法真正了解别人的一生。"严文玥有些苦涩地笑了笑。

穿格子裙的服务生端上点心，老李别别扭扭地用叉子把香草冰淇淋球涂在华夫饼上，准备往嘴里塞的时候看到不远处几个男生正看着自己窃窃私语，眼神里透露着嘲笑和敌意。

"你认识那几个人吗？"老李压低声音问严文玥。

严文玥回头看了一眼，露出轻蔑的神情，"我同学，怎么了？"

"你要不要跟他们解释一下，我觉得他们好像对我有点误会。"老李的声音又低了些。

"警察也怕误会啊？"严文玥扑哧一下笑出了声。

"我怕什么，我怕他们误会你。"老李的声音小得像蚊子振翅一样。

"能有什么可误会的,不过就是那些事情,谁谁谁又在外面勾搭了个校外的男人,年纪大长得丑,一个月给谁多少钱,给谁买了什么包,无聊得很。"严文玥翻了个白眼。

"我怕的就是这个,就我这个长相吧,你跟我一起吃东西,感觉我起码得给你买套房。"老李说完,和严文玥一起大笑起来。他并不擅长讲笑话,逗女生开心更是先天就短缺的技能,但不知道为什么,老李很希望严文玥能够快乐,他能感受到这女孩身上一种温柔的对抗精神,她仿佛时刻在跟除了她之外的整个世界对峙,她从不展示她攻城略地的战利品,关于她的伤口也只能从眼角的悲伤里瞥见零星的碎片。她太清冷骄傲了,以至于她根本不屑标榜自己的坚韧不拔、英姿飒爽,没有人配得上成为她的看客。

"好吧,既然您这么清醒,我就去介绍一下您吧。"严文玥站起来,对着不远处邻桌的几个男生喊:"你们也在呀!这是我爸!"又故意转过头大声对老李说:"爸,这是我同学。"

几个男生一下变得腼腆起来,参差不齐地站起来弯了下腰表示问好,老李自己也还没从震惊里走出来,生硬地摆了摆手算礼尚往来,又怯怯地看了严文玥一眼,求助一般:"那个……要不我给你钱你去请同学吃个饭?"

"不用不用,叔叔您太客气了。"几个男生有些难为情,没坐多久就离开了咖啡厅。

"你这谎编得危险系数也太高了,下次你爸真来了你穿帮了怎么办?"老李小声批评严文玥。

"你放心吧,一辈子穿帮不了。"严文玥说完,把手里的奶茶一饮而尽。老李看到严文玥脸上有亮晶晶的东西,仔细看的时候,那东西又一瞬间消失不见了。

"说正事儿吧,抱歉打扰你,上次在我办公室,我跟你聊得不多,感觉你应该不喜欢那种场合,所以想再来跟你了解一下情况。"老李把"警察局"三个字故意避开,担心被周围的人听到再让面前的小姑娘遭受新一轮的恶意揣测。

"好呀,我这人比较慢热,对陌生人话都不多。"严文玥露出乖巧的表情。

"没事儿,我随便问你随便说,不想告诉我不说就行。"老李把面前的松饼咬了一口。

"现在不会拘谨了,现在你是我爸我有什么好怕的。"严文玥笑起来,眼睛眯成一条缝。

"成啊,我上辈子修来的福气。"老李也笑了,但心里并不轻松，即使是难得的感到温暖的时刻，老李也不会失去自己的职业警觉，严文玥的情商很高，心理建设也很快，但这对于调查案情来说，并不是一件很好的事。

"王淑怡和你关系近吗？"老李放下刀叉。

"不算近，一起打过几次照面，她对我们态度都很好，如果刚好买水果回来会分我们几个。"严文玥努力回忆着。

"你们就只是邻居关系？你家还有其他人认识她吗？"老李进入了专业的审讯状态，语速快了一些，语气也不似刚才轻松有趣。严文玥看着老李的眼睛，似乎突然明白了自己图书馆自习室里的电脑上为什么突然出现了炫赫门的香烟味道，她对这个牌子的香烟味道很敏感，她小的时候，远房的哥哥来家里做客，经常抽这种烟，美其名曰：抽烟要抽炫赫门，一生只爱一个人。

"我妈认识她，但是也只见过一面，我为了考研搬出来租房子住，我妈担心我不安全，特地来帮我搬了一趟东西，刚好碰见王淑怡阿姨，就拉着她一起去楼下小饭馆吃了顿饭，说以后低头不见抬头见的，多和邻居搞好关系没坏处。"

"去哪个饭馆儿？"老李密集地追问着，这是一种常用的审讯技巧，如果对方在撒谎，绝不会把这些细节准备完善，突然被问到一定会紧张。

"小区门口的荣欣小吃，里面的疙瘩汤超好吃，我小时候不吃海菜的，但那家老板娘做得真的很好，我一口气能吃好几碗，你下次有空的话，我和丽丽请你吃，保证你喜欢。"严文玥不疾不徐地回忆着，脸上浮现出一种带着稚气的娇憨。

"我说你这说话做事儿怎么这么客气呢，原来是跟你妈一脉相承啊。"老李没从严文玥严丝合缝的回答里找到任何破绽，又恢复了慈祥的长辈的模样，"今天也就这么点儿事情，谢谢你请我吃东西，来见你也想私下跟你说两句，这案子来得不是时候，正赶上你要考试，遇到这种事儿谁都会影响心情，我听说你最近心情一直不太好。我像你这么大的时候刚进所里，跟着我师父办案，每天看到的全是些糟心事儿，慢慢地消化掉就好了，别被自己不能控制的事情影响，你往后会越来越好的。"

老李已经分不清这是自己让对方降低警惕的话术还是真诚的劝诫，严文玥喊自己爸的时候，他几乎真的以为自己有这样一个文静又倔强的女儿，有一天自己退休了，不再和形形色色的罪犯搏斗了，回到家还可以靠着和她打趣看她脸红的样子挨过漫长的晚年。

"我最近啊，确实有些时候很困惑，李叔叔，对于你们警察来说，撒谎是很严重的罪过吧？"严文玥的表情瞬间成熟了十几岁。

"也不一定,看什么类型的谎言吧,我也经常骗我爸妈,怕他们瞎担心。"老李宽慰道。

"那如果我也有想保护的人,但又不想欺骗别人,沉默总是无辜的对吧?"严文玥看着老李的眼睛。

"理论上是这样,但还是得具体问题具体分析,涉及案情的时候吧,有时候你一沉默,又会有几条无辜的生命牺牲掉,你当然不是恶人的同伙,但也绝对算不上善良。"

"上个月十九日晚上,我回万达小区找房东退押金,看到珊妮姐姐去了王淑怡阿姨那层楼。"严文玥沉默了几秒,小声说,"我很喜欢珊妮姐姐,担心她和案情有关,回来和丽丽哭了好一会儿。"

"谢谢你的信息,"老李点点头,"我相信你,也相信你的珊妮姐姐,你也要相信我,相信人民警察,好不好?"

严文玥点点头,老李伸出一只手指,"我们拉钩。"

严文玥也伸出一只手指,和老李的手指搭在一起。

老李起身准备离开,刚走到咖啡厅门口,突然传来严文玥响亮的声音——"爸"!

老李蒙了一下,停顿了两秒才转头,严文玥的声音划破了午后的倦意，整个咖啡厅里的人同时抬起头看着老李，严文玥跑到老李面前。"你这里有冰淇淋。"严文玥用手指了指自己嘴角一侧的部位，老李下意识抬手用袖子蹭了一下，严文玥迅速皱起眉头，"别别别别用袖子擦。"严文玥说着跑回桌边，用餐巾纸蘸了一点杯子里的水，跑到老李面前，老李伸手准备接过纸巾，严文玥却踮起脚直接帮老李擦去脸上的雪糕渍，老李愣了一下，一侧脸被餐巾纸反复撩拨，只觉得又痒又烫。

"谢谢你啊。"老李努力掩饰自己的羞赧，又害怕自己显得过于冷漠。

"是我该谢谢你。"严文玥看着老李，意味深长。

严文玥的信息和老李看到的事情刚好契合、分毫不差，老李下一步要去了解珊妮的行踪，但多年办案的直觉让老李总是隐隐觉得事情没有这么简单。

要过很久很久老李才能厘清这种直觉的具体出处，严文玥是个暗流汹涌、外柔内刚的女孩，老李不相信她会因为看到珊妮出现在小区居民楼而痛哭失态。这是没有受过任何挫磨的小姑娘才会有的状态，严文玥不是那种姑娘。

但如果严文玥在撒谎，她又如何可以把谎言编得这么丝滑自然和流畅？老李不知道的是，早在校园花园里的夜晚，严文玥就闻到了夹杂在花香里的炫赫门香烟的危险味道，看到了不远处明明灭灭的烟头的微光。

一二

回到办公室的时候已经是深夜了，由于下午吃了冰淇淋和松饼，晚饭的时间老李并不感到饿，胃的进食规律被打乱了，饥饿感延宕了几个小时，却虽迟但到，老李琢磨着看看附近的外卖有什么能吃的。外卖软件是上周才下载的，小徐教了他好久他才学会下单流程，要是没有小徐，他一准儿会把自己注册成骑手。

办公室的门外传来动静，老李迅速站起来一把打开门冲出去，门口的快递员吓了一跳，盯着老李满脸蜡黄。"这屋没人开灯，我以为你们都下班了呢！"快递员露出劫后余生的表情，轻轻深呼吸缓解自己受到惊吓导致的心律不齐。

老李这才发现自己回到办公室后一直没有开灯，抱歉地笑了笑，打开了开关。室内的光线一下明亮起来，看着快递员离开的背影，老李有些怅然若失，他有一瞬间以为赶来的人是珊妮。珊妮之前不时地从天而降经常令他感到厌烦，但现在他有点想见珊妮，想让珊妮告诉自己她那天出现在王淑怡家的楼道里只是由于某种关乎自我疗愈的奇怪仪式感，和案情毫无关系。

在老李与形形色色的人接触的几十年来，他并不喜欢珊妮这个类型的姑娘，她们有些过于聪明和骄傲了，但这种聪明只是不断被复制放大的小聪明，并没有升华为智慧。真正的智者懂得收敛，懂得美美与共、天下大同的和谐有多么可贵。可"珊妮们"却不这么想，她们偏偏要把碾压性的优越四处张扬，这多少让那些不那么出色的人感到窘迫。

但老李并不想珊妮是坏人，他想和这样的姑娘共存在世界上，偶尔打个照面，彼此尖锐地交换一下对世界的看法，其余大多数时间里，就井水不犯河水地遥遥相望。

老李突然意识到自己老了，他开始不自觉地把自己的感性融入案件里，他师父退休的时候说过，自己年纪大了，心眼软了，不再适合做警察了，血气方刚的老李不明白心脏的弹性和硬度如何测评，直到刚刚离开大学咖啡厅的时候，严文玥从背后叫住他，用餐巾纸帮他擦去嘴角的冰淇淋渍，老李才突然觉得自己理解了当时师父的感受。他不再用排查嫌疑人的目光审视人们，满眼都是同类的酸楚和无辜，这就说明他也不再适合做警察了。

珊妮和小徐都有日子没见到了，老李有些想念小徐，拨通了小徐的电话，准备借口请教他如何叫外卖趁机关心一下他的生活。电话拨通后响了几声没有人接，老李有些凄凉地挂断了电话。年轻人总有自己的生活，这个时间对于老李来说一天已经结束了，对那群孩子来说正是状态最好的时候，老李之前处理过不少半夜在烧烤摊喝酒打架的事情，深知同一座城市里的时差规则。

他放下电话，百无聊赖地拆开快递的盒子，里面是一个鱼形的花盆，这是根据修复过的砸死王淑怡的花盆图样在闲鱼的一家旧货杂物店铺上找到的商品，基本上和砸中死者头部的花盆出自工厂的同一批次，杂货店里的东西很便宜，放花盆的盒子里还送了一个半新不旧的竹子笔筒。大概是因为旧物身上岁月的气息令人不适，老李狠狠地打了几个喷嚏。老李眯起眼睛打开闲鱼软件，准备像上次小徐教他的那样给店家一个五星好评，却突然看到商品信息，这个花盆最近三十天内售出了两件。

一个是老李下单的，另一个呢？谁会刚好在王淑怡意外死亡之后的几天里，下单一个毫无实用和审美价值、已经被淘汰多年、长得酷似凶器的花盆？

老李连夜联系了卖家发货地所在的公安局开展协助调查，次日一早就找到了闲鱼上的杂货铺老板，找到了另一个鱼形花盆的收货地址，果不其然是万达小区附近的菜鸟驿站自提柜。老李拿到了收件人的联系电话打过去，对方迟迟没有接通，老李在公安局的网络系统中查到，这是一个安全号码，并没有通过身份证实名注册备案。

快递在两天前发出，不出意外的话今天晚上或明天一早就会到菜鸟驿站的自提柜。按照规则，老李应该去菜鸟总部要求同步监控录像，但那样就还得打报告走流程，几轮批复下来，估计嫌疑人早就去夏威夷度假了。而且，经年日晒雨淋，谁也不知道那自提柜顶上的摄像头是不是早就成了个摆设。

老李把自己包裹得严严实实，在自提柜旁坐着看报纸，一张报纸看了一天一夜。几乎每一个领快递的人都没有逃过他的目光"安检"，鱼形花盆的买主迟迟没有现身，老李无聊地起身活动着筋骨，想着要不要买一个可以播放京剧经典选段的随身听，让自己等待蹲守的时间不那么无聊和漫长。

"这不是李警官吗！"一声尖厉的声音传来，老李揉了揉自己受到惊吓的耳朵，转身看到拎着购物袋的张秋梅。"李警官你坐这干什么呀？地上这么凉！"

"我没事儿，在这等个朋友。"老李走近张秋梅，压低声音，暗示张秋梅不要大喊大叫暴露了自己潜伏在这里的真正目的。"谁这么不懂事儿啊，让李警官在这等半天！李警官你上我家坐着等吧，我正好买了排骨晚上一起吃。"张秋梅显然没有理解这个暗示，声调又高了八度，自以为是地卖弄着令自己满意的高情商。

老李无可奈何，苦笑着摆摆手表示不用，张秋梅碰了颗钉子，也知趣地不再坚持邀约，她刚走出去没几步，老李喊住了她："秋梅啊，你来这边是拿快递吗？"

张秋梅愣了两秒，一拍脑门，"你看我这个记性，说两句话就忘了来干吗的了，年纪大了脑子真不好用。"

张秋梅说着在自提柜前输入了一串数字，一个柜门应声打开，张秋梅拿出一个塑料快递袋，干脆利落几秒钟撕开包装，拿出一件羊绒衫在自己身上比试着。"好看吗李警官？我逛商场的时候看到的，店里卖四百九十八呢，我能让他们给坑了吗，我说我试一下，在试衣间里偷偷拍下来了商标和货号，回家上淘宝上一找啊，网上才卖二百八十块钱！你说说现在服装行业利润多大，真是无商不奸……"

"嗯，你真聪明。"老李心不在焉地夸奖张秋梅，眼睛依旧盯着面前的快递自提柜。

又过了两天，老李已经成为万达小区居民口耳相传的奇葩流浪汉。清晨七点，老李刚刚赶到菜鸟自提柜，就看到一个小学生抱着一个刚刚取出的快递盒子向小区外面走，擦肩而过的瞬间，小学生没有看到脚下的台阶，摔了一跤。老李正想扶起他，小朋友紧张得自己一骨碌爬起来，老李低下头，快递盒子被摔开，一个竹子笔筒掉出来，刚好滚到老李脚边。小学生怯怯地看着老李，老李捡起笔筒递给他，小学生犹豫着靠近，突然一把拿过笔筒拔腿就跑。

"哎！你跑什么啊？有事儿问你呢！"老李冲小学生的背影喊。

"楼下邻居说你是大变态！"小学生说完一溜烟跑远了。

"嘿！这哪个邻居啊！"老李边骂骂咧咧边追上小学生，眼看着孩子跳上了一辆公交车，老李也赶紧赶上，公交车已经关门，老李拼命敲着车门，司机不满地打开门。"膀大腰圆的早起两分钟能死啊，天天跟急着投胎一样。"司机是个五十来岁的妇女，患有严重的职业病，具体症状是看谁都不顺眼：早起挤公交去菜市场抢鸡蛋的老太太她看不顺眼；放学车上卿卿我我的早恋学生她看不顺眼；尤其不爽的就是年富力强的中年男性，这个岁数自己都没买车，算什么男人。

老李没有理会司机的精神攻击，目光在拥挤的人群里扫来扫去，车上几个穿着校服留着寸头的小学生，后脑勺看起来像是出自同一个理发师之手。老李听人说过，生过孩子的人对孩子的细节会格外敏感，家长在学校门口接孩子，二百个人里都能一眼认出自家的心肝宝贝。老李没有孩子，这个技能他没有机会练习，只能在车上挤过来挤过去，一个一个仔细辨认。

"大家看好自己的随身物品啊。"司机原本就不爽老李对她的指责毫无反应，从后视镜里看到老李奇怪的动作，又不阴不阳地喊了一句。

汽车又到了一站，一群手上拿着早餐的年轻人挤上来，原本就紧张的人均占地面积又被压缩了一大半。老李夹在几个香水味浓重的女人中间，前有狼后有虎不敢乱动，只能死死把着一个扶手先找到身体重心。突然一阵熟悉的声音传来，老李眯起眼睛努力辨别，想起这是珊妮的声音。

珊妮也在公交车上？老李迅速想起了她那辆拉风的陆地巡洋舰，觉得有些不可思议，他在人群的夹缝里搜索了半天，才发现声音的来源是公交车上的车载电视显示屏。老李艰难地挪动到显示屏前。屏幕里，珊妮披头散发，在葬礼上像个疯子一样大吼大叫。视频有点音画不同步，珊妮的嘴一张一合，身体颤抖的频率和她的语速被生生割裂开来，呈现出一种浓重的喜剧感。

车上的人们小声议论着，不时发出轻微的笑声，只有老李跨过了技术上带来的喜剧感，轻轻抚摸着珊妮的悲伤和绝望。那一瞬间，关于珊妮的全部细节涌上老李的天灵盖，珊妮初见老李时双手递过的书，珊妮写笔录时指甲上精致的花纹，珊妮拉着杜丽丽和严文玥的时候，把两个姑娘的手放进自己外套两边的口袋里。

一向优雅的人失态，总是格外让人心疼。

屏幕里的视频是手持拍摄的，抖动十分厉害，老李只觉得眼睛花得更厉害了，他有些费力地腾出一只手揉了揉眼睛，就在这一秒，屏幕里的镜头一转，老李看到了小徐的身影。由于位置关系，小徐的脸看上去有些扭曲，他肿着眼睛看着珊妮，嘴巴半张着，呈现出一种素日里难得的严肃和悲痛来，和周围满脸恨意的家属和陶醉看热闹的围观群众形成了鲜明的对比。

老李还想看清楚些，奈何镜头一闪而过，老李又担心起小徐来，自己虽然和小徐没见过几面，但他已经是最接近自己亲人的人。小徐之前开玩笑的时候说过，老李迟暮之年自己可以有偿给他养老送终，老李自然不当真，却也偷偷把他放在了心里某个属于家人的位置。珊妮需要一个情绪的出口，老李之前盘算过，这个出口是小徐总好过是别人，小徐太没有骨气，受过的委屈过眼就忘,在保安的岗位上履职半年以来从没和业主发生过口角,这样的性格对于他自己和珊妮,都是很好的保护。但刚才那一刻,老李怀疑自己错判了小徐,经年的世事揉磨并没有让这个年轻人失去他严肃的情绪,它只是被深埋地下,但这地下可能深不见底,也可能无限广大。

冤冤相报何时了啊,老李一声叹息。

老李沉浸在悲伤里,回过神的时候车上的小学生已经纷纷下车,老李焦急地拨开人群冲下车,不远处就是实验小学,几百个着装一模一样的小学生鱼贯而入,老李只觉得眼前发晕,像是陷入了一片匀速运动的马赛克,奇怪的单元颜色很快就可以把自己融化消解掉。他轻轻叹了口气,转身往回走去,珊妮憔悴的双眼和小徐扭曲的表情还在他心里挥之不去。

三

张秋梅打开门看见老李的时候,愣了两秒才恢复标志性的热情似火的笑容。"李警官你来了怎么也不提前说一声呢!"

"上次您请我回家吃饭，我实在脱不开身，一直惦记着这事儿呢，不想误了您的好意，今天手上的事儿刚松快一点，我就过来了。"老李微微点头表示抱歉，张秋梅依然堵在门口，手下意识紧紧地握住门把手，老李的视线只能通过张秋梅身体与门框之间的狭窄缝隙，像热带藤蔓一样，艰难又野蛮地延伸到房间里去。

"嗐，你说这个不凑巧，我今天家里大扫除，一整天都在家里灰头土脸地干活，我家那位是个废物，什么都不帮我干，我本来打算晚上自己对付一下的，什么菜都没买，李警官，要不您等我换个衣服，我请您下馆子去吧。"张秋梅悻悻地笑着，声音像接触不太好的旧唱片，老李听出她爽朗的笑声里夹杂着粗糙的噪点。

"没事儿，我刚好带了，我买了排骨、鲤鱼和烧鸡。"老李把手上的塑料袋在张秋梅面前晃了晃。

"哦，您想得真周到啊。"张秋梅的嘴角向下撇了一下，说不出是客气还是讽刺，右手松开门把手，微微侧身给老李让出一条道。"那是啊，总不能上你们家来白吃白喝，太影响人民警察形象了。"老李生怕张秋梅下一秒反悔，迅速走进门去，"我得换鞋吧？"

老李的视线扫过张秋梅家的客厅，她没有欺骗自己，家里确实刚大扫除到一半，桌椅茶几都被挪到了客厅的一侧，客厅中间的地毯也被卷成筒形码到一边，大面积的大理石地面裸露出来，通过上面的水渍还依稀可见着拖把划过的奇怪路径。张秋梅有些慌乱地搬过一把椅子，把拆下的椅垫又绑回椅子上，把椅子放在老李身后，"李警官你先坐会儿，我去厨房把鱼收拾了。"

"用不用我帮什么忙？"老李问，目光还在客厅的角落里不停游移。

"你坐着就得了，哪能让你们老爷们儿进厨房。"张秋梅说着身影已经消失在厨房的玻璃拉门后。

老李的师父没有退休的时候，也就是老李还叫小李的那些年，他最怕的就是自己的师娘，那个女人满脸横肉，烫了一头的泡面卷，老李的师父什么心狠手辣的犯人都能对付，唯一搞不定的就是自己的老婆。据说两个人是相亲认识的，对方跷着二郎腿看着老李的师父，说我觉得行，你说呢？老李的师父紧张得满脸通红，不敢反驳，这门亲事就这样定下来。那时候遇到一些棘手的案子，警察们经常需要通宵开会，师娘总是会后半夜气势汹汹地闯进来，在会议室里坐下，也不说话，默默点起一根烟嘬着，嘬不了几口大家就会知趣地找借口离开，离开的人会偷偷在门外逗留两秒,听老李的师父小声道歉的声音,那是他有生之年最温柔的声音。当年的老李时常替师父感到窝囊和委屈,直到有一天一个案件成功侦破,一小组人去师父家吃饭,看到师娘一个人在厨房拎着刀挽着袖子剁排骨,几个人坐不住想要帮忙,却被师娘喝住:"哪有老爷们儿进厨房的,你们都是干大事的人,这一亩三分地好意思跟我抢?"几人再也不敢说话,就静静地等着被一个女人投喂。酒过三巡,老李的师父拉着老李出门抽烟,听到屋里师娘正在劝酒,声如洪钟,笑了起来,"这娘们儿真是的,平时怎么看着怎么不好,但是有她在的时候吧,你就觉得自己被接住了。"老李的师父眯起眼睛,满脸陶醉地欣赏自己妻子的笑声。

此刻,坐在客厅里的老李听着厨房里丁零哐啷的声音,学会了欣赏这种市侩粗鄙的烟火气和柴米油盐碰撞出的悠扬协奏曲,他也学着师父的样子,眯起眼睛欣赏这种诙谐的音乐,这音乐的层次逐渐增加,老李听到了一声钥匙开门的声音,藏在杯盘碗盏的碰撞里。老李迅速睁开眼睛,张秋梅的丈夫刚刚进门,看到客厅里的老李,紧张得全身僵硬,不协调的四肢忘记了应该如何挥手问好。

"你回来啦?"张秋梅听到声音从厨房里探出头来,把灶台上的火调小后走出来,"人家李警官来咱家做客,买了好多菜呢。"秋梅丈夫依旧没有反应过来,脸上还是漏洞百出的笑容。

张秋梅走到丈夫旁边,狠狠拍了下丈夫的肩膀,"傻愣着干什么呀!换衣服洗手来帮我一把!"秋梅丈夫这才恍然惊醒了一般,抱歉地跟老李鞠了个躬,回到房间关上门。秋梅有些难为情地看着老李:"不好意思啊李警官,他就这样,三棍子打不出一个屁。"

"没事儿,这种人好,太活泛的男人不让人放心,你家这样的,怎么收拾都跑不了。"老李刚说完,张秋梅又哈哈大笑起来,"李警官你真的太会说话了,有空多教教我们家这个。"

秋梅丈夫换了衣服出来,灰溜溜跑进厨房,老李甚至听不到他走路的声音。厨房的门再次被关上,里面传来音量不高语气却波澜起伏的争论声,老李轻轻往厨房的方向挪了挪椅子,试图听清两人讨论的内容,却只能听到油在锅中加热、水珠迸裂开的声音,那声音有点像新年时候小孩子酷爱的一长串的小爆竹,一串可以响很久,声音不算太大,却能把所有不愉快都遮盖得严严实实。

老李放弃监听,起身向房间内走去,卧室的门虚掩着没有关紧,应该是秋梅的丈夫太着急赶到厨房,生怕晚了两秒就会招致妻子的新一轮体罚。

老李走进二人的卧室，秋梅丈夫换下的衣服零乱地搭在床头，床的正对面是二人有些泛黄褪色的结婚照，张秋梅坐在椅子上，头发烫成民国贵妇的样子，几个筒状的卷发垂到肩头，刘海被发卡固定成海浪的弧度，遮住半个额头，脸上被涂成不自然的象牙白色，嘴唇则是五星红旗一样的正红色，做作地露出八颗牙，眼睛眯成一条缝，洋溢着老李在张秋梅本人脸上从未见到过的青春少女的憧憬表情。一旁的丈夫站在椅子后面，头发上打了发胶被抓起来一撮，一只手放在椅背上，一只手搭在秋梅的肩头，紧紧抿着嘴角，姿态生硬得像个油漆未干的雕塑，老李猜测他此时搭在秋梅肩头的手一定是汗津津的，不由觉得有些好笑。老李的视线从照片上转移开，到床单下露出的内衣的一角又迅速弹开，跳过梳妆台上抵抗岁月的瓶瓶罐罐来到阳台上，阳台上有几盆蔫头耷脑的君子兰和一棵发财树，发财树旁边，一个花盆被遮挡在半开的窗帘后，只露出鱼尾巴形状的一角。

老李迅速走过去拨开窗帘，果然是熟悉的鱼形骨瓷花盆，老李拿起花盆摸了下底部，底部很干净，没有积年的薄灰，老李又俯下身看光滑的阳台，也没有花盆底部的印记，老李怀疑这花盆刚刚买来没多久，又转身摸了下其他花盆的底部，同样很干净，花盆下的阳台上也没有被放置多年的印记，又不禁怀疑起自己的怀疑，或许是因为张秋梅大扫除的时候刚刚擦过所有花盆的底部，给它们都挪了位置也未可知。

"李警官。"

张秋梅突然出现在房间门口，老李转过头，二人都有些紧张，"你这花盆我在居委会也见过，是你们一起买的吗？"老李说着随手放下了花盆。

"多少年前的东西了，搬进来的时候统一发的，一直扔在家里，你喜欢的话就拿走，你别嫌弃就行。"秋梅爽朗地一笑。

"就你这个性格要是多来两个做客的，还不把你家搬空了啊。"老李笑着调侃秋梅。

"哪能啊，都是些破玩意儿，没人稀得要，快洗手吃饭吧。"秋梅说着转身又消失在门口，老李尴尬地愣了几秒，突然打了个响亮的喷嚏，不知道这女人平时往自己脸上抹些什么人类科技结晶。

"李警官，您能来做客我们是真没想到，我们这小地方招待人，挺不好意思的。"几杯酒下肚之后，秋梅丈夫的话多了些，"当时就想在这过渡一下，没想到一下子住了这么多年，能搬走的邻居都搬走了，新来的这些也不认识，我也好长时间没串门了。"

"我看您二位都不像是收入水平低的人,怎么这么多年也不换个大房子?"老李帮秋梅丈夫把空了的酒杯重新倒满。

"你是不知道,一早算命的就说我,赚的都是流水钱,存不住。"秋梅丈夫摆摆手,"前几年想换房子,结果她爹病了,送走了她爹,我妈病了,我妈好不容易也伺候走了,儿子非要出国留学,人家在外面花dollar,我们在国内赚人民币,哪还能剩得下,不说了不说了。"秋梅丈夫摇摇头,把杯中的酒一饮而尽。

"给孩子花钱那算投资,将来儿子出息了,能不报答你们俩?你们好日子在后头呢,别惹我这光棍羡慕。"老李拿起自己的酒杯跟秋梅丈夫放在桌上的杯子碰了一下。

"那可不一定,出息是一回事儿,报答是另一回事儿,楼上王淑怡那闺女珊妮倒是出息呢,怎么样?没把她妈坑死算不错了。"张秋梅发出啧啧的声音。

"话不能那么说,那是老唐那前妻自己缺德事儿干多了,老唐多好的人,珊妮多好的孩子,她非要一天天地发火找碴,说是要假离婚投资买房,结果卷了所有的房产把老公孩子赶出去了,换谁谁不恨她?你要说珊妮不孝,珊妮对老唐就好着呢,当时她妈霸占了她们家三套房子,把她和她爸赶出来,她一年到头都在外面赚钱,连过年都没回来,第二年就给她爹在海边置办了个海景房，那么小一丫头，也不知道在外面吃了多少苦……"秋梅丈夫说着说着动容起来，仿佛说的是自己的女儿。

"小丫头赚钱才容易呢，你当跟你一样。"张秋梅小声说，说完看了一眼老李突然有些阴沉的脸，迅速改口，"算了算了，不聊死人的事儿，吃饭。"

"你们说，那个王淑怡霸占了三套房产，怎么也没见搬出去，还住这个地方啊？"老李问。

"我听说啊，那三套房产一套写着老唐的名字，一套写着珊妮的名字，王淑怡卖不了，虽然他们当年为了买房假离婚的时候有私下协议房子都给她，但房本上的名字还没改，她要想卖就得老唐和珊妮签字，这俩人谁搭理她。另外两套房子珊妮都装了摄像头，特地雇了两个保姆，什么都不干就在里面住着，只要王淑怡敢去赶人，珊妮就让保姆录像发到网上，王淑怡本来名声就已经臭了，在网上被骂得跟过街老鼠一样，单位都没人搭理她，哪还敢兴风作浪啊。真没想到啊，她算计了半天，卖也卖不了，搬也没法搬，珊妮爸已经天天看着海景颐养天年了，她还蜷在这里，到死也没过上一天好日子。"秋梅老公轻轻叹了口气，说不出是痛快还是唏嘘，"都说人为财死鸟为食亡，你别看我们两口子没什么本事，日子一天天也过得抠搜的，这种事儿我们可干不出来,王淑怡和老唐刚搬进小区的时候,珊妮才六岁,我们经常打照面,老唐媳妇看着挺和善一人,也不知道后来怎么变成了这样……"

"那这么说你们认识挺多年了。"老李用手剥开自己面前的花生,把花生仁扔进嘴里,又抿了口酒,十分惬意。

"可不是嘛,当时小区刚交房,第一年元旦业主大会,一起合影的时候他们两口子站我俩旁边,我就多看了人家一眼,秋梅回家就发疯了,这老娘们儿真是……"秋梅丈夫已经喝得有些多了,自顾自地大笑着,完全没注意到秋梅面露愠色,狠狠夹了一筷子排骨放在他的碗里。

"那张照片还有吗?我想看看。"老李放下花生抖了抖身上的花生皮。

"有,你去找找。"秋梅丈夫转身吩咐秋梅,秋梅看了老李一眼,知道此时不好发作,只能狠狠瞪了丈夫一眼,起身走进房间,故意把椅子带得一声巨响。

"谢谢你啊李警官,你不来我哪有这待遇。"秋梅老公露出孩子一般得意的笑容。

"没事儿,都是爷们儿,我理解你。"老李也笑了。

秋梅拿着相册出来,坐在老李身边不断翻找,嘴里不断嘟囔着:"我看看这是哪一年的,这是儿子小学毕业……"

"等一下,"老李突然按住秋梅翻动相册的手,"这张是什么时候的?"

"这是儿子第一天上幼儿园,怎么了李警官?"秋梅吓了一跳。

"没事儿,挺可爱的。"老李眯起眼睛细细端详着,照片的一侧阳台上,模糊可见一个鱼形的花盆。

"是可爱,这个年纪的小孩儿最好了,每天就黏着你,一会儿看不见妈妈就哭,后来长大了,回趟家就跟出差一样。"秋梅说着,遂露出伤感的神色,轻轻把相册这一页翻过去,"找到了,在这里,就是这张。"秋梅指着一张合影给老李看,"这是我,这是王淑怡,这是珊妮她爸老唐。"

老李把相册拿到手上对着光细细端详着,泛黄的照片里小区的楼还是崭新的,照片上的每个人都洋溢着兴奋和热情,王淑怡戴着帽檐很大的毛呢礼帽,身上裹着一件松垮的大披风,对着镜头羞赧地笑着,在一群比画着剪刀手大喊茄子的人里表现出一种不合群的优雅和超然的神色。

眼角眉梢的温柔和坚定像极了老李第一次见到的珊妮的样子。

离开张秋梅家，老李并没有下楼，而是转身从消防通道去了十八楼，楼道里的廊灯依然电压不稳，光亮不断闪烁，老李走到1802门口，轻轻敲了敲门，良久，房门内毫无动静，老李轻轻叹了口气。

他希望小徐在里面，自从小徐辞职后，他和珊妮两个人就像人间蒸发了一样。毕竟只是配合办案的关系，这种别扭的关系只会让原本熟悉的人变得尴尬和生分，不可能滋养出某种温情来，老李暗暗提醒自己。

老李回到办公室，心不在焉地拿起自己买的花盆端详着。酒精总是能刺激人胡思乱想，老李想象着自己成为某个不惹眼的静物，在一户人家的窗台上静静侧卧几十年，看着这家人运势浮沉，亲人聚散，也不失一件有趣又让人觉得无可奈何的事情。

一个响亮的喷嚏打断了老李天马行空的想象，他还没来得及拿纸巾，就又打了一个喷嚏，喷嚏声持续了长达三分钟才勉强被叫停。老李一边用面巾纸揩着通红的鼻头，一边用另一只手擦着桌子上被鼻涕袭击到的各个物件。上一次这么严重的急性鼻炎发作还是很多年前办案的时候，同队的同事牵了一只警犬来，老李打喷嚏打到呼吸困难不能自已，这才意识到自己对动物的毛过敏。

本着"这世道连人都养活不起"的基本思想，老李父母一家不养任何动物，也从不带老李去动物园，老李活了二十岁才知道自己居然有这个毛病。在此之后，每当需要警犬协助办案的时候，老李都要戴上厚重的口罩，手下的警察经常调侃他，口罩一戴，看着比犯罪分子还像犯罪分子。

可是办公室里怎么会有动物毛发呢？老李检索了半天，最后视线又落在了鱼形花盆上，他用棉签蘸了水，小心翼翼地在花盆内部擦拭了一遍，把棉签放到灯下看，果然棉签上沾了几根白色的长毛。这是读警校的时候学到的，那时候宿舍阿姨查寝室卫生，总要用棉签检查洗手间地上有没有头发，这事儿成了他们男生宿舍成员的集体噩梦，老李到死也忘不了这一幕。

老李迅速联系花盆的卖家。对方连连道歉，表示自己家养了只萨摩耶叫豆豆，每次自己打包物品的时候豆豆都会在一旁凑热闹，不小心沾上了毛发。"以后注意啊，幸亏这是花盆，这要是饭碗，你说我和你家豆豆还不成一个碗刨食的兄弟了。"老李说完挂断电话，拿起外套急匆匆走出去。

老李敲开张秋梅家门的时候，张秋梅只穿了一条睡裙，看见老李吓了一大跳。"不好意思啊，就我看你家那个花盆，我晚上就挺想要的，一直没好意思开口，我刚好有一盆小仙人掌想找个地方放……"老李低下头不直视张秋梅已经冻出鸡皮的胸脯。张秋梅转身回屋拿了花盆递给老李,老李匆忙道谢后转身离开,张秋梅一直目送老李进了电梯,才紧张地关上了房门。

老李迅速从口袋里掏出密封袋把花盆装好,这才在脑子里复盘起自己刚才的表现,这娘们儿不会觉得自己对她有什么意思吧?自己刚才的仪态也算是落落大方了,但大半夜因为这种无厘头的事情敲门,总觉得有点说不通。老李办案多年,从来没有传出过作风问题,同事都说他"干净得令人毫无兴趣"。要是第一次传出绯闻是跟张秋梅,老李觉得自己有点吃亏,自己去参与扫黄行动的时候,对着屋子里的香肩玉腿都能帅气地脱了外套扔给对方让她先遮住关键部位,因为这么个女的坏了名声,可真算阴沟里面翻船,说出去都害臊。

"李警官!"

一声少女的清脆嗓音让老李吓了一跳,他这才发现电梯门已经打开,门口站着一个短发女孩,戴着棒球帽和一个巨大的黑色口罩,昏暗的灯光下,老李用了好几秒才认出她是杜丽丽。"这么晚了你来这干吗?"老李暂时忘记了刚才因为张秋梅引发的胡思乱想。

"我和文玥回宿舍住了两天,觉得还是出来住比较好,就跟中介又租了这边六楼的一间，转租那个房客加班回来得晚，我来看房，现在租房太难了，我听说小徐继承了王淑怡阿姨的房子，本来想问问他租不租……"

"那可是凶宅啊孩子。"老李睁大了眼睛。

"凶宅好，凶宅便宜，我们学生党本来钱就不凑手，再说了凶宅有什么，谁敢说你站着的地方，这么多年一个人也没死过？"

杜丽丽说完，老李下意识地挪了一下自己的脚，"你们这群年轻人也是厉害，天不怕地不怕的，还好小徐没租给你。"

"他跟珊妮姐旅游去了，没空搭理我。"杜丽丽不满地哼了一声，"男人都这样，重色轻友，之前我和文玥对他也挺好的，看见珊妮姐就都忘了。"

"你说，小徐和珊妮去旅游了？去哪了？"

"我也不知道，我前两天来看房子，看见两个人在楼下，把行李箱往车上搬，我还没走近呢，他俩上车就走了，小徐哥可有两下子呢，你想想珊妮姐什么人物，能正眼看他？说不定有什么独门绝技呢，平时都没看出来。"杜丽丽说完看了看老李的表情，"李警官，看不出来你也挺八卦的呀。"

老李没说话，只是觉得眼前的灯光又昏暗了些。

四

珊妮在万达小区一号楼1802房门口站了半个小时,她很感激这个小区的破旧和物业的摸鱼,让她此时可以通过因为天冷而收缩的门框和铁门之间的缝隙观察到客厅里的光,珊妮知道屋子里有人,通过长久的安静又能判断出,屋子里只有小徐一个人。

珊妮正准备敲门,房门咯吱一声自己打开了,小徐抱着几个空快递箱子站在门口,惊讶的表情只在他脸上一闪而过,紧接着他自然地把纸箱放在门边,转身一把关上门,仿佛珊妮不是一个完整的人,而是分散的微弱信号,被分解后飘浮在空气里。珊妮没有敲门,接着站在门口等,她蹲下身翻了翻纸箱上的信息。

小徐买了冲锋衣、雪地胶鞋、保暖内衣和登山杖。这是继承一套房之后开始放飞自我发展兴趣爱好了?珊妮正在疑惑,房门再次打开,小徐又抱着一堆拆开的包装站在门口,依然像没看见珊妮一样,把包装袋一股脑儿扔到珊妮身上。门又被关上,珊妮站起来,似乎更加胸有成竹了些,她知道门很快就会打开,小徐不忍心让珊妮一直站在这,珊妮捂住嘴,假装控制不住地咳嗽起来。门再次粗暴地打开,小徐满脸不耐烦地站在门口。

"房子不会卖给你的,别想了。"

"你要去哪探险啊?"珊妮没接小徐的话,语气轻松得像是在打趣老友。

小徐抿了下嘴角,没说话。珊妮噘起嘴巴靠在门框上,"你说了我就走。"

"去西藏,冈仁波齐。"

珊妮知道冈仁波齐的故事,是她很小的时候王淑怡给她讲睡前故事的时候说起的,那座山被西藏人奉为圣山,海拔很高,环境恶劣,很多藏族居民要用一年多的时间一路磕长头磕到山顶,据说绕山一周可以抵一世罪孽。听到小徐说要去那里,珊妮心里大概猜了个八九不离十,"她让你去的吧?"

小徐没说话,低头用脚把门边的纸箱归置了下。

"别去了。这人不是扯淡吗?且不说转一圈就消罪这事儿靠不靠谱,就算靠谱,也是得自己去转吧,别人抱着你的照片去转一圈就消罪了,这消罪是不是也太便宜了?"

"我本来确实也不打算去了,"小徐长叹一声,"但是她的葬礼被我搞砸了,我再不去,总觉得对不起她。"小徐说完,意味深长地看了珊妮一眼。

"葬礼是我搞砸的,要去也是我去,再说这事儿本来就是让孩子去的,祖荫得传给后代呢,你去算怎么回事儿?你已经抢了我家房子了，这点运气也要跟我抢？"珊妮故意摆出一副霸道的姿态，冈仁波齐因为海拔过高，终年寒冷，最佳游览时间是八月到九月，如今十一月马上过完大半，藏区高寒，普通游客去一趟都要在病床上缓个四五天。

"别闹了，我真的想去，我还想给我自己消个业障呢，免得总碰见难缠的人。"小徐冲珊妮翻了个白眼。

"那我也想去给我自己解脱解脱，我这么不孝一人，肯定得下地狱，我比你需要去。"

"知道会下地狱为什么要这么活呢？"小徐看着珊妮，两人对视，长久无话。

"我不在乎我会不会下地狱，我在乎的是，她会不会。"珊妮的脸色又变得冷峻惨白起来。

"时间来不及了，我得收拾行李了。"小徐说着就要关门，珊妮用身体顶住门，并没有放弃的意思。

"那这样，各退一步，我们一起去。"

小徐松开准备关门的手，注视着珊妮。珊妮衣服上被撕扯过的痕迹还在，头发缝里还有细碎的彩纸屑，说明她从葬礼回来并没有来得及换衣服，小徐看到这些白日的痕迹，心情又烦躁了起来。

"你知道诺兰吗？"

"知道啊，我很喜欢他。"

"我看了诺兰的新电影，云里雾里的，累得脑子疼，走出电影院我就发了个誓，以后只要他导演的电影，我再也不看了。不管他多聪明，只要我愿意，他就永远赚不到我这种傻子的钱。"

"什么意思？"

"我是想说啊，我知道你很优秀，也执着，但我也希望你知道，无论你有多好，总是有人不买你的账的，不只是对你，谁都是这样。"

趁珊妮还没反应过来，小徐推开珊妮关上了门，他迅速关了灯回到房间拉上窗帘反锁了屋门，避免自己忍不住想趴在猫眼上看看，珊妮到底哭了没有。

不知道是哪种物理折射现象，走出万达小区的时候，世界在珊妮面前呈现出一种奇怪的姿态和形状，她面前的小路明明是笔直的，双脚走上去又感受到一种蜷曲的弧度，像是一只小虫子在古筝的琴弦上爬动，那弦看起来每一根都没什么分别，可不时传来的微弱声音的音调又仿佛在宣告某种荒腔走板的偏离，两侧的路灯是金徽玉轸，鹅黄色的光亮让一切都变得失真了起来。

珊妮不记得自己是怎么走到那家深夜独自营业的小酒吧的，

这似乎成了她的一种肌肉记忆，她有时候会怀疑那家店是不是根本不存在，是她精神世界幻化出的产物，会根据她的心情呈现出不同的形态，她越孤单，那家店就越人头攒动，她越无助，那家店就越孤寂冷清，那家店像是珊妮的另一个自我精神的物化，用于对她现世的生活尖锐嘲笑。

今天，那家店关门了。

连往日一定会准时赴约的杨贺也不知去向，珊妮从门口地毯下面取出钥匙打开门走进去，打开灯店里依旧十分昏暗，珊妮凭借记忆寻找那个通向地下的洞，还没来得及攀住滑下去的铁杆，就一脚踩空摔在了海洋球里。

珊妮掉进了一个梦里，梦里她差点被淹死在五颜六色的海里，一个人坐在岸边看着她，问她，你想上岸吗？她说我不想，因为我的衣服都湿了，上岸之后，岸上的人们会用他们的目光蚕食掉我若隐若现的裸体。岸上的人说，你可以选择不这样，珊妮艰难地摇头，我从没见过湿了全身的人能够体面上岸，上帝不会停止对他们的惩罚，那个人笑了笑，说我的孩子，我原谅你。

走出小酒吧的时候，珊妮抬头看着天空，天上的星星像是梵高油画里的那样扁平而庞大，珊妮发疯一般四处寻找，是谁像拍死一只虫子一样拍扁了星星。珊妮跟跟跄跄地奔跑着，不小心撞倒了一个女孩，女孩站起来，有些惊讶地看着她。

"你……"

女孩还没说话，珊妮一把捂住女孩的嘴，"别，别说话，听我说，快跑。"

女孩诧异又茫然地看着她。

"你看天上的星星，这么大一颗，星星都这么大了，等到太阳出来的时候，一定会占满整个天空，我们都会被烧焦的。"珊妮说着，像个孩子一样大哭起来，对面的女孩愣了一下，扶住珊妮，轻轻拍着她的后背。珊妮的脸在女孩的肩膀上不断摩擦蹭着眼泪，慢慢睡过去。

珊妮醒来的时候，自己躺在医院急诊输液室的床上，一旁一个女孩正坐在凳子上趴在床边睡觉，珊妮起身的动作惊动了她，女孩仰起脸看着珊妮。

"你醒啦？"女孩冲珊妮笑了笑，珊妮愣了几秒才辨认出这是严文玥。

"你昨晚在路边晕倒了，我把你送到医院，跟医生说你低血糖了，让他给你打了两瓶葡萄糖。哦对了，昨晚你经纪人打电话来，第一次我没接，他又打来，我猜他应该是你经纪人，我接起来说我是你的保姆，你最近有点太累了，他说他知道了，就把你下周的事情取消了。还有就是,晚上实在叫不到车,我没办法就给小徐哥哥打了电话,他在外面等你呢。"严文玥说着冲珊妮笑了笑,"他问我你怎么突然这样了,我说你喝多了,他本来也想进来陪你的,我没答应,说你要换衣服,我怕他观察你久了,会猜出来你昨晚干了什么。"严文玥凑在珊妮耳边低声说:"你别担心珊妮姐,我不会告诉别人的,连丽丽也不会告诉。"

珊妮两只手放在严文玥的脸上端详着她,有一个瞬间她在想,严文玥是不是另一个她自己,在十年前收到了自己的求救信号,所以穿越而来拯救自己。但她很快打消了这个念头,她并没有严文玥这么细腻、缜密、勇敢和镇定,十年前没有,现在依然差得远。珊妮感觉到自己眼眶里有温热的东西流出来,严文玥面对意外的状态太过于娴熟了,珊妮知道这种女孩,一定是被更大的伤害和磨难塑造成了今天这副遇强不弱的姿态,想到这个,她便无法抑制地难过了起来。

"别哭了珊妮姐,"严文玥伸出手擦去珊妮脸上的泪水,"这样吧,我知道了你的一个秘密,我也告诉你一个我的好不好?"

珊妮点点头,手托着腮摆出一副津津有味的姿态。

"我快要毕业了,想争取一个优秀毕业生名额,这样读研之后申请奖学金容易一点,可是我们班竞争压力很大。有一天,一辆外卖的电瓶车差点撞到我室友，我一把推开了我室友自己被撞得在地上滚了一圈，大家都吓坏了，我其实没什么事儿，就是皮肉伤，但是我去医院打了石膏，拄了几个月拐杖，也没有让外卖公司赔偿，那个时候校领导对我的德行刮目相看，那几个月真难熬啊，洗澡都不方便，不过现在我已经拿到优秀毕业生名额了。"严文玥说完，露出得意又悲伤的表情，"每个人对犯错的定义不一样，我不觉得利用和伤害自己是错误，有些人已经没有什么能帮自己的人了，如果连自己能支配的东西都不能牺牲换来一点东西的话，让他们怎么办呢？"

"文玥啊，我像你这么大的时候，也会有这样的想法，觉得自己一无所有，只能割肉卖血去和这个世界对抗，但走到今天我有的时候会困惑，或许我没有善待真正应该被善待的人，所以一直没有办法缓和和自己的关系，我有时候想，要是我先后退一步，对这个世界鞠个躬笑一笑，可能一切都不一样了，我已经到这个地步了，没什么回头的余地，但你呢，我觉得你还有的选。"珊妮揉了揉严文玥的长发，把她的马尾辫拆开又重新绑好。

"那种事情真的很让人觉得舒适吗？"严文玥小声问。

"老实说我不知道，每一次过程是什么我都不记得了，我只记得我每一次醒过来，时间都往前跳了一段，我的手机里全是经纪人的未接来电和工作的消息，我要立刻投入工作弥补那段时间里的损失，我觉得我找到了一种快进人生的方式，就像玩游戏作弊一样，其实是不对的，但我总忍不住那样做。"珊妮捏了下严文玥的脸。

没有告诉严文玥的是，巨大的兴奋之后就是巨大的空虚，欲望总以厌倦收场，这规则在任何一个轨道上都适用。

"其实你不需要，如果我是严文玥的话，我会想时间过得慢一点，和丽丽在一起久一点。"珊妮看着严文玥似懂非懂的表情，又加了一句。

严文玥的脸红了，轻轻抱住了珊妮。珊妮穿好衣服和严文玥走出医院，远远看到小徐逆着朝阳的轮廓出现在医院门外，小徐走到两人面前，面无表情看了严文玥一眼，"你今天上午应该有四节课吧？"

严文玥知趣地迅速离开，小徐又看着珊妮，珊妮摆弄着自己的头发，希望尽可能挡住自己憔悴的脸，小徐突然开口："给你两天时间，把身体养好，后天一早，我们出发去西藏。"

清晨的阳光，在那一刻穿透了珊妮的身体，珊妮不知道这意味着自己死掉了，还是某种新生的开始。

第六章

6
Chapter

一

珊妮坐在酒店的落地窗前，给父亲打了个电话。自从和王淑怡彻底决裂之后，珊妮用当时自己全部的积蓄给父亲在临海的景区旁买了一套房子。房子在洋楼的一层，有一个小院子可以用来种花，那套房子让二十岁出头的珊妮背上了七位数的贷款。她曾经规划过，如果不是因为自己突然红了起来，她大概需要工作十五年才能还完房贷。

珊妮父亲退休后一直住在海边，很少出来社交，也不怎么用网络，珊妮在公众视野日渐活跃，父亲反而和这个世界逐渐疏远起来，珊妮觉得这样很好，她知道父亲不会看到网络上对自己的争议，即使是对这些事情心知肚明的他的朋友和邻居，见到他的时候也只会报喜不报忧。

珊妮拨通了电话，另一边父亲的开场白如期而至："现在在哪呢？"

"在准备新书后续的宣传和影视改编。"珊妮含糊了过去,她不能让父亲知道自己此刻跟他在同一个城市,但是却执迷在一团污秽里拉扯,没空陪他颐养天年。

"我今天跟隔壁老姜头吵起来了,"珊妮父亲似乎察觉到了珊妮的异样,体贴地换了个话题,"他说他闺女的iPhone13马上到货了,他可以用他闺女淘汰的iPhone11了,我说我用的也是我闺女给我买的iPhoneX,他就得意得不得了,觉得自己终于比我时髦一点了,真是的,我刚用iPhoneX的时候他还用iPhone6呢……"珊妮父亲像小孩子一样喋喋不休。

珊妮笑了起来,上次是单反相机,再上次是电动车,在父亲骂骂咧咧老姜头路都走不利索还骑电动车的时候,珊妮天真地以为父亲真的不赞成这种行为,后来父亲重复了好几周,保姆才偷偷告诉自己,他也想要一个。中老年人的攀比就是这么奇怪,其实谁也不缺钱,大家较劲的点不过在于,谁在儿女关注范围内消失得慢一点。

"爸,我下单了两台新款的,估计你很快就能收到了。"珊妮边说边打开电脑迅速预约手机,这样自己的话就没有那么像在撒谎。

"浪费那钱干什么,我现在这个用得好好的。"珊妮父亲斥责着，珊妮还是听出了他的笑意。

两人停顿了几秒，珊妮和父亲都在努力地想下一个有趣的话题，父亲年纪大了，变得小心翼翼起来，这种微妙的紧张情绪偶尔会传染给珊妮，他们每次对话都像一段即兴的相声表演，两个人使尽浑身解数想告诉对方。那件事情已经过去了，伤口已经在时间的流逝里褪色结痂，不再构成我生命的牵绊。珊妮父亲知道珊妮难以做到，她的人设和卖点需要她不断当众重复那段回忆，看客都是先入为主的人，他们不关心珊妮有没有新的恋情，头发是不是长长了，最近的香水是什么味道，只在乎她是不是"还在战斗"，而记忆的每一次重复都是一次提醒，提醒珊妮她和母亲的关系是她生命里的唐古拉山脉，她只能娴熟地绕过去，而不可能体面地翻越。珊妮也知道父亲永远难以放下，因为父亲的善良和懦弱，珊妮轻松的生活戛然而止，生命的航道被骤然改变，即使这对今天的珊妮来说没什么不好，父亲也没法不愧疚，而愧疚分明是一种比恨还难以被忘记的情绪。

"那谁死了。"珊妮决定不再想一个新的笑话来做铺垫。

"谁？"珊妮父亲愣了一下，迅速反应过来，寻找话题的短暂停顿变成了漫长的沉默。

"真活该。"过了很久，珊妮父亲才轻轻说了一句，语气里完全没有大仇得报的痛快,反而是一种绵长的哀伤。肉身死亡后的生命体验一直是一个不能证实也不能证伪的东西,有量子物理的研究者说,死去的人会永远活在无数个平行世界里那之前的时间中,有的生物学家表示人死后意识还会残存一段时间,但毫无疑问,在主流观念里,王淑怡已经不再记得自己做过的事情,珊妮和父亲再也等不来一句对不起。

活着的人还有记忆,于是要永远被困在被伤害的记忆的监牢里。

"我过几天打算出去看一看,去个远一点的地方。"珊妮说。

小徐带着一堆行李下楼的时候心里还有一丝侥幸,珊妮可能只是前几天一时兴起说要和自己一起去,可能她的公司又给她安排了新的行程,或者她已经忘记了这回事儿,直到走出居民楼的时候看到珊妮坐在车里满面春风地向他挥手,才不得不接受这个现实。

"你来挺早啊。"小徐翻了个白眼。

"本来还能更早的,又被小区门口保安堵住登记了,这个新来的老保安态度特别差,不如你。"珊妮一副死猪不怕开水烫的从容姿态,小徐的拳头都打在了棉花上。

"这是最后一次啊,回来之后别缠着我了。"小徐嘟囔着把行李放进后备厢。他似乎看到不远处单元楼门口有一个瘦小的短发女孩的身影正在盯着自己看,等到他转过身想看清的时候,那身影又迅速消失了。

"以后的事儿以后再说。"珊妮换了首车载音响里的歌。

"必须现在说明白,不然我到了西藏就把你一个人扔在那,反正你是名人,总会有人管你。"小徐坐进副驾驶,赌气一般用力把安全带一端插进孔里,"这房子你别想了,没戏。"

"你不会把我扔那的,"珊妮挂挡出发,"你是个好人。"

"但你是个王八蛋呀!"小徐因为激动有点破音,"做坏人有代价的,你回头遭雷劈了别牵连到我。"

"做好人也有代价的。"珊妮从一旁的储物抽屉里拿出墨镜戴上。

"做好人啥代价?"小徐转头看着珊妮行云流水的动作。

"好人的代价是要一直做好人,你只要犯过一次错啊,别人就忘记你为了做好人坚持过多久、放弃过多少东西了。"珊妮的嘴角露出轻蔑的笑容,眼睛被巨大的茶色镜片遮住,像两个深不见底的黑洞。

越野车离开了小区,小徐瞥向后视镜,单元楼门口短发女孩的身影再次出现,在视野里逐渐变成一个灰尘大小的点。

戴着巨大墨镜和口罩的珊妮拖着自己的大箱子走进机场,转头不满地看了一眼距离自己三米之外的小徐。

"你离我那么远干吗?"珊妮的自尊心有点受伤。

"我怕遇见你粉丝,再惹一身腥,晦气。"小徐说着又往远离珊妮的方向挪了挪。

"我是作家,又不是演员,除了签售场合,能认出我的人很少。"珊妮看着小徐的样子有点搞笑,"再说了,我都把脸遮成这样了,谁能看出来。"

"你不遮成这样还好,你看你把自己捂的,我都想凑上来看看,哎这是谁呀,是巩俐还是章子怡,一看这打扮就是那种又老又有名的女人。"小徐算准了珊妮不敢在公开场合和自己发火儿,越发肆无忌惮起来。

"就算被认出来了你也不用这么紧张啊,作家只有读者,没有粉丝,他们都是爱读书的人,对人都很尊重的。"珊妮的牙咬得咯吱咯吱响,想到自己的合同上的"保持正面形象"条款,还是硬挤出一个和蔼可亲的姿态来。

"你可算了吧,你当你妈葬礼的时候我不在啊。"小徐说完,扭头就走,"我先去办登机牌了,你跟我隔着几个人吧,怪吓人的。"

小徐一口气走出了很远,发现珊妮并没有追上来,小徐开始为自己的刻薄感到愧疚,转头一看珊妮像雕塑一样站在原地,想回去找她,又想起珊妮那句"好人的代价是要一直做好人",觉得应该让珊妮看到自己不好摆布的一面。

两个人就这样隔着五十米,如同两个被按下暂停键的游戏角色,以静止的姿态对峙着,最终还是小徐先撑不住,他意识到珊妮说的话没有错,善良有时候也是一种局限,而局限就是会把人困在里面的牢笼,无论这牢笼的装潢是巴洛克还是洛可可,那些一生逃不出的东西,都是牢笼。

"哎,我跟你开玩笑的,你今天挺好看的。"小徐走到珊妮身边,有些难为情地小声说,见珊妮还是没有动,有些着急,"你要耍脾气上飞机再耍,一会儿赶不上登机了,安检那边队伍排得老长了。"

珊妮还是没有动,小徐这才发现,珊妮墨镜下的眼睛,正死死盯着不远处的一个人,小徐顺着珊妮的视线看过去,几个西装革履拿着公文包的男士,正在机器上打印登机牌,几个人用差不多的发胶捏出差不多规整的发型,穿的西装皮鞋也大同小异,看起来像是同一个模板3D打印出来的系列产品。

"怎么啦?你认识他们啊?"小徐轻轻用胳膊碰了下珊妮,

确定她的身体还温暖有弹性。

"中间那个人,长得很像我一个高中同学,不过应该不是他,他现在是个歌手,特别朋克。"珊妮的声音很小,小徐还是听出了里面的颤抖。

"这简单啊,你有他电话没有,你打个电话看看那个人接不接,不就知道是不是他了吗?"小徐说完,珊妮缓缓掏出手机,按下一串数字,咬着自己的嘴唇,迟迟没有按下拨出。

"算了,我跟他也很久没联系了,没那么熟,可能他现在变了样子也说不定。"小徐还没反应过来,珊妮已经把手机放回口袋里,迈着优雅的步子向值机柜台走去。

小徐又看了那几个男人一眼,他们太刻板太整齐了,以至于他根本分不出珊妮说的到底是哪个人。

一一

出乎老李的意料,张秋梅看到穿着警服的老李出现在家门口的时候,表情出奇的平静。她剪了头发,换了新的家居服,客厅也收拾得一尘不染，老李甚至怀疑她是不是做好了所有的准备等着自己的到来。

连她见到老李时说的第一句话——"他昨天加班到很晚，在房间里补觉，有什么事情你跟我说吧"，音量大小语气停顿，也像是在深夜里独自排练过几百遍最终呈现的完美作品。老李很钦佩这样的女人，决定给她职权范围内最大的体恤和包容。"还是让大哥也一起去一趟警察局吧，没关系不着急，我可以在这等大哥睡醒。"张秋梅点了点头，做了个欠身的姿势请老李进门。老李在客厅的沙发里坐下，示意张秋梅也坐下。张秋梅于是放下手上的茶壶，拿了瓶饮料递给老李，自己到餐桌旁搬了把椅子坐在老李对面。张秋梅的力气很大，椅子被她高高地抬起，老李知道她担心椅子和地面的摩擦声惊扰了自己的丈夫，对她的佩服又多了几分。

"别泡茶了，太麻烦。"老李小声说。

"我也觉得，我现在泡茶您也不敢喝，万一我给您下毒了呢。"张秋梅自嘲地笑了笑，那个爽朗泼辣的女性形象在她身上渐渐消失，一种细腻的、复杂的、温柔的情绪浮现出来，像是煮火锅的时候，用漏勺撇掉上面的一层浮沫的油花之后，看到的奶白色的独门秘方汤底。

"那花盆是您上周刚买的吧？"老李开门见山，任何的话术和周旋都是对这种女人的不尊重。

"是的，我自己在闲鱼上买的，他不知情，他是个粗心的人，工作太辛苦了，家里多什么少什么他都很难发现，更别说这东西之前也在窗台上摆了那么长时间了。"张秋梅仿佛知道自己难逃一劫一样，全部力气都用在撇清丈夫和这件事情的关系上，老李也不常在一个女人身上看到这种壮士断腕的精神。

"那之前那个花盆呢？掉下去了？"老李看着张秋梅的眼睛。

"我不知道，可能是，可能不是。"

老李迅速判断出张秋梅没有在撒谎，这样含混的说辞很容易被怀疑，如果她想欺骗老李，这几天应该会想出更周密的回答。"能详细说说吗？"老李说完特地回头看了一眼卧室的门，确认已经紧紧关好，里面熟睡的秋梅丈夫不会被两人的交流声惊醒。

"大概是王淑怡那事儿出事的前几天吧，具体哪一天我也说不好，我家的花盆突然不见了，但我们都没有意识到。王淑怡出事儿了之后，我听说是那个花盆砸死的，回家一看窗台上的花盆不见了。我和我丈夫经常吵架，吵急眼了砸东西扔东西都是常有的事情，我不敢百分之一百保证那东西不是从我家窗台上扔下去的，可是那么大个东西，如果掉下去砸到人，我不可能一点印象都没有，我还是觉得不是我。但花盆确确实实是不见了的，您第一次跟我和丈夫谈完之后，我怕您怀疑到我们，就上网找了一个一模一样的花盆，拿快递的时候刚好看到您在丰巢柜那边，就没有取，那天晚上我表姐带着小孙子来玩，我就让他第二天早上上学前帮我拿个快递，我跟他说丰巢柜那里有个疯子，你不要跟他说话，不要看他，拿完快递就去学校，等他放学我去小学门口旁边的便利店里找他拿，就这样放在买菜的布兜子里拿了回来。"

"有勇有谋啊。"老李有点赞许地对着张秋梅点点头，"不管你是不是凶手，碰到你这样的人，对我们警察可是个巨大考验呢。"

"别的我不多说了，您上次跟我要花盆的时候，我就知道会有这么一天。但有一件事情您一定要相信我，我丈夫从来没有扔过任何东西，如果最后查出来，花盆真的是从我窗口里扔下去的，都是我一个人的责任。我和我丈夫结婚这么多年，他连跟我大声说话都不敢……"张秋梅说着，伸出手背擦了一下眼角，趁眼泪还没有明目张胆地掉下来。

老李再次回头看着卧室紧闭的门，这一次，他的思绪穿过门板走进了卧室内，跨过摆着瓶瓶罐罐的梳妆台，走过二人甜蜜的婚纱照，绕过发出轻轻鼾声的秋梅的丈夫，站在窗台前面，秋梅家的窗台边做了一个飘窗,上面摆了几盆花和一个浇花用的水壶,想要把花盆扔出窗外而不损坏窗台上的盆景难度不小。老李在脑海里模拟着二人争执时的姿态,如果一个人能够在冲动之下随手拿起花盆,那一定是站在靠近飘窗的一侧,另一个人相较于他应该更靠近卧室内部,那么即使投掷花盆,也是冲着与窗户相反的方向。唯一能够推演到张秋梅把花盆扔到窗外砸死王淑怡的合理情景是,站在窗台边的秋梅丈夫随手拿起花盆扔向秋梅,秋梅把花盆稳稳接住,然后再把花盆冲秋梅丈夫扔回去,秋梅丈夫躲闪,花盆刚好从窗户掉了下去,这种假设怎么看都像只出现在理论条件下,而且如果这样推算,算上秋梅抛掷的力度,花盆落地的位置应该比案发的位置距离窗口更远。而且,凭借老李通过观察客厅和卧室的地面对秋梅夫妇的判断,秋梅不会真的对丈夫下这么重的手,二人的撕扯打闹,大多是秋梅雷声大雨点小的虚张声势,每一次切实伤害的都是家里的地板和瓷砖。

"你家之前的花盆,你经常挪动吗?"老李随手扯了张餐巾纸递给秋梅。

"每周打扫卧室的时候擦窗台会搬动一下,其他时候很少。"

"你最后一次有印象见到它是什么时候?"

"案发前两天,家里有人来做客,我特地收拾了房间,那个时候花盆还在，我擦窗台的时候有印象。"

"除了你之外，还有人动过那个花盆吗？"

敲门声不合时宜地响起，老李的思路戛然而止，秋梅也吓了一跳，老李用眼神示意秋梅去开门，秋梅打开门，严文玥表情木讷地站在门口，一旁是一个臃肿肥胖的妇女，脸上的肉像刚烤好的面包一样油亮亮地鼓起来，手里抱着一个泡沫箱，热络地自我介绍："这是我女儿，严文玥，现在租在这边六楼，之前住在楼上的，我是她妈，来看她带了点李子，想着给街坊四邻都尝一尝，远亲不如近邻，以后我家姑娘要是有什么事儿您还得多照应一下。"

张秋梅有些无措地转头看了眼老李，老李走到门口，和严文玥同时发现了对方。严文玥妈妈看到老李，热络的表情似乎冻在了脸上，"这是……你爱人啊？果然挺有夫妻相的！"严文玥妈妈迅速拿出了她多年的社交经验，冷场时长总计不到一秒。

"我是这片区的警察，经常来这个小区，文玥之前配合过我办案，很懂事，家里教育得好。"老李不想听严文玥的母亲胡说八道，赶紧把话接了过来。

"哦，那你们认识呀，这孩子也是，认识都不知道叫人，书越念越傻了。"严文玥妈妈不满地推了严文玥一把，把刚才外交失误的责任甩给了她。

严文玥的身体纹丝未动,抿着的嘴角浮现出了一丝难以捉摸的深意,"李警官好。"严文玥跟老李敷衍着打了招呼,视线却在张秋梅红肿的眼眶上反复逗留。

老李有那么几秒的恍惚,这个不久前还在学校里当众喊他父亲的姑娘,如今已经像个陌生人一样和他问候,如果不是因为她太会扮演温柔,就是她太会乔装冷漠。

卧室的门被轻轻推开,睡眼惺忪的秋梅丈夫走了出来,看到门口的阵容一时有些反应不过来。"这是李警官,这是邻居小严和她妈妈,来给咱们送水果。"张秋梅的语气又恢复了一如既往的热络,"快进来快进来,这怎么让你们在门口说了半天话,这姑娘我之前在电梯里见过,一看就是成绩好又懂事的小姑娘,我和我丈夫私下还说过呢,生个姑娘多好,我们那儿子一出国就跟没我俩这爸妈一样,长年累月也不打个电话。我和小严之前见面的时间太短了,一直没机会多聊,正好今天都来了,就在我家里吃饭了,我去看看冰箱里有什么。"

张秋梅说着转身又要扎进厨房,被严文玥妈妈一把拉住,"我们这么冒昧来打扰怎么还能让你做饭,这样,我来做,我做饭可好吃了!我就是靠着做饭的手艺把文玥送到大学的!"

"你这是开玩笑哪！哪能让客人做饭！"丈夫起床了之后，张秋梅的调门迅速高了不少，和严文玥妈妈水涨船高势均力敌，眼看着又是一场漫长的撕扯，严文玥幽幽地开了口："让我妈做饭吧，我也很久没回家了，想吃我妈做的饭了。"

一场刚刚开始酝酿的第三次世界大战在枪响之前被严文玥无声地扼杀在了摇篮里，老李简直想给她颁发个诺贝尔和平奖以示表彰。严文玥妈妈高兴地冲进了厨房，像回到自己的领地一样轻车熟路地忙活起来，张秋梅失去了主导权，一时有些无措。

"阿姨，您别怪我妈冒失，"严文玥压低了音量，"她是农村人，就会这点东西，你不让她发挥她会觉得自己来到城市里被瞧不起了。"

"怎么能呢，我这天天忙得跟陀螺一样，能休息一下高兴还来不及，就是有点不好意思，你看你妈这么热情，姑娘也这么懂事，你爸真是有福气。"张秋梅被严文玥得体的安慰搞得晕头转向，丝毫没有察觉到严文玥的嘴角轻轻抽搐了一下。但严文玥半秒不到就恢复了平静，她接过秋梅丈夫递来的水杯，和张秋梅有一搭没一搭地谈论着升学考试、留学政策和实习生待遇，余光像战场上的探照灯，在秋梅和老李之间扫来扫去，老李只觉得自己要被一束 X 光透视得干干净净。

"我去厨房帮你妈打个下手。"老李起身离开谈话现场,毕竟照太久X光容易辐射过量。

"老李大哥你真是太有心了,"看到老李出现在厨房,严文玥妈妈的惊喜溢于言表,"快给嫂子打个电话让她带孩子来吃饭,她们家冰箱里什么好东西都有。"严文玥妈妈说着把泡着海参的碗捧到老李面前晃了晃。

"哪有什么嫂子啊,我要是知道你嫂子在哪儿还用跑别人家来蹭饭啊,"老李自嘲道,"没嫂子,没孩子,一个人吃饱了全家不饿。"

"哎哟哟,那你这么多年一个人可过得太不容易了。"严文玥妈妈惋惜地感慨了一句,脸上却分明都是掩饰不住的快活神情,"我可太能理解你了老李大哥,我前几年一个人带文玥,觉得每天累得都喘不过气来,这两年她出来读大学了,我又觉得房子里空空荡荡的,干什么都是我自己,这活着有什么意思……"严文玥妈妈说着说着哽咽起来,老李暗暗惊叹于这女人的表现张力,竟然能在极端情绪中切换得如此干净利落、游刃有余。

"不好意思啊,我冒昧问一下,严文玥的爸爸怎么啦?"老李感觉到严文玥妈妈的肥硕身躯跟自己越贴越近,赶紧换了个姿势站。

"吸毒,很多年了,劝他不听还打人,早就想跟他散了,又想着文玥那么小,不能没爹,再说我们镇上就那么大点地方,都传开了我脸上不好看没什么,文玥以后还怎么上学?"

"他哪来的钱和渠道买毒品呢?"老李的职业警觉盖过了自己对严文玥母子的关切。

"就之前有一种止咳糖浆,绿盒子的,药店里也有,他常去的那个台球厅是个经销店,屯了很多在里面卖,他和他一群狐朋狗友,喝半瓶止咳药再喝点可乐,整个人就不正常了,回到家脸色惨白、浑身发抖,大冷天冒汗能冒一宿。后来那种止咳药停产了,他就在网上买,买不到就发火,砸东西打人,在家里打完我们,出去还要我们装没事人一样。我们娘儿俩忍了好几年,后来实在被打得受不了了就报警了,报警之后尿检说是什么阳性,他一口咬定自己没吸毒,就是正常吃药,让我和文玥给他做证,我没敢说话,倒是文玥一五一十都跟警察交代了,后来他人就被带走了,也不知道去哪里了。"严文玥妈妈说着,叹了口气,"后来也有好多人劝我,再找一个吧,孩子都上大学了你不找一个难道还想出家当尼姑啊,可是我这个人,一辈子怕人家笑话,再说十里八村都知道,我供着个闺女在城里读大学,每个月开销这么大,谁愿意跟我结婚啊,好不容易她大学要毕业了,我寻思着我这日子也松快了,她又要念研究生,我这个闺女啊脑袋被她爹打傻了，除了念书，啥也不会。"

严文玥妈妈说完，意味深长地看了老李一眼，"老李大哥，你跟我家文玥关系不错是吧，我觉得她挺喜欢你的。"

"文玥这孩子懂事、文静，学习又努力，看着柔柔弱弱的，其实心里有主意，我挺欣赏她的。"即使听出了严文玥妈妈极强的暗示意味，老李也没有吝啬对严文玥的夸赞。

"要是您也喜欢文玥的话就好办了，我这想请您帮个忙。"老李的话还没说完，严文玥妈妈已经迫不及待地露出讨好的笑容。老李愣了一下，心想这女人不会生猛到刚认识十分钟就要谈婚论嫁的地步吧。没等老李表态，严文玥妈妈急切地进入正题："你知道之前跟文玥住在一起的还有个女孩吗？挺瘦，头发挺短，经常穿一身黑衣服。"

"杜丽丽吗？我见过她。"老李轻轻松了一口气，把自己从被逼婚的窘迫里拽了出来。

"对，就是她，我上次来这里的时候，她和丽丽合租了一间房，我还给她做过饭，老李大哥，你有没有觉得，她和文玥之间……有那么一点不太对劲？"

"怎么不太对劲？"老李摆出一副迷茫的样子明知故问。

严文玥妈妈犹豫了一下，剁排骨的手加大了力道，故意让刀和案板碰撞在一起发出刺耳的声响，以此盖住自己说话的声音，"今年暑假的时候，文玥就说她要在学校复习不回家了，这么多年头一次。"

"这有什么，她们现在准备考研紧张，好多人假期都不回家，家里环境太安逸了，学不进去。"

"重点还没说到呢，后来中秋节的时候，我硬逼着她回家待了几天，有一天她在洗澡，我就听见她电脑嘀嘀嘀地响，我凑过去一看，是她跟那个姑娘的聊天记录，什么老公啊老婆啊，亲一亲抱一下的，都是这种话，我简直没眼看。"

"啊……这样啊……"老李不理解那些在自己面前假装无知的涉案人员到底是怎么做到的，伪装对他来说是一件太艰难的事情，"女生之间的游戏吧，现在的年轻人，好多举动都跟咱们那个时候不一样了，我之前一个案子，涉及几个初中生，我看他们之间发的微信，全是数字和字母缩写，根本看不懂。"

"后来我又来看了她俩一次，那个杜丽丽在我面前挺有礼貌的，谁知道背后是这么个样子？我就拉拢了个邻居，就那个王淑怡，我让她帮我留意着两个人，有什么异常举动，一定要告诉我。上个月有一天晚上，王淑怡突然给我打电话要找我，我正在做饭，说明天吧，第二天等了一整天电话也没打来，我就想她是不是忙忘了，要不然我晚上忙完找她一下吧，结果晚上太累了倒头就睡过去了，第三天一大早文玥就给我打电话说要搬走，说王淑怡出了意外被砸死了，唉，这事情闹得。"严文玥妈妈有些惋惜地叹了口气，像是特工失去了一个悉心培养的线人。

"不过还好那事儿之后她们就又回学校住了，住宿舍总不会有什么事情，结果前两天，文玥又要出来住了，我是真不想她和那个女孩再住一起了，但是她马上考试了，我也不想影响她复习。这不是我命好，刚好认识老李大哥了嘛，就想着，要是你本来也经常在这一片溜达，帮我关照关照我家文玥，你有什么需要的，吃的穿的，尽管跟我说，我也就这么点本事。"严文玥妈妈像是怕自己一个停顿就不好意思再说下去了一样，一口气说完了自己的诉求，这才放下濒临卷刃的菜刀，两只手在围裙上擦了擦。老李面色凝重地站在一旁，已经没有心情琢磨自己应该在这个女人面前表现出什么样的反应，一个朦胧又大胆的猜想，像是足月的胎儿一般在他的脑海内逐渐成形，具象，呼之欲出。

"老李大哥，你怎么了？"严文玥妈妈轻轻用手碰了碰老李的胳膊。

"没什么，"老李反应过来，"我突然想起来我那儿还有点工作没做，得先回去一趟，你们先吃，别管我。对了，文玥的事情我会留心的，我觉得这姑娘不赖，您也别太神经过敏。"老李不管严文玥妈妈的惊讶表情，急匆匆地结束对话。

"你得去多长时间啊？要不我们等你回来吧，再不然，你单位在哪我给你送去！"严文玥妈妈大半年没碰见个愿意听自己说话的男人，使尽浑身解数表现自己的贤惠。

"别别别，折煞了折煞了。"老李转身就要走出厨房，想了想又回头，压低声音小声问严文玥妈妈，"那，如果孩子真的和另一个姑娘有那方面想法，您这边是什么态度呢？"

"我打断她腿！"严文玥妈妈脱口而出，想到客厅里的几个人，把调门儿降下来重复了一遍，"我非打断她腿不可。"

老李点点头，拉开门走出了厨房。

客厅里刚被严文玥妈妈那一嗓子吓了一跳的几个人看见老李走出来，更加摸不着头脑，老李对着几个人抱歉地笑了笑，"不好意思啊，所里临时有事儿，我得回去一趟，你们吃好喝好。"

客厅里的几人面面相觑，张秋梅有些慌乱地站起来，两只手放在身前，手指绞在一起，"那，那个……我现在去换个衣服？"

"我跟她一起去，晚上灯暗，回来的时候怕她看不清路。"张秋梅说完，秋梅丈夫也故作镇定地迅速站起来，老李知道刚才张秋梅已经把发生过的事情言简意赅地传达给了丈夫。

"你两口子真有意思,你俩都跟我走了,留她们母女俩给你们看家?这不是胡闹嘛!"老李笑起来,"都在家里待着吃饭,我自己走。"

秋梅和丈夫同时露出茫然的神色。"你刚刚不是说……"秋梅低声询问老李。

"没什么事儿,我就是来了解个情况,现在了解得差不多了我就回去了,你们晚上可得多吃点,严文玥妈妈可是把你们冰箱里最贵的东西全都给拿出来了。"老李说着往门口走。

"那您路上小心,有什么需要了解的随时来找我,我天天在家里也没事儿,也不会跑的。"张秋梅说的是"找我"而不是"找我们",老李当然清楚她是什么意思。

"您可放一百个心吧,我现在上你们家比回自己家走着腿还顺呢,有需要肯定来,您就算跑了我也能给您找回来。"老李说的是句看似玩笑的真话,张秋梅和丈夫谁也没法笑出来,原本没笑的严文玥看见这夫妻俩满脸晦气的样子,倒是轻轻笑了一下。

老李已经关门离开五分钟了,秋梅丈夫还在擦着额角的汗,张秋梅站在茶几前,一遍一遍机械重复着擦杯子的动作,只有严文玥稳稳当当地坐在沙发上,看起来对自己到来之前这屋子里发生的一切漠不关心。

三

老李刚回到警察局，就接到了领导的电话，领导催促王淑怡的案子尽快结案，起初没有发现什么疑点就应该以意外结案了，但王淑怡的姐妹不依不饶，一口咬死珊妮是元凶，警方本着对家属负责的态度，也担心社会舆论恶性发酵才一直坚持调查。如今王淑怡的姐妹得知珊妮没有得到任何财产，郁结的怨气排解了不少，加上这么久调查下来也没有发现什么疑点，受害者家属已经不再对这件事情耿耿于怀，各自回归了平常的生活，甚至不再主动提起这件事，现在看起来也确实没有再浪费警力资源的必要。

老李敷衍着挂了电话，他从未有一刻像现在这样急于找到真相。砸死王淑怡的凶器花盆一早做过化验，上面没有发现任何人的指纹，这无非两种可能：一种是这个花盆摆在窗台上许久没有人动过，被风吹落意外导致王淑怡身亡，但从张秋梅的证词来看，如果她没有说谎，她两天前刚刚挪动过花盆，花盆上一定至少有张秋梅的指纹；这就只有第二种可能，有人在花盆坠落前特地擦去了上面的指纹，如果是张秋梅与丈夫争执冲动之下扔下的花盆，张秋梅绝对没有意识在扔花盆之前做如此周密的部署。那么，就是另一个人，精心计划的谋杀。

老李迅速打电话给物业办公室，电话响了许久都没人接，老李又拨通了物业李婶的手机号。

"李警官啊，那案子还没查完啊？"李婶听到老李的声音，惊讶不已。

"是，还差一点儿，需要您配合一下，"老李有些惭愧，"就是啊，案发前一周，一号楼电梯和楼道的全部监控记录，能不能给我一下？"

"那可多了呢，一时半会儿看不完的。"李婶热心提醒老李。

"没事儿，我拿回来慢慢看。"老李挂断电话，又跟手下的人交代，把之前跟移动公司要来的王淑怡去世前一周的通话记录再找出来给自己看一下。大概警局里的人都听到了风声，这案子已经没有领导重视，不久就要结案，群里的回复并不积极。老李又发了一遍群公告，年轻的警察们才每人回复了一个"OK"的手势表情。

老李在王淑怡去世前一天的拨出电话号码列表里找到了严文玥母亲店里的座机号码。严文玥的父亲被警察带走后，赚钱养家的重担落在了严文玥母亲一个人的身上。为了赚到严文玥的学费和生活开销，严文玥母亲在离家不远的镇上开了一个小吃店。之前警队里负责调查的同事在查阅死者通话记录的时候留意过这个号码，但因为打过去之后接通的人迅速报了饭店的名字，王淑怡和这个号码的通话时长又只有短短十几秒，就顺理成章地把它当成订餐的电话，没有过多追究。老李以二人的通话时间为基点，查阅在这个时间点之前的电梯监控，用了一下午的时间，看粗糙的监控画面看得头晕眼花，果然找到王淑怡给严文玥妈妈打电话的三小时前，电梯里的一幕。

空电梯在十六楼停下，严文玥和杜丽丽走上电梯，看胳膊抬起的角度应该是按下了一楼的楼层键，但电梯根据载客程序并没有向下走，而是继续向上，二人没有察觉，正在电梯里拥抱，严文玥的脸埋在杜丽丽的胸口。电梯到了十八楼金属门打开，严文玥和杜丽丽看向电梯口，愣了几秒，紧接着，王淑怡走进来，严文玥和杜丽丽有些尴尬地站在电梯一侧，王淑怡紧紧贴着电梯的另一侧。电梯到十七楼又打开门，小徐拎着个布袋子走进来，手里拿着一摞统计表之类的纸和一支笔，小徐应该没有察觉到电梯里微妙异样的氛围，和王淑怡说了两句话，又转过脸跟杜丽丽聊了两句，电梯到了一楼，小徐和王淑怡先走出电梯，杜丽丽和严文玥面面相觑愣了几秒，直到电梯门眼看着要关上，杜丽丽才匆忙按下了开门键，二人离开。

扑面而来的窒息感，冲破了屏幕，把老李也卷入了那个尴尬的瞬间。

如果老李不是个警察而是个作家的话,他很想把这个故事写下来:

一个小镇里的女孩,自幼看着父亲嗑药发疯,终于亲口向警察揭发了父亲,父亲被带走后,解脱感只持续了短短几天,另一种恐惧感和羞耻感就在女孩心里挥之不去,不知道是她无意识继承了父亲的罪恶体验,还是她一直试图将父亲从家庭系统中驱逐出去的动作背叛了某种不可动摇的血缘规律。

父亲离开的那一天起,逼仄的小镇就成了父亲的影子。

女孩拼命努力考上了城里的大学,为了留在城市里再也不回到之前的噩梦中废寝忘食拼命努力。她认识了另一个女孩,在这个女孩身上看到了她对于美好感情的全部幻想,女孩从来没想到,在男性那里受到的创伤会被一个女性安抚疗愈。

但她无法向没有什么文化的母亲解释这一切。自由、开放、包容和彩虹旗帜对于她的母亲而言,太过于遥远和陌生了。母亲是在魔窟里一路保护照顾她的战友,亦是阻碍她逃去另一个世界的牵绊和枷锁。她只能小心翼翼地瞒着母亲,和爱人在母亲面前生硬地扮演一种大众视角下正常的关系,她有时候也会陷入困惑,难道真的要这样欺骗母亲一辈子吗?但转念一想,一辈子又不长。

夹缝里的自由还是被闯入的邻居阿姨破坏了,她清楚这是母亲安插在自己身边的线人,也知道如果母亲知道了真相自己的下场会怎样,她会被勒令回到自己出生的小镇,守着噩梦和母亲的杯盘碗盏声度过漫长的岁月,没有人试图读懂她的精神世界,那个小镇在她的记忆里始终是黑白的,像是初代电视机屏幕,所有立体的、新颖的、鲜活的、细腻的东西都会因超出它的分辨率范围而被苍白吞没,无法显示。

老李痛恨自己不是个作家,如果他是个作家,就可以只从审美的维度欣赏和赞美严文玥,而不必从法律的角度调查她,审判她,让她因为她执着的姿态而陨落。有一个瞬间,老李想起了珊妮,他想把这个故事告诉珊妮让她写出来,仿佛自己的一生都会因为这个传达的动作而变得不再那么冷峻和无聊。

第七章

7
Chapter

一

珊妮蜷缩在拉萨餐厅的小桌边，打了一个响亮的喷嚏。她不知道这是谁又在偷偷惦记自己，可能是经纪人吧，出发前她给陈凯打了电话，对方并不急于让她开始工作，对她最近的一系列行为也出奇地包容。

自从王淑怡葬礼上珊妮狼狈的视频片段在社交软件上传开之后，坊间对于珊妮的讨论声甚嚣尘上，陈凯一直在观测。目前舆论的发展基本符合传播规律，从起初对珊妮粉丝对于珊妮像传销组织成员一般狂热的指责开始，随着珊妮沉默得越来越久，话题节奏逐渐转向对珊妮的同情，陈凯适时地引领了一下舆论方向，一个女孩子受尽了原生家庭的伤害，粉丝自以为是地提供帮助和支持，也只不过是加深了当事人的煎熬和折磨，一个受伤流血都逃不开公众凝视的人，连躲起来等待痊愈的基本权利都被剥夺。

没过几天，一篇《母亲死了，母亲的伤害却生生不息》的公众号爆款文章成功出圈，珊妮的知乎粉丝翻了几倍。此时此刻珊妮的缺席刚好满足他饥饿营销的策略，陈凯很满意自己这位舵手的临危不乱和运筹帷幄。珊妮也几次向他表示了感激和敬佩，陈凯是很难得的利益共同体，最珍贵的地方在于他的分寸感，相处几年他始终严格遵守和珊妮的交往边界，在必要的事情上保持该有的粗心和糊涂，从来没有因为自己劳苦功高而得意忘形。

如果不是陈凯的话，那应该是王淑怡的姐妹又在骂自己吧，想到这里，珊妮露出嘲讽的笑意。小桌上没有餐巾纸，珊妮口袋里的也用完了，她只好用袖子敷衍地擦了一下脸，抬头一看，同桌的三个人都有些反感地看着自己，其中两个是拼桌的游客。现在本不是西藏旅游的旺季，但由于航线和酒店的大力度促销折扣，贪图经济划算的游客还是络绎不绝，这家被众多网红夸赞过的餐厅客流量也并没有减少，用餐高峰期只能四个人共享一张小餐桌。和珊妮拼桌的两个年轻女生全妆全彩，脚边放着的旅行包里露出网红直播必备手机架的一截，珊妮能猜到她们一会儿的直播里说不定会提到游客的素质问题。一想到她们脸上沾着珊妮的鼻涕，怕花了妆又不能去洗脸，珊妮又像个孩子一样幸灾乐祸地低声笑起来。

"你正常点。"一旁的小徐在桌子下踢了珊妮一脚。珊妮有些慵懒地挪动了一下身体，凑近小徐，小徐感受到她呼出的空气，从她呼吸的急促程度判断她的高原反应比刚下飞机的时候严重了些。

"你想不想把这俩拼桌的弄走？"珊妮的喘息声掩护着她的话。

"怎么弄？"

小徐还没反应过来，珊妮突然大声对小徐喊起来："哎，我妈的骨灰呢？你怎么给放地上了？快快快拿上来，不然我妈会不高兴的。"

珊妮说完，从地上拿起小徐的背包放在腿上，正对着对面的两个网红。两个女孩面面相觑交流了一下眼神，默契地拿着东西迅速离开。珊妮哈哈大笑起来，喘息声也更加急促，脸也越发红了。

"你就缺德吧你，在这种虔诚的地方干这事儿，迟早给你憋死在这。"

珊妮没有理会小徐的话，眯起眼睛看向门外，几个磕长头的旅人从门前经过，衣服已经看不出颜色，被磨破的外套袖子旌旗一般被风吹起，别有一番悲壮。

"你有信仰吗？"珊妮问小徐。

"有啊，我信仰生存主义。"小徐笑了笑，"你呢？"珊妮还没来得及回答，小徐一把捂住了珊妮的嘴，"算了算了，我知道你要说什么，在这种地方说这个当心被人打。"

"我有的。"珊妮的声音夹着热气从小徐的手指缝里飘出来。

"真的？那你为什么这么讨厌你妈搞这些？"

珊妮没说话，继续看向门外的旅人，她知道王淑怡的那种不叫信仰，通过几个被包装成神仙的大师，用金钱快速置换消灾解困的安心，最多只是一种庸俗的逃避，哪怕包裹在虔诚的外表下，也难掩其中的愚蠢和算计。真正的虔诚，是像门外那些人一样，他们敢于面对生命中必然的苦痛，甚至不惜通过自苦让自己更狼狈一些，那才是人类的使命感和生命力。

小徐看到珊妮皱着眉不说话，拿起桌上的铁壶，倒了点藏红花水在珊妮面前的玻璃杯里。

"不喝了，"珊妮揉着自己的太阳穴，"我现在打嗝都是藏红花的味道，难受死了。"

"你刚才打喷嚏的时候就没想想别人难不难受啊？"小徐挖苦了珊妮一句，看到珊妮难受的样子，语气又缓和下来，"这样吧，我们玩个游戏转移一下注意力，石头剪子布，输的人回答赢的人一个问题，不能说谎。"

"好。"珊妮趴在桌子上有气无力。

"准备好了啊,石头剪子布!"小徐像是学校里负责调动气氛的宣传委员,声情并茂摩拳擦掌伸出了个拳头,珊妮一只手撑着下巴,一动没动。

"嗯,你赢了,你想问什么?"珊妮像是个疲惫的保姆,心不在焉地陪护着雇主家调皮又爱哭的宝贝儿子。小徐有些不满地撇撇嘴,无声地抱怨珊妮浪费了他的一番苦心。

"你不问我睡会儿啊。"珊妮作势就要趴下。

"别别别,我问,你为什么就非要你妈那套房子不可啊?你那么有钱,买什么房子不行。"小徐意识到自己的问题或许会让珊妮不适,故作轻松地把藏红花水倒进自己的杯子里,涮了涮杯子又倒掉,没有抬头看珊妮。

"那套房子啊,是我六岁的时候搬进去的……"珊妮转头看着远处喧闹的传菜员和交头接耳的食客,目光逐渐失焦,"我最开始很不喜欢那个地方,那边的楼长得都一样,我经常会在楼下迷路,找不到家,于是我爸就在我们家的阳台上,放了一个充气的圣诞老人,好大一个,我远远地在楼下就能看到十八楼的窗口有个圣诞老人准备翻窗户进去送礼物,那个时候,小区里所有的小朋友都羡慕我。"

珊妮笑了起来，头微微上扬，仿佛自己回到了二十年前的单元楼下。"还有一次啊，我和我爸出去玩，路边有一个人用铁链子拴着一只猴子，猴子就不停地翻跟头作揖跟路人要打赏的零钱，一停下来就会挨打，我就哭着跟我爸说，它太可怜了我们把它带回家吧，我爸看我哭得厉害，没有办法，只能上去和那个人商量，那个人看准了我非买不可，开口要一万块钱，一点都不松口，我爸还是买了下来。那是2000年啊，一万块可以首付买辆桑塔纳了。我就把猴子抱回去养在家里，过几天邻居们来我家告状，说我们家的孙悟空啊顺着晾衣杆爬下去，把全楼晾的衣服都收到我们家了，我家床上就堆满了各种内衣等邻居来认领，哈哈哈哈。"

珊妮笑着笑着就笑出了眼泪，小徐没说话，静静地看着珊妮的脸。店里人满为患，服务生因为上菜太慢觉得抱歉，给珊妮的桌子上添了壶热茶，水雾在珊妮面前飘浮着，小徐觉得面前的景象很像一幅世界名画。

"我妈把我和我爸赶出去之后，我爸就得了重度抑郁，我当时忙着赚钱安顿他根本没有留意到，等我知道这事情的时候，他已经吃了半年的药了，这人也真是的，自己是医生，开药什么的可方便了，我想找找他的病历都找不到。后来我出名了，钱也赚得多了，他想要的我也都有了，他也告诉我那事情已经过去了。但我知道这事儿过不去，你现在住的那个房子是他用他的公积金，一个月一个月还贷款买下来准备留给我的，从沙发到窗帘都是他认真选的，窗口的风铃是他自己做的，因为信任我妈才答应放在她手里，谁承想转身就被骗了，这不是钱的问题，没有人承受得了这种背叛和幻灭。"

小徐想伸手擦一下珊妮的眼泪，还没来得及伸出手，珊妮就把自己腿上的小徐的背包狠狠放在了桌子上，小徐和珊妮被背包隔开，看不清珊妮脸上苍凉又决绝的表情。

"你看，我妈死都死了，还担心她能不能洗清罪孽有个美好的来生，我就根本不担心，我不怕下地狱，地狱里的人一点都不伪善，我只是担心我爸。他是那么好的一个人，之前我妈不管怎么莫名其妙地发火，他从来都不计较，他和我妈假离婚买房的时候，我妈口口声声说担心他出轨，自己被算计，小老婆对我也不好，所以要求他把所有房产都在协议里写清楚让她保管，他想都没想就答应了，这样的人差点流落街头，王淑怡凭什么体体面面去投胎呢？"珊妮一巴掌狠狠拍在桌子上。

下一秒，珊妮大叫起来，小徐赶紧站起来把桌上的包拿走，这才看到珊妮的手上鲜血淋漓——珊妮一巴掌拍到了面前的玻璃杯，薄脆的玻璃原本承受里面的热水就已经力不从心，珊妮的力道是压死骆驼的最后一根稻草，玻璃杯迅速四分五裂，玻璃碴嵌进了珊妮的手心，掌纹瞬间被血丝填满，坎坷的生命线显得格外清晰。

"你有毛病啊！"小徐破口大骂，手忙脚乱把自己的行李箱摊在地上在里面翻来翻去，珊妮低头瞥了一眼，看见王淑怡的遗像正看着自己。照片里的王淑怡和现在的珊妮差不多年纪的样子，面目清朗，表情和蔼，珊妮下意识地别过脸去，把受伤的手藏在身后。

小徐从箱子里翻出了一卷纱布，有些无措地看着珊妮，"怎么弄啊你这？"

"去要点凉水先冲一下，把碎玻璃冲掉，然后涂点消炎的，然后缠起来，跟小区门口烧腊店用纸包烤鸭差不多的手法。"由于手上的剧痛，珊妮似乎觉得头脑清醒了些，不像刚才一样眩晕昏沉，小徐跑去前台买了一瓶矿泉水，在自己手上试了下温度，有些紧张地淋在珊妮的手掌上。

"没那么疼，可以多一点，你这样冲不掉什么。"珊妮轻声鼓励小徐，小徐看了下珊妮的表情，手里的矿泉水瓶倾斜的角度大了些。珊妮偷偷观察小徐紧张的神情，她没有如此近距离地观察过一个人，小徐脸上的红血丝比之前更深了，但嘴唇的血色却消退了些，肤色和专注的神情看起来都越发接近这里的本地居民。

"我想跟你说个事情。"珊妮犹豫了一下开口。

"不听，你现在脑子缺氧，浑身冒傻气。"小徐头都不抬，把红霉素软膏涂在珊妮的手心，嘴巴轻轻吹着气。

"我们晚上之前得赶到冈仁波齐附近的旅馆，路上开车需要七个小时，我手伤成这样，没法开车了，我们现在找别的车去，也不太现实……"

小徐吓了一跳，手里的棉签杵在珊妮手心上，珊妮疼得狠狠吸了口气。

"那怎么办啊？"小徐的声线都在发抖。

"就只有一个办法，你来开车。"珊妮停顿了一下，像是深思熟虑后的决定，语气里又略带揶揄。

"你开什么玩笑？我根本就没有驾照！"小徐的脸涨成了紫红色，眼睛瞪得老大，眼里的红血丝清晰可见。

"你有啊，还是A照呢，就是没年检过期了，我查过，你那个驾照，一年到头一分都没扣过，从这里到我们住的地方车又不多，你没问题。你要是不开车的话我们就只能等明天早上的车了，我们在这里又没住处，太阳落山之后肯定会冻死的，我死了倒是无所谓啊，你要是死了我妈的愿望可就没人实现了，唉，可怜人家把房子都给你了，你连这点愿望都实现不了……"珊妮叹了口气，做惋惜状。

小徐张着嘴，半天都没说出话来。

一二

下午两点，高原上光照充足，气温还保持在令人舒适的范围内，珊妮坐在越野车的副驾驶，忍不住摘下墨镜眯着眼睛看向天窗外，天空像是一片被冻住的薄荷味汽水，为数不多的几朵云彩镶嵌在里面，轮廓分明，宛若汽水里没来得及爆开就被冻住的气泡。

"真好看啊，太久没看见这么干净的天了。"珊妮陶醉地转头看向小徐，"你说是吧？"

小徐没有回答，两只手紧紧地握着方向盘，汗水从脸颊上渗出来，在强烈的阳光照射下，脸颊上泛起碎玻璃一样亮晶晶的一片。

"你别紧张啊,我给你讲个笑话吧。"珊妮把两只脚跷起来搭在挡风玻璃后面,又把座椅靠背调整到舒适的角度,"你知道我妈为什么非要来这儿吗,是因为她十几年之前认识了个大师,说她有罪过,需要做好多好多事情消除罪孽。当时我读小学四年级,有一天我妈突然兴高采烈回来说认识了个厉害的人,是个来尘世的神仙,通晓各个世界的秘诀,她要去买一个神坛和香炉把大师穿过的衣服供起来,分享祷告,就可以保全家平安。然后她去商场买供奉的物件,你猜怎么着?路上遇到小偷了,还没来得及买钱就没了。"珊妮说着,自顾自大笑起来。

"你能不能不要这么吵?"小徐面无表情,整张脸因为紧张变得格外僵硬和紧绷。

"我手机没信号连不了网,音乐你也不让听,话也不让说,那我睡觉好了。"珊妮像个孩子一样把座椅整个放倒,整个人直挺挺躺下去,赌气一般不说话。小徐无奈地叹了口气,没有心思和珊妮缓和关系,依然神经质地盯着面前的路,一只手放在挂挡的位置上,全然忘了这是辆有自动驾驶功能的自动挡越野车。

人在紧张的时候,时间会变得像融化的橡皮糖一样黏稠而有弹性,小徐感觉不到时间过了多久,只觉得面前的景色逐渐昏暗下来,他想问问珊妮现在几点了,转头才发现珊妮已经沉沉睡去，呼吸虽然依然有些沉重，但节奏十分均匀，嘴角不时抽动一下，偶尔发出喃喃声，听不清她在梦里说了些什么。小徐踩下刹车，关掉天窗把空调温度调高，又把后座的毛毯拿过来披在珊妮身上，这才继续启程，一个无证驾驶的人开车她居然一点也不担心，这种无条件的信任让小徐感到不可思议，不知为何，他转动方向盘的动作流畅丝滑了很多，逐渐找到了小时候逃课去电玩厅里排很久的队才能坐上《头文字D》的模拟赛车时，那种酣畅淋漓、舍我其谁的快感。

酣畅的感觉是什么样的呢？酣畅的感觉就是没有感觉。

他身下的车逐渐不再是一辆越野车，而是一匹阔别多年的汗血宝马，它清楚主人要去的目的地，了解伴侣舒适的步伐节奏，他们是最了解彼此的伙伴，在路上行走时，它可以让马背上的人忘却赶路这件事情，迷醉在远方的风景里。

眼前的景物向后奔跑的速度越来越快，小徐一气呵成把车停在了旅店的门口，轻轻拍了拍珊妮，珊妮睁开眼睛，打开天窗。夜的温度降下来，太阳已经交接下班，只有零星几颗守夜的星星维系着空气的温度，让旅客不至于被冻死，穹顶低垂，天空像是马戏团大帐篷的蓬顶，四个角仿佛就坠在不远处，只要一抬手就能摸到上面有些发烫的白炽星星。

"太漂亮了。"珊妮忘记了修辞,痴痴地看着天空,感叹的话变成呼出的水汽,溶解在了零摄氏度的空气里。珊妮伸手就要去拿相机,只感到手上一阵剧痛,这才想起自己中午刚刚经历了血光之灾。

"快下车吧,到了。"小徐有些疲惫地靠在驾驶座上看着珊妮,旅馆里走出几个年轻的藏族小伙子,热情地打开后备厢帮二人把行李搬进去。

"你开到啦?"珊妮露出惊喜的笑容。

"废话。"小徐走下车,帮珊妮打开车门。

"所以其实没那么难对不对?你父亲经历的事情不会影响你一辈子对不对?我就知道你可以的!真没白费我把手扎成这样。"珊妮欢呼雀跃,像个春游的孩子蹦蹦跳跳。小徐愣了半晌。

"你是不是想说我又多管闲事像我妈一样?我是很讨厌我妈没错,但是我活着是为了做我觉得对的事情,而不是为了和她在每个细节都要区别开,我妈关心你,爱护你,她做得对,我不介意和她一样。"

一阵不知道从身体里什么方向来的刺痛感席卷了小徐,他的视野逐渐模糊,不太能看清珊妮的脸,世界在他的眼里变成了斑驳的光点。

小徐不记得自己第一次摸方向盘的时候是几岁，从他记事儿的时候开始，就很喜欢坐在家门口的路口等着父亲结束工作开着货车回来，他的耳朵很灵敏，能在来往的车辆里精准地辨出父亲货车的发动机和油门声，然后迅速站起，等着那辆变形金刚一样庞大的钢铁巨兽停在自己面前，等着父亲把跑到驾驶座门边的他抱上去，他就坐在父亲的腿上，摸着方向盘，假装自己是这艘宇宙飞船的主宰。

父亲入狱后的第二周，就是小徐十八岁的生日，他迅速去驾校报了名，用了不到两个月的时间就考完了科目四，他拿着驾照回去跟母亲说："没事儿的妈，爸出来之前，我可以当你的司机。"

小徐的妈妈有些吃力地笑了笑，看着窗外轻轻叹了口气，说我宁愿你没有这个本事。

淹死的都是会水的，老一辈说的话，总是很有道理。

小徐很喜欢自己读大学的这座城市，海岸线旁有一条盘山公路，看起来很像《头文字D》里的秋名山，小徐经常省吃俭用去租一辆菱帅，在深夜人静的时候，偷偷享受属于他自己的风驰电掣的快乐。

直到两年后，父亲因为表现良好提前释放。见到父亲的那一刻，小徐愣了很久才认出是他。两年不见，父亲高大的身体呈现出一种病态的佝偻，头似乎要蜷缩进肚子里，看到儿子向自己迎面走来，第一反应是下意识地后退了几步。

"爸，我来接你回家。"小徐极力不让自己表现出巨大的情绪起伏。

"我坐后边吧，坐前面头晕。"小徐父亲唯唯诺诺地坐进了出租车后座。

在那之前，小徐从不觉得这世界上有任何可怕的事情，他相信生命的本质就是不断闯关，摔一跤掉了几滴血，再爬起来去捡下一个宝箱，只要在困难面前不屈服就会看到应接不暇的高光，但那一刻，他眼睁睁地看着一个自己从小仰望的人，肉眼可见地被摧毁了。

从那时起，小徐坐进驾驶座就会浑身僵硬、呼吸困难、手脚冰凉。这个巨大冰冷的机器不再是和他亲密无间的朋友，而是个随时可能颠覆他命运的无形梦魇。直到自己的驾照需要年检，他默契地忘掉了这件事，一忘就是一年。

他不会想到，两年后有个叫珊妮的姑娘会在收拾保安室的时候无意间看到他过期的驾照，会和老李聊起他的过去，会行云流水地设计一个局，让他想起他失散多年的兴趣。

小徐的眼泪已经被冻在了脸上，这才看清珊妮揣着手，在他面前蹦蹦跳跳跺着脚，"进不进去啊哥们儿，怪冷的。"

小徐走到珊妮面前，狠狠甩了珊妮一个耳光，转身径直走进了旅店。

一旁的藏族店员小伙子吓了一跳，目瞪口呆地看着珊妮。"你没事儿吧？"小伙子半天才想起来汉语应该怎么说。

"没事儿，不疼，他爱我。"珊妮露出幸福的笑容，抬头看着天空，她觉得此刻的夜景无比熟悉，好像是她五岁那年爸爸给她讲童话故事的时候，她幻想过的那个完美世界里的夜空。

对面的藏族店员露出茫然的神色，珊妮知道他在想什么，小徐不爱她，他甚至懒得欺骗她，但好在珊妮一贯会解读，小徐的每个动作于是都有了全新的意义，只要进入了她的语境，小徐便爱她。

神爱世人，其原理与此大同小异。

三

出门前，老李对着镜子犹豫了一下，还是换掉了自己身上的警服。

老李曾经设想过，假如自己有一个女儿，自己工作不忙的时候可以去校门口接她放学，带她去喜欢的西餐厅吃造型夸张的儿童套餐，喝香精染色剂勾兑的汽水，这个时候如果自己穿着警服出现，她会为自己的父亲的职业感到无比骄傲，还是会因为父亲身上聚焦了太多目光而感到不适？此刻，老李在准备去见严文玥之前又把这个问题考虑了一遍，加入了自己之前从没纳入设想范围的第三种可能，敏感聪慧如严文玥，一定清楚自己已经成为老李眼中的怀疑对象。

今天又是周六，老李站在放映电影的阶梯教室外等待电影结束，教室里放的是《卡萨布兰卡》，零星的枪声掺杂在暧昧温暖的酒吧蓝调音乐里透过教室门传出来。老李站在门口享受着这种不和谐的混杂音效，他在琢磨为什么音乐里只有协奏曲和交响乐这样的类目，就没有一种名为"不协奏"的曲种，听众坐在座位上听着几种乐器各自为政，在一种强扭的瓜不甜的痛苦体验里，逐渐接受和谐并不是能用来兼容和装点一切的万金油。老李觉得自己最近奇奇怪怪的想法多了起来，面前发生的每件事情都像是射线的一端，在自己的脑子里可以随机发散走出很远，自己的生活从严谨规整的地图变成了一幅散点透视的中国画，他检索了一下自己出现这种变异症状的原因，最后判断大概是因为自己睡前多看了几页珊妮的新书的缘故。

老李像是被一种强大且不可名状的力量吸入了另一个平行世界，那个世界的运行规则不再是黑白分明，而是在对错的边界里撕裂出了另一个迷幻又复杂的空间，那个空间里，局限的善和情有可原的恶都有动人心魄的声响，极致的美也是极致的毁灭力，老李一边觉得晕眩和恐惧，一边又流连其中不知天色已晚。

老李陶醉在自己迷路的那个精神世界里，忘记了教室里的电影已经散场，学生们陆续离开教室，路过他的时候投下一瞥好奇又警惕的目光，等老李反应过来，教室里的学生已经稀稀拉拉，老李探头向里看，找不到严文玥的身影，正在纳闷，突然被一双手从身后蒙住眼睛。

"你猜我是谁？"严文玥温柔又调皮的声音传来。

"别闹，我这一把年纪了。"老李掰下严文玥的手，生怕自己太多沉溺于这种模拟的父女情深而耽误了正经事。

"你怎么想起来学校啦？"严文玥问问题的时候似乎就想到了老李难以回答，于是主动给老李铺了个台阶下，"是因为我们学校图书馆的下午茶太好吃了吧？"

"对对对，我这不是又来找你蹭饭了吗，我一个老爷们儿，自己去那种地方太奇怪了。"老李并没有跟严文玥客气，大摇大摆走下了她铺的台阶。

"那我请你喝下午茶，你贡献点劳动力吧，"严文玥拿起刚刚放在门口桌子上的一摞书放在老李手上，"这是等下要还给同学的，你帮我拿着吧，太重了。"

老李顺从地接过书，跟在严文玥身后向图书馆咖啡厅走去，他低头看了一眼手上的书，最上面的一本就是珊妮签售会上发布的新长篇小说，老李刚刚看了三分之一，已经怀疑自己偷偷发生了某些细胞组织的变动，成为另一个人。

午后的咖啡厅光线十分充足，蛋糕的奶香味飘浮在空气里，让人很难紧张起来，老李靠在沙发上伸了个懒腰，希望自己尽可能看起来没有什么额外的目的。

"你妈回去了吗？"老李低头喝奶茶，余光扫了一眼严文玥。

"被我送走了，她在这里待着总是很吵，影响我复习。"严文玥无奈地摇摇头。

"她是担心你，她丈夫被抓了，又只有你这么一个女儿，心思当然都放在你身上。"

"你怎么知道我爸被抓了？"严文玥诧异地抬头看着老李。

"我啊，那天在厨房，听你妈提了一句，就这一嘴，具体因为什么我也不知道。"老李不擅长撒谎，所有的掩饰看起来都像是掩耳盗铃。

"我妈总是这样,好像自己是个很有故事的女同学一样,见谁都要重复一遍,可能是祥林嫂转世来的。"严文玥用力吸了两颗奶茶里的芋圆,咀嚼的样子有点像啮齿动物,专注、执着又人畜无害。

"哪有这么说自己妈的,她担心你才常来看你,她家里一堆事儿,来一趟也挺辛苦的。"老李被祥林嫂的贴切形容逗笑了,但想到说出这样风趣抱怨的话的,可能是个缜密又决绝的犯罪嫌疑人,又感到不寒而栗。

"放心吧,她不在我旁边也能监视我,这次临走前又去跟楼上秋梅阿姨聊了会儿天,估计拜托她帮忙盯着我呢。"严文玥一脸无可奈何的表情,但随即又露出俏皮的神色,"我打算过几天去找秋梅阿姨聊一聊,我就跟她说,上一个被我妈安排盯着我的王淑怡阿姨已经被花盆砸死了,你看着办吧。"严文玥说着自顾自笑了起来。

老李抬起头,细细端详着这个从天而降的女儿,如果她真的和王淑怡的死有关的话,那她怕是接受过国际职业特工训练,才能在老李面前表现得如此轻松自然,以攻为守。

"王淑怡也是你妈的眼线啊?"和严文玥从容肆意的样子比起来,老李的惊讶演绎得十分生硬、漏洞百出,但严文玥并不想追究，老李也不再努力钻研表演艺术。

"是啊，我猜是我妈担心我在外面租房子，会随便带男生回来过夜，担心我闹出不检点的事情来，所以临时功能性结交了几个朋友，希望她们能帮她搜集情报，方便她对我进行远程垂帘听政。"

"你不检点还需要男生吗？"老李看着严文玥笑了一下，学着严文玥一样亮着牌面和对手打牌，严文玥愣了一秒，脸上浮现出小女生的羞赧神情，"完了，连你都知道了，估计真的纸包不住火了。"严文玥说着把脸埋进自己的衣领里。

"那你打算怎么办？杀我灭口吗？我说今天这奶茶味道怎么有点奇怪呢，和上次的不太一样。"老李对着严文玥开玩笑，心里却比任何时刻都镇定警觉，他相信世界上没有毫无破绽的伪装，如果严文玥瞒过了他，一定是因为自己贪恋某种温度而分了神。

"现在不行了，你来得太突然了我没准备，不过我可以等你过几天去小区楼下的时候，从窗户里扔个花盆出去。"严文玥半开玩笑半认真的语气让人捉摸不透，她直视着老李的眼睛，露出意味深长的笑容，和刚才娇憨真诚的她判若两人，眼角眉梢里都是深不见底的沧桑。

"都快考试了还看课外书啊。"老李不知该如何招架，目光有些无措地飘来飘去，他很感谢桌上珊妮的书无声地帮助了自己。

"就那一本，你看下面都是练习册。"严文玥把最上面一本珊妮的新书拿起来，下面都是近些年研究生入学考试的英语和政治模拟题，"这本是我同学的，我上次见到珊妮姐的时候，太匆忙了，都忘记应该买一本书让她签名，我同学运气就比我好，他有一天晚上半夜出门在停车场遇到珊妮姐，刚好带着自己新买的书，直接就要到了签名，不用第二天去挤签售会了。"严文玥嘟起嘴巴，露出遗憾的神情，又变回了二十岁的少女。

"签名有什么用，又不能吃又不能喝的，她的签名书我也有一本，你要的话我送给你。"老李松了口气，他只认识现在这个孩子气的严文玥，每当他看到严文玥身上那个衰老复杂的人浮现的时候，他会因为陌生而感到恐惧，好在那个时刻只是一晃而过，面前的严文玥又恢复了熟悉和亲切的姿态。

"真的吗？太好了！你看珊妮姐不仅有才华，字迹也那么漂亮呢！"严文玥翻开那本书的扉页指着珊妮的签名给老李看，老李漫不经心地看了一眼，签名和日期落款的字迹和自己手上那本差不多，唯一的区别是这个签名运笔更顺滑，可能轮到自己的时候，珊妮已经十分疲惫了。

老李笑着点了点头表示同意，严文玥并没有把书收回去，而是又往老李面前推了推，"你好敷衍啊，根本就没仔细看，你们警察太不尊重人了。"

"好好好，我仔细看。"老李接过书，夸张地凑近自己的脸，突然发现了什么，珊妮的每本书签名的时候都会随手写下日期，这本书上签名的日期是老李那本书上日期的前一天，也就是王淑怡遇害的案发当天。老李抬起头从书的上方看着严文玥，严文玥微笑着看着老李，露出欣慰的神情，仿佛老李终于听懂了她的暗示。

"你说你朋友是什么时候在哪遇见她的？"老李追问。

"说是珊妮姐签售会的前一天的半夜，在万达小区附近的停车场，具体几点我也不清楚。"

案发当天，根据珊妮的笔录，她晚上十点回到酒店就再也没有出去，老李去酒店前台了解过，珊妮办入住的时间和在酒店一楼酒廊消费的时间和证词完全吻合，就没有再追查。

珊妮撒了谎。

可是如果珊妮那天晚上是去谋杀王淑怡的，那么怎么会在遇到自己粉丝的时候还配合地签名写日期呢？这样不是太容易暴露了吗？还是珊妮签名的时刻并没有做好杀人的准备，是一时兴起作了案？可是如果是激情作案的话，会选择这么有难度的方式，并且缜密到擦掉凶器上的指纹吗？

老李只觉得自己的脑袋里像是很多短路的电线缠在一起，有的断开了，有的正滋滋啦啦地喷溅着火星儿。他揉了揉自己的眼睛，发现严文玥正坐在自己的对面，搅动着杯子里奶茶里的芋圆，以看一个动物实验样本的姿态饶有兴致地看着他。

老李想到刚才严文玥对自己说的话，"你来得太突然了我没有准备。"

她哪里没有准备，她简直是在这里运筹帷幄等了老李一个世纪。

第八章

8
Chapter

一

　　下午两点冈仁波齐的三分之二山腰处，小徐背着一个硕大的双肩包，一只手拿着登山杖，努力把自己的步速和呼吸节奏调整得整齐有致，天气阴蒙蒙的，半山腰的温度已经很低，小徐放低重心，低着头走了几步，转头寻找珊妮，珊妮晃晃悠悠地走在后面，被一起出发的旅客越甩越远。

　　小徐停下脚步，用力挥了挥手以示鼓励，珊妮耷拉着眼皮，根本没有看见小徐的手势，小徐只好折返几步，推着珊妮往前走。

　　"刚出发就这么没精打采啊。"小徐两只手放在珊妮肩膀上，隔着厚重的羽绒服，依然能摸到珊妮消瘦的肩胛骨。

　　"你可说呢，就半山腰上那个旅店，没有电就算了，连个热水都没有，我想吃个高原反应的药都只能拿凉水吃，昨晚吃的现在化没化开还不一定呢。"珊妮怨气冲天，但音量却很小，像是快没电的手机自动开启了节能模式。

"本来就没要带你来你硬要来，你难受成这样跟我又没关系，你冲我撒什么气。"小徐说着说着，突然沉默起来，他想他应该猜到了珊妮无法挑明的烦躁的来源。

冈仁波齐半山腰的旅馆条件十分简陋，大概五六个旅行者睡在一张通铺上，深夜，床上睡前被热水袋烘过的暖意已经被窗外的寒气稀释大半，陌生又疲劳的旅人们在睡梦中忘记了戒备，彼此紧紧贴在一起。半睡半醒之间，小徐听到身边的人轻声下床的声音。

即使还笼罩在蒙眬的睡意里，小徐也记得珊妮睡在自己的右边。

小徐迅速叫醒了自己，躺在床上睁着眼睛等了五分钟，珊妮还是没有回来，小徐担心珊妮摸黑去卫生间的时候不小心滑倒在雪地上，赶紧披上衣服出去寻找，旅馆里里外外都没有珊妮的踪影，小徐担心起来，突然听到厨房的位置传来窸窣的声响。

小徐蹑手蹑脚走到厨房门口，透过虚掩的门，借着窗外朦胧的月光，看到珊妮手上拿着一瓶止咳糖浆一样的小瓶子，瓶子里的液体似乎被冻住了，珊妮拼命摇晃，仰着头往嘴里倒也没有倒出几滴，于是两只手捂着塑料瓶不断揉搓着，不时用嘴向小瓶子呵气。珊妮的手边的桌子上放着一罐罐装可乐，因为在行李箱里积压太久，一侧已经瘪了进去。小徐想看清珊妮手上的东西，向前靠了靠，年久失修的门框发出咯吱的惨叫声，珊妮听到声音吓了一跳，手一抖糖浆瓶子掉落在地，咕噜咕噜地滚到了一个柜子下面。

"谁？"珊妮的声音在冷空气中瑟瑟发抖。

"是我，有点饿来找吃的，你也饿了吗？"小徐故意装出什么也没有发现的样子。

"是啊，我找了一圈了，没什么能吃的，回去吧。"珊妮说完转身离开了厨房。

小徐站在厨房里，把玩着桌上珊妮丢下的不规则形状的可乐罐，拿起来喝了一口，气泡在小徐的喉咙里前赴后继地炸开。小徐想到了不久前的那天晚上，严文玥和他坐在医院门口，严文玥看着天上的夜空，眼睛里湿润着，半天都没有讲话。

"别抱怨了，你看前面七十岁大爷走得健步如飞呢，你坚持一下，今天就到了。你没听昨天旅店的老板说，转山一圈可以消一世罪孽呢。"追究珊妮痛苦的原因只会让自己也跟着痛苦，小徐决定暂时忘掉这件事，他接下珊妮身上的背包拎在自己手上，不时跟珊妮说话以确保她的神志清醒。

"不消了，不消了，我可能待会儿就直接奔着下一世去了。"珊妮嘴上说着，却依然跟跄地向山顶走去。一束刺眼的阳光穿过云层照在山上，积雪像是等待许久的样子，纷纷用自身的洁白反射着阳光的亮度。珊妮伸手在口袋里掏墨镜，发现墨镜被自己忘在了住宿的旅店里，只能低着头把眼睛眯成一条缝，继续向山顶走去。

不知道过了多久，珊妮只觉得两条腿灌了铅一样沉重，嗓子眼里泛起了血丝的咸涩味道，一阵疼痛温热的感觉从她的身体里涌出，让她已经疲累麻木的双腿又有了些知觉的层次。她的月经提前了半个月来了，珊妮崩溃大哭起来。

身后的小徐赶紧跑到她面前，紧张地把手放在她的额头上，"怎么了？哪里不舒服？"

珊妮不说话，只是不断地大哭，哭声不时被喘息声打断，像是一张满是污渍时刻跳针的唱片。小徐手足无措，只能轻轻拍打着珊妮的后背，他回头看了一眼，曲折的盘山路已经看不到他们第一天出发时的起点，此时下山比上山还要遥远。他有些无奈地闭上眼睛，希望在离天很近的地方，上天可以听到他的祈祷声。

一个想法在小徐脑子里一闪而过，他从背包里拿出一个小瓶子，把它塞到珊妮手上。"我也走不动了，你妈的骨灰太重了，你帮我拿一会儿吧，到山顶就可以撒了。"小徐说完，转头继续登山，不再回头看珊妮。

珊妮已经没有力气骂人了，她恨恨地盯着小徐的背影，又低头看了一下手里的瓶子。瓶子里是粗糙的灰色粉末，像是海边没有被海浪雕琢圆润的沙砾，她小时候听母亲说过一次，家乡海边的沙滩原本就是这种坚硬突兀的碎石，为了建设旅游城市，特地从南沙群岛空运来了细沙铺满了海岸线，她踩在脚下的绵软沙土原本来自几千里外。

记忆从那个时间点开始向两边延伸，珊妮看到自己被邻居家小孩半要半抢拿走的玩具娃娃，被母亲掐着腰又讨了回来，看到家长会上，母亲的余光四处乱瞟，在心里估算着自己身上的这件貂皮在班级家长的着装中的价位排名，根本没有翻开珊妮引以为傲的成绩单。

时间变得忽长忽短，像是平滑的湖面，无始无终，故不知尽头在何处，珊妮手上拿着一瓶细碎的砂石，石块随机地落在哪里，那个泛起涟漪的点，就是岁月随机的开始。珊妮在无数个生命的瞬间短暂逗留，又猝不及防地跑去下一个坐标，直到她听见小徐的呼喊声——

"到了！我们终于到了！"

珊妮抬起头，自己不知不觉已经站在了山顶，正是太阳落山的前一秒，朱红色的夕阳沿着山顶的皑皑白雪一路走到了珊妮的对面，珊妮甚至能听到面前热气腾腾的生物轻轻的喘息声。

一个人突然喊了一句藏语，周围的人纷纷跪下，小徐被这虔诚的情绪打动，也跟着跪下，雪山顶只有珊妮一个人伫立着。她正视着面前的太阳，看到光晕里，王淑怡背对着自己正要向更深的光明处走去，突然回过头看着自己，逆着光的王淑怡轮廓清晰，她留着齐耳短发，脸上的婴儿肥还没有褪去，身上穿着卫校的制服。之前珊妮只在一张褪色的照片里见过她这样的装扮。珊妮突然想起了自己的来意，她打开手里的小瓶子，把粗糙的粉尘倒在自己的手心里，又轻轻张开手指，任由它们迅速和雪融为一体。

面前的王淑怡依旧没有离开，像是在等待一场久违的重逢和告别。

"你走吧，"珊妮小声说，"除了最后那阵子，你对我还算不错，我也实现了你的愿望了，我们欠对方的都还清了，两清了就走吧，真有来世，也别再见到了。"

珊妮面前曝光过度的画面突然毫无防备地跳转成一片漆黑。她伸手想抓住逃走的光亮，重心不稳跌倒在雪地上，她试图站起来，却找不到方向。

"她雪盲了！""谁给她一顶帽子！"她听到身边人此起彼伏掺杂着普通话和藏语的喊声，紧接着，有一双手正在晃动自己的肩膀，"能看到我吗？"她感受到小徐嘴里的热气呼在自己的脸上。

世间苦于无明吗？见过光亮之后的无明最苦。

珊妮把脸靠在小徐的肩膀上，失去了知觉。

一片混沌里，珊妮看到一个看不清脸的人，走到她面前，把她的手放到一根竹竿上，珊妮问他是谁，可他却一直没有说话，用竹竿拉着珊妮在一片混沌中沿着蜿蜒的路径向前走去，珊妮问他我们要去哪里，可话刚刚说出口就失去了声音，那人就一直在她前面距离恒定地带着她前行，直到珊妮隐约看到了远处萤火虫一般微弱的光亮，那人才转过来，对着珊妮笑了一下，然后变成了一座光滑的石雕。

远处的微光照亮了石雕的侧脸，珊妮看到了冲自己微笑的小徐。

珊妮尖叫一声，从床上坐了起来，眼前斑驳的光晕像是在自己和世界面前放了一层巨大的玻璃，玻璃的一侧起了水雾，珊妮怎么也擦不干净。几句藏语在她的耳边响起，她伸出手试图拉住一个人确认自己现在的处境，抬起手感到一阵疼痛，这才意识到自己的手臂上正插着吊水的针头。

"醒了啊？我看看，能不能看清这是几？"珊妮听到小徐的声音，有一个黑色的影子在自己面前晃来晃去，珊妮一把抓住小徐的手，忍不住地抽泣起来。

"没事儿啊，没事儿，我们在旅馆里，很安全。"小徐用手捏了下珊妮的肩膀，"吓死我了，你要是再不醒过来我都怕你饿死了，你知道人不吃饭能活几天吗？"

"如果是出于自愿的苦修，僧人可以六个星期不吃东西，但如果是出于被迫，不能超过十天。加缪说的。"珊妮吸了吸鼻子。

"挺好挺好，脑子没坏就行。"小徐说完对着身边的几个人说了两句藏语，珊妮听到有人走远，轻轻关上了门。

"你啥时候学的藏族话？"珊妮一瞬间忘记了恐惧和委屈。

"这两天学的呗，你躺了两天，饿不饿？给你弄点吃的？"

"你学藏族话那么快呢？这脑子为啥要去当保安？"珊妮像个絮絮叨叨的法学辅导员，正在劝误入歧途的学生悬崖勒马。

"你饿不饿啊？不饿我自己去吃饭了。"小徐说着要起身，珊妮一把拉住小徐的手，小徐没站稳，一个趔趄差点摔在珊妮床上，珊妮感觉到小徐的嘴唇蹭过自己的耳朵，耳边的空气温度迅速升高，珊妮松开了小徐的手，避免被灼伤。

"都饿两天了还这么有劲儿啊，有这体格为啥不去当保安？"小徐反唇相讥，把珊妮伸出来的手又放进被子里。

"我那个……那什么来了，可能有点……"珊妮红着脸支支吾吾，她上一次这么窘迫的时候还是初潮到来的那天，她正在做广播体操，毫无察觉校服裤子上红了一片。那个时候领操的杨贺路过珊妮身后时无意中看到了这一幕，脱下自己的校服外套系在珊妮的腰上，众目睽睽下，珊妮有多羞耻就有多幸福。

"给你垫上了，裤子也换了。"小徐吭哧了几秒扔出一句。

"啊？谁给我换的？"

"反正不是我。"小徐说完就走了出去，有些孩子气地狠狠关上门，珊妮坐在床上，愣了好久。

她不知道现在是哪一天的几时几刻，但她猜测现在应该是上午十点左右，第二节课的下课时间，她的耳边又响起了第二套全国中学生广播体操的音乐。

一二

老李盯着案发前一天晚上丽思卡尔顿酒店转角路口的监控器看了一整天。

晚上九点四十分，接珊妮的陆地巡洋舰从酒店正门转进酒店地下车库，在车库里一直到次日中午才开出去，目的地是签售会。如果珊妮夜里出门的话，交通工具不是这辆车。晚上十点到次日凌晨六点，共有四辆车经过酒店转角的路口：一辆是夜里十点二十五分经过的出租车，一辆是十一点零五分经过的白色奥迪A4轿车，一辆是接近零点经过的互联网公司接送夜班员工的班车，一辆是小货车，小货车路过时已经是凌晨四点了，根据尸检结果，王淑怡的死亡时间大概在夜里十一点到凌晨一点之间。

珊妮可能搭乘的交通工具只有出租车和那辆奥迪，根据严文玥提供的信息，珊妮和严文玥同学偶遇的地点在一个停车场，如果珊妮搭乘的是出租车的话，大可以直接让司机把自己放在目的地，没必要绕去停车场再下车，老李因此判断出，珊妮夜间出行乘坐的是那辆白色的奥迪A4。

老李继续追踪奥迪A4的行驶轨迹，离开丽思卡尔顿酒店附近后，A4车在麦当劳外卖窗口做了短暂停留，窗口的店员把外卖送进驾驶位窗口，老李只能看见一双手接过外卖纸袋，看不到手的主人是谁，奥迪车离开麦当劳继续行驶，大约在十一点三十分左右，停在了不远处的一个公共停车场。

那个停车场几年前原本是一栋百货大楼，是这座城市几十年前的标志性建筑。国有经济时代，这栋楼风光无限，春节前夕每一层的收银台都排着长龙。后来一站式的休闲购物中心迅速崛起，这栋大楼还没反应过来就被喜新厌旧的顾客们抛在了脑后。如同不甘被忘记的过气明星一般，百货大楼也做过很多试图自救的措施，老李的印象里有一阵子每当他路过这里的时候，都能听到百货大楼门口的音响里大声播放着一个女人大喊的促销活动信息，明明是优惠政策，却生生被喊出了一种气急败坏的滋味来。折扣活动为已经门庭冷落的百货大楼带来了回光返照一般的短暂繁荣，但在名字洋气、中庭精致梦幻的后起之秀的搔首弄姿和线上购物网站的价格大战的前后夹击下，老牌常胜军的颓势不可挽回。大楼里的商铺品牌因为入不敷出交不起租金陆续搬离，为了减少成本，整栋楼开始减少用电，昏暗的光线和不起什么作用的空调让顾客更不愿意踏足。终于有一天，百货大楼宣布"整顿升级"，具体开放时间待定，只有五楼的电影院和门口的停车场依旧营业，本着苍蝇腿再细也是肉的原则，像是植物人的两个器官，疲惫地拖着整个沉重僵硬的躯体维持着微弱的生命迹象。老李时常觉得这栋百货大楼的命运像是整座城市的隐喻，在还不知道自己做错了什么的时候就已经被猝不及防地推进了一个新时代，年轻人们一边表达着对过去日子诗意的缅怀，一边头也不回地奔向光怪陆离的新生活。

难道珊妮深夜自己跑出来看了场午夜场电影？

老李觉得不可思议，他站在停车场门口的位置环顾四周，对面是两个半新不旧的小区，两个小区的后门之间有一条小小的商业街，街道并不宽，上面的店铺也都很袖珍，老李百无聊赖地沿着洗衣店和西饼屋一路向前走，走到一家没有牌子的小店门口。

店铺门口挂着转让招租的招牌，门被锁住，大门设计得很新颖，金属的门中间开了一个小小的玻璃窗，看起来有点像可以探视的监狱里的豪华大床房的门。

老李凑近门上玻璃的位置向内张望，里面说不出是没有装修还是某种特定的装修风格，从天花板到墙壁到地面都贴满了旧报纸，天花板上的水管和电线明目张胆露在外面，空间的一角堆放着架子鼓、电吉他和电子琴，旁边是个吧台，吧台后面的酒架上空空如也。老李猜测大概是老板因为生意不景气借酒浇愁喝光了自己的库存导致无法继续营业。空间的另一侧堆满了纸箱子，在纸箱子的中间，老李看到一根金属杆突兀地竖立着，不知道这是什么奇怪的设计。

"哟，这地儿黄了啊。"一个老头背着手走到门口也凑近玻璃看了一眼，"真好，我今儿得为这事喝两盅。"

"这地方之前是干吗的？"老李转头问一旁的老头。

老头显然是附近的居民，穿着拖鞋和睡衣，手里拎着刚买的桃酥，露出一副苦不堪言的表情，"一群毛孩子发疯的地方吧，白天也没见开门，一到深更半夜那叫一个吵啊，隔着几百米听着都跟地震了一样，我们居委会派代表来协商了多少次也没用，那个老板看着慈眉善目挺好说话的，答应完了也不改，再来找他他就道歉，说要么赔您点儿钱吧，嘿，整得我们跟来敲诈的一样，我们都是痛快人，拿这种滚刀肉一点办法也没有。"

老李点了点头，默默记住了这家店的门牌号。回到警察局，他登录工商局的信息网站查询，这个位置注册的公司叫作"没有名字的岛"音乐活动中心，两年前注册，今年没有年检，主营业务是音乐教学，包装制作发行，账面上没什么大笔资金流动，盈利也没有到需要纳税的水平。

商铺的法人叫杨贺，和珊妮同年出生。

老李又在公安局的信息系统里查找了杨贺的个人身份信息，发现杨贺和珊妮，曾就读于同一所高中。

老李登录珊妮所在的高中的贴吧，翻找十几年前的帖子，找到一个学生上传的模糊的照片，照片上，一个女孩背对着镜头站在操场上，一个男孩正把自己的外套系在女孩的腰间，镜头有些晃动，画面严重失焦，图片的百分之三十面积是袖子遮住镜头的阴影，老李猜测这是哪个学生趁老师不留意拿出手机偷偷抓拍的某一时刻的现场证据。照片下面的文案是一些阴阳怪气的酸话，一些缩写和符号老李并不能完全破译，但内容大意是高二（3）班的唐姓语文课代表真厉害，不显山不露水地钓走了全校的男神。

找到杨贺所在的工作单位并不难，老李迅速查到杨贺在一家日资企业工作。这座城市由于地理位置临海，和日韩的贸易往来相对密切，前些年进驻了不少外资企业，杨贺目前在一家日资企业里负责物流调配和仓储管理，办公室在高新园区一栋高层写字楼里。

正值午后打卡上班高峰期，老李混在手里端着咖啡拎着水果干的年轻人群里，突兀得像鸡兔同笼问题里的唯一一只兔子，也是因为调性过于不搭的缘故，老李登记了三轮才从前台手里拿到了临时出入的磁卡。

杨贺的公司在六十四楼的尽头，老李下了电梯就被楼道错综复杂的走廊和混杂着数字、英文字母和罗马字母的门牌号搞得晕头转向。他甚至怀疑这栋大楼在设计之初，妨碍警察搜查追捕的功能就被纳入了设计师的考虑。老李在一家婚纱摄影店门口路过了三次，在一家教辅机构门口折返了两次，途经一家隐蔽得极好的私人影院的时候,还犹豫了一下要不要进去开展一下扫黄打非行动。

一栋楼里居然可以如此包罗万象,老李暗暗感慨。看到走廊的尽头有个不起眼的坡度,老李转过去,前面别有洞天,两层楼之间的夹层有个巨大的空间,玻璃大门一层的金属牌子上写着日本××商贸有限公司。老李推门走进去,里面的办公室容量比他想象的还大,员工们各自忙碌,敲击键盘的声音,打印机喷墨的声音和接打电话的声音此起彼伏,前台小姐刚客客气气地挂断一个电话,抬起头看见从门口走进来的老李,迅速起身,露出训练有素的笑容。

"先生您好,请问有什么可以帮到您?"前台小姐边说边打量着老李。她在判断老李的身份和情绪,这个时间点来没有预约的不像是大客户,面前的老李从容不迫的样子也不像是前来讨说法的合作方,身上亦没有临时有事来找人的员工家属的腼腆和局促,所有可能性排查下来,只有一种可能,他一定是来突击查看企业运转情况的准投资人。前台小姐迅速从面前的一堆茶包里选出了最好的茶,麻利地泡好一杯,递给老李前还特地在一次性纸杯外面套了一层带把手的塑料杯壁。老李从容地接过,低头吹了一下抿了一小口,到底还是大企业的人讲究,小徐真该来跟人家学一学。老李的姿态让前台更加坚信自己的判断,她趁老李眯着眼睛品茶的时候,偷偷整理了一下自己的西装裙,希望自己的仪容仪表可以让公司在投资人心目中额外多几分。

"杨贺在这吗?"一杯茶喝完,老李才不紧不慢地问前台小姐。

三

听到老李的话,前台愣了一下,杨贺是物流仓储部门的,并不负责招商引资对外接洽的相关事务,难道自己刚刚判断错了?"杨组长在开会,需要我帮您喊他吗?"前台小姐一边困惑着一边回答老李。

"不用,我去他的位子上等他吧。"老李说完自顾自向办公室内走去,前台小姐不敢怠慢,赶紧领路,开放式的办公空间喧闹得像用餐高峰期的肯德基,老李很惊讶,这些人如何在这种互为噪声污染的环境下还能把工作安排得有条不紊,他有点理解为什么公交车上看到的青年人,脖子上都挂着一副沉重的包耳式耳机。

耳机是公共场合里的更衣室。曾经有人跟老李说过。

前台带着老李绕过了好多张办公桌来到杨贺的工作区域,杨贺的桌子比刚刚路过的两排办公桌大一些,桌子上有一台苹果大显示屏的台式机,椅子也是带有轮子和靠背的转椅,相比于其他散台,杨贺的办公桌算得上是个卡座,老李迅速判断出杨贺在这里混得还不错。

"你们老板挺欣赏杨贺的吧?"老李问前台。

"老板很会发觉每个人的闪光点,大家在这里都感觉很被尊重。"前台小姐眨了眨眼睛,说的话和她倒的茶一样四平八稳、滴水不漏。

"你知道他开什么车吗?"老李对前台体面的回答并不买账,前台小姐愣了一下,她还从来没有被问过这么直接粗暴的问题,"我来得比较早,离开得比较晚,一般都是坐公交来,也不怎么去车库,不太清楚同事的车子的品牌,不过之前有几次加班,杨贺和我一起拼车叫过出租车回家。"前台小姐有些尴尬,但还是得体地帮老李拉开杨贺座位上的椅子示意老李坐下。

"谢谢你啊姑娘,你去忙吧。"老李冲前台小姐点点头。

"应该的。"前台说完转身离开,走了几步又回头看了眼老李，心里估算着自己刚刚那杯茶算不算因为误判造成的资源浪费。

老李一屁股坐在杨贺的转椅上，打量着办公桌上的陈设，电脑的一侧是一部电话机，电话机后面放着一家三口的合照，老李把照片拿到自己的面前，相框里的男人应该是杨贺，戴着一副金丝眼镜，打扮得有些不合时宜的成熟，女人慈眉善目的，长了一张中规中矩不会让人印象深刻的脸。

老李百无聊赖地翻看着杨贺桌面书架上《三十天教你学会职场沟通》的工具书，怀疑自己是不是有些过于神经敏感且联想能力丰富，来错了地方又找错了人。

"您好。"身后客气的男声响起，老李不自觉地把转椅转动了一百八十度，仰头看着面前的男人。男人的脊背微微前弓，脸上是出厂设置一般没有内容的笑容，和老李手上工具书封面的女人的笑脸如出一辙，对方正彬彬有礼地看着自己，"不好意思，这应该是我的位子。"

"杨贺是吧？我是派出所的警察，你叫我老李就可以了。"老李依旧坐在杨贺的位子上，没动。

杨贺愣了几秒，脸上的笑容失真了几度，很快又还原了之前的表情，像是脑袋里自带一个校准器一样，"李警官，幸会。"

虽然已经是下午三点，写字楼一楼的罗森里还是人流不断，杨贺找了一张小方桌，把桌上上一个人没带走的垃圾扔掉，买了一份加热的饭团和两杯咖啡，一杯放在老李面前。"真不好意思李警官，我昨天刚从外地出差回来，要处理的事情有点多，等下还有两个会要开，只能委屈您跟我来这种地方吃饭了。"

"没事儿理解，我也风餐露宿惯了，出来打拼都不容易。"老李看着面前因为过于普通而难以找到破绽的杨贺，没话找话，"你……挺爱干净的是吧？"

"在日本人的企业里上班练的，他们看重这个，我领导有点强迫症，会议室里的桌子是镜面玻璃的，沾了指纹他都受不了，我天天在他手底下干活，不能不配合。"

"穷讲究，"老李不满地哼哼了一声，"我们当警察的，天天都对着一片狼藉，难不成还不活了吗。"

"就是，李警官，您说得对，那我能不能问一下，您今天来找我……"杨贺小心翼翼地问出这个问题，生怕冒犯了老李一般。

"没什么事儿，你是不是开了个店？总有人投诉你扰民，居委会也没办法了找到我们这儿。"

"哦，那事儿啊，那您放心好了，那个店我已经不开了，马上就兑出去了。"杨贺难为情地低下头,两只手转着装咖啡的纸杯。

"那是个什么店啊,怎么听邻居说深更半夜鬼哭狼嚎的?"老李调整了一下坐姿,尽量让自己的这句话问得像是出于自己的好奇而不是某个任务。

"我在这里工作之前,在事业单位做文职,那个时候,单位鼓励员工利用闲暇时间在职创业。我也不会什么,就之前大学的时候喜欢玩点音乐,也不想浪费了这个政策红利,就成立了个音乐工作室,教教别人乐器,自己偶尔也写写歌,遇到什么音乐节就组个乐队去演出。后来来到这边了,工作一下就忙起来了,每天加班,睡觉的时间都没有,副业实在是搞不动了。"杨贺苦笑着,把手里的咖啡一饮而尽。

"事业单位待着多好啊,又清闲待遇又好,怎么走了呢?"老李想到自己同事的儿子连续考了几年事业单位的辛酸往事,有些替杨贺感到不值。

"老婆生孩子了,开销大了,外企虽然累,提成也多,而且总公司在高新园区开了个中日合办的幼儿园,双语教学,往后升学留学都好办,集团员工子女入学能给点方便。"

"真难为你这个父亲了。"老李感慨道。

"没办法的事儿,我自己就是一路考着几十年试上来的,从小学到硕士,一口气都不敢松,现在到我的孩子了,我多给她争取一点儿,她自己的压力就小一点儿,到我这个年纪,不也就这点心愿嘛。"

　　"我知道了,居委会那边我会给他们答复的,"老李起身拍了拍杨贺的肩膀准备离开,突然又坐下,"哦对了,还有个事情,唐珊妮你认识吗?"

　　杨贺愣了几秒,几秒内几乎设想了自己不同回答之后的无数种可能,最后经过层层排除道道遴选,把自己的答案轻声送到了老李面前。

　　"我认识她,我们一个高中的,她怎么了?"

　　"我一个同事,在处理家庭纠纷,其实就是一句话的事儿,调解一下就好了,就是唐珊妮在外地忙着,一时半会儿回不来,她亲戚又成天不依不饶的。我看她跟你年纪差不多,想着说不定你们能有个共同好友什么的,帮我带个话,让她有空的时候回来一趟。"老李这段话已经预演过很多遍,他试图说服自己这不算是谎言,只是避重就轻地遮掩了一部分内容,这样他才能少一些因为欺骗而产生的愧疚感。老李不疾不徐介绍着情况,从语气到节奏,都尽量让对方察觉不到什么加工的痕迹。

"这样啊,我帮您找找她当年的同学试一试吧。"

"你们还有联系吗?你最后一次见她是什么时候?"老李故作漫不经心地问,努力捕捉杨贺神情和嗓音的微妙变化。

"最后一次啊……大概半个月前吧,她回来签售。"

"去找你了?"

"那天我跟公司请了个假,她签售的时候我站在书店的玻璃墙外面,看了她五分钟。"杨贺半睁着的眼睛里流露出伤感的神色来,像是一个流水线生产的玩偶突然被赋予了生命一般,整个人因为悲伤而鲜活灵动起来。

"为什么不进去呢?她不记得你了吗?"老李看着杨贺的眼睛,杨贺的目光已经放空,仿佛坠入了某个只属于自己的精神世界里,眼睛里不再有老李、便利店和外企严格精确的时间表。

"她记不住我会难过,记得住我会更难过,有些事情结束了,就算很遗憾,也不能成为再次开始的理由。"杨贺的声音很小,像是在读诗给自己听。

那个瞬间,老李似乎理解了杨贺为什么会组乐队,会在夜深人静的时候嘶吼着不合时宜的曲调,吵嚷着没人能懂的歌词。

两个人就这么各自坐在自己的维度里,谁也没有再说话。

"今天真是打扰你了,"良久,老李起身,冲杨贺点了点头,走出了便利店。

老李走出便利店的玻璃门,转身向门内看去,杨贺正焦急地拿出手机拨通了一串数字,把手机放在耳边。老李掏出电话,拨通珊妮的号码,如果这个时候珊妮也正在通话,他就对于杨贺和珊妮之间的秘密多了一丝把握。

听筒里传来话务员甜美的声音"您拨叫的用户不在服务区",老李叹了口气,轻轻挂断了电话,杨贺正急匆匆从便利店里走出来,看到老李吓了一跳,"李警官,你怎么还在呢?"

"哦,我等我同事开车来接我,他正好在附近,"老李转过头不看杨贺的眼睛,"你呢,着急回去啊?"

"刚看了下群里,催我开会半天了,估计又要被扣绩效了,先走了啊李警官。"杨贺说完匆匆离开,和人流一起冲进摩天大楼半张着的大嘴里,那张嘴光滑整洁,看不见牙齿,却像是随时能把人嚼碎一般。

第九章

9
Chapter

一

珊妮坐在床上，张开嘴，发出小朋友去医院检查喉咙时的一声"啊"。

"怎么回事儿啊，能不能快一点？"珊妮"啊"了几秒也没有动静，噘起嘴巴不满地抱怨。

"好了好了好了。"小徐拿着一盘削了皮切成四分之一个的苹果坐在珊妮床边，珊妮又张开嘴，小徐拿了一块苹果塞进珊妮嘴里。

"不行不行，太大了。"珊妮艰难地把苹果咽下去，果汁顺着嘴角淌下来。小徐赶紧从口袋里拿出纸巾帮珊妮擦嘴。

"你切小一点再给我。"珊妮抱怨着，小徐嘴上敷衍地答应着，又拿起一块苹果，自己咬了一口，把剩下的部分放进珊妮嘴里。

"干活儿一点都不仔细，就知道敷衍。"珊妮批评小徐，嘴角掩饰不住地向上弯曲。

"你这眼睛有点起色没有啊?都三天了,大夫说四十八小时左右就能看见了。"小徐不耐烦地伸出手在珊妮面前晃了晃。

"唉,我能怎么办呢,我看不见我也很着急,你要是有事情要忙的话先回去吧,我自己在拉萨养病,反正我命大,怎么都死不了。"珊妮拿腔拿调地演绎着苦情戏码。

"算了算了你可歇着吧,赶紧把病养好了比什么都重要。"小徐抬头看了下时间,"不早了,睡觉吧你。"

"可是我还没刷牙呢。"珊妮说着就要翻身下床。

"行行行你厉害,我服了你了啊,你坐着我去给你接水。"小徐说着去找暖壶,用冷水和热水兑在一起,自己喝了一口试了下温度,又把珊妮的电动牙刷拿过来,挤好牙膏,把牙刷和水杯放在珊妮的两只手里。珊妮伸出手的那一刻,小徐看到珊妮手心里被碎玻璃划过的伤疤,他假装什么也没有看到,又拿来一个空盆子给珊妮漱口用,珊妮漱了下口,把牙刷放进嘴里,电动牙刷的振动声响起,小徐的脸上被溅了一脸牙膏。

"你今年多大了来着?"珊妮的嘴一张一合,白色的泡沫挂在嘴角。

"二十四,怎么啦?"小徐端着水盆,有点像古代家道中落打发到王府当宫女的苦命丫头。

"你救过我，我这几天一直想着能做点什么回报你，你想好以后在哪里发展了吗？你要是想留在城里，我给你买套学区房吧，我家那套房子太老了，周围也没什么好的学校……"

"哟，那敢情好，但是你妈那套房子我不会给你的，你死了这条心吧。"小徐很庆幸珊妮看不到自己感动的状态，自己凭借着声音还能勉强伪装出一副死猪不怕开水烫的无赖形象来。

"我不是在跟你做交易。"珊妮吐掉了嘴里的泡沫，对着面前的空气表情庄严郑重，"我二十四岁的时候刚好我妈把我和我爸赶出来，我一边打工赚钱，一边写硕士论文，一边投简历找工作，那个年纪是个还挺好的年纪，我自己紧张兮兮地过完了，想看别人好好过。"珊妮说着，用袖子擦了下自己眼角的泪水，面前的空气静止了很久。

"哎，你不会走了吧？"珊妮试探性地问了一句，依旧无人回应，珊妮愣了几秒，如释重负一般抽泣起来。

她想现在的自己一定很难看，虽然看不到镜子，但根据脸颊不时的刺痛感还是能推测出自己此刻脸上的高原红，珊妮摸自己脸的时候被吓了一跳，几天没有认真吃饭她的颧骨往外突出了些，一副苦情又刻薄的样子。小徐走了也好，她索性再把自己的眼睛哭肿，也不必再有什么放不下的身段、扔不掉的包袱。珊妮一头躺倒在床上，睁着空洞的双眼看着天花板，任由自己的脸颊成为泪水的操场。过了不知道多久，困倦感袭来，珊妮闭上眼睛即将入睡的时候，感觉到一只温热的手指擦掉了自己嘴角的泡沫。

"我靠！"珊妮像一只应激的动物一样弹起来，正好撞到小徐，"你没走啊？"

"我没说我走了啊。"小徐的无辜声线里藏着坏笑，没等珊妮发作，小徐立刻逃跑，"我现在走了啊，跟你说一声，晚安。"

"你真走了吗？"珊妮对着面前的空气一通挥拳，站在门口的小徐哈哈大笑，"哎，可惜现在没信号，不然我就应该给你开个直播，保证一天打赏能赚一个亿，太逗了你这人。"

"你是不是看上我了？"这话小徐听着猝不及防，珊妮说出来倒是掷地有声，仿佛这几个字已经在她的腹稿里酝酿了一千次，之前因为种种不可抗力才推迟了开口的时间，这句话滞留了很久已经十分不耐烦，不等和珊妮协商一致就迫不及待地冲了出来。

"你有病啊！"小徐恼羞成怒。

珊妮没说话，视觉不好的时候她的听觉格外灵敏，她在细细品味小徐声音里的味道。

"我实话告诉你吧,我喜欢年纪小的。"小徐停顿了几秒,缓缓开口。

"为什么啊?"

"这有什么为什么,男人不是都这样吗?"

"我是说,那你为什么对我这么好啊?"

"你不是要给我买房子吗?我可不得表现好一点儿,我这种要学历没学历、要工作没工作的人,不就是靠着表现好这事儿完成的资本原始积累吗?"

"没毛病。"珊妮又躺回床上盖上被子,"本宫困了,你跪安吧。"

"德性!"小徐说着走出房间关上门。

珊妮蜷缩在被子里,一阵寒意从脚底蔓延到四肢。她想起二十四岁的时候,自己和王淑怡的撕扯在网络上引起了众人围观,一时间众说纷纭,有人自以为是分析原生家庭的创伤疗愈机制,有人抱着无端的恶意攻击珊妮不惜利用家人炒作。舆论旋涡中心的珊妮动弹不得,她退网了一个月,拒绝所有人的采访和探望,把自己关在异乡的出租屋里自我囚禁一般,一个月之后,珊妮自以为做好了全部的心理建设,重新登录了自己的社交软件,首先跃入眼帘的是一个不知名网友带着原生家庭话题词条的转发：心疼这个女儿，小小年纪就要为母亲的自私虚伪和神经质买单。转发的发言下面还有几千人的赞同表情。

珊妮只觉得一道阳光穿透了窗帘照在自己身上，她相信某种来自造物主的引导和暗示不会像天气预报一样时刻常伴左右，却会在关键时刻出现，提醒地上的生灵们自己并没有被遗忘和抛弃。珊妮点进那个网友的个人主页里看，在这条发言紧接着下面一条，转发的同样的话题，文案是：真是不孝的女儿，母亲就算再有问题也不应该放到网络上任人踩踏，我要是这个母亲我真后悔当初生下她。文案下面依旧有几千人的摇旗呐喊。

这个账号并没有任何态度，甚至于它后面有没有固定的人都不确定，它只是在吸引别人的关注然后积攒流量收费发布广告，它参与最有讨论度的话题，说着最能煽动情绪的话，今天支持张三，明天反对李四，在这个数据至上的年代，人间疾苦不在大多数人关注的范围内。

珊妮的寒意已经摸索着爬上了她的脖颈，她是陷在泥潭里的求生者，每挣扎一次就会陷得更深一些，她的头发已经粘在一起，肌肤粗糙薄脆得像被水打湿后又在烈日下晒干的纸，只要她开口呼救泥沙就会涌进嘴里，而耳边还是纷乱嘈杂的各种人的声音，音色千差万别，但传达的大概是同一个意思，小徐对珊妮的好只是他一贯以来夹缝里谋生的方式，不涉及功利心之外的任何情绪。

窒息感越来越重，珊妮想到自己背包里的薄荷精油，摸索着下床在床边找到了自己的背包，珊妮把一只手伸进去，在口香糖、手电筒和充电宝里寻找自己想到的东西。一个冰凉的小瓶子碰到了珊妮的小指，珊妮用两个指肚在瓶盖上滑来滑去，判断出这是一瓶止咳糖浆。

珊妮的记忆里，最后一瓶止咳糖浆掉在半山腰旅馆厨房的橱柜下。

珊妮的手指肚用力按在止咳糖浆的瓶盖上，瓶盖上凸起的纹路像印章一样为珊妮的指纹又增加了一些复杂的肌理，如果现在不是在做梦的话，那那个在厨房里猝不及防偶遇小徐的深夜就是雪山半山腰上的一个凌乱的梦境，珊妮试图为自己的混乱找到一个合理的解释，但很快又推翻了这个解释，她在包里翻找了很多次，没有找到自己从机场买的那罐可乐，可乐被打开喝掉了，证实了那个夜晚发生的一切的真实性。

止咳糖浆粗糙的瓶底刚好碰到了珊妮手心处痊愈不久的伤口，原本应该光滑的瓶身底部生生凹进去了一块，珊妮触摸着止咳糖浆的伤口,这似乎在告诉她这就是那天夜里掉在橱柜下面的那瓶,那么是谁把它从橱柜下捡了出来,盖上了瓶盖,重新放回了珊妮的背包里?

一片雾蒙蒙的黑夜里,珊妮抬起头,借着窗外雪地反射的路灯灯光,她隐约看到一个人影,正站在自己面前。

"你是谁?"珊妮吞了下口水,尽量让自己的声音听起来镇静一点,人影没有说话也没有动,珊妮缓缓站起来向前挪动了几步,微弱的呼吸声越来越清晰。

"别闹了小徐,多大人了有劲没劲啊?"珊妮故意发出生硬的笑声缓解自己的紧张。对面依然没有反应,珊妮鼓起勇气,伸出手又向前走了几步。面前的人影不见了,只有门口的寒风吹动着珊妮的刘海,门不知道什么时候被打开了。珊妮借着昏暗的光线关上门,背靠着门坐在地上,耳膜被自己的呼吸声震得嗡嗡作响。

她又想起了自己第一次见小徐时的情景,在警察局老李的办公室里,小徐戴着口罩,把装着热茶的杯子放在自己面前,眼睛躲在水雾后面,偷偷地观察着毫无防备的珊妮,出门时和老李心照不宣地对视了一眼。

紧接着,小徐出现在自己母亲的葬礼上,小徐辞掉了工作,小徐同意带自己一起来西藏。

像是大脑突然被闪电击中了一般，珊妮眼前的世界逐渐清晰了起来，水雾渐渐散去，珊妮看见了自己面前的窗棂，看见了床边自己的背包，看见了桌子上绒毛一样的浮尘和浮尘一样的月光。奇怪的是，她却记不清小徐的样子了，小徐在她的心里变成了一个模糊的有毛边的影子，仿佛她从来没有真的认识过这个人一样。

天渐渐亮了起来，浮尘一样的月光被惨白的阳光抢了主场，珊妮听到脚步声，小徐端着一个脸盆出现在房间门口，轻轻敲了敲半开的门。

"起来吃饭了啊，等下凉了。"小徐说着推开门，看到珊妮直挺挺地坐在地上吓了一跳，"啥时候摔下来的呀你？也不知道喊一声，忘了自己是瞎子不是哑巴了？"小徐赶紧把脸盆放在桌子上，把珊妮扶到床上，珊妮身体僵硬，保持着在地上的坐姿，直勾勾地看着小徐没动。

"完了完了这是冻僵了，"小徐把珊妮的手放在自己的手里，正要揉搓时看到珊妮手心里的伤，怕弄疼珊妮，于是又拿起珊妮的另一只手轻轻呵气。从桌上的脸盆里拿出一条毛巾拧了两下，放在珊妮没有受伤的手心里，"还热着呢，快擦把脸起来吃饭吧。"

珊妮没说话,盯着小徐的脸,想把这张脸对号入座地放进自己心里那摊模糊的影子里,小徐被看得发毛,两只手捧着珊妮冰凉的脸颊转动了一个角度,"你看那边,闻到粥的味道没有?快起来。"

"我们回去吧,现在就收拾行李,坐最早的一班飞机走。"珊妮站起来,向房间外走去。她感觉得到小徐在盯着自己的背影,目光交织着惊讶、茫然和无奈,说不清藏了多少秘密。

一二

珊妮盯着自己的手机屏幕看了半天,才看清右上角的信号标识显示的小红叉图标,手机依旧是一点信号都没有。

"女士,手机应该关机了。"一旁的空姐俯身提醒珊妮,珊妮抬起头,眯着眼睛看着空姐的轮廓,确定自己眼睛失焦的程度。不算太严重,她已经看清这个普通话流利的空姐颧骨上被粉底液遮盖的雀斑和少数民族特有的长发卷曲的发梢。空姐面对珊妮突如其来的深情凝望一时间慌了手脚，求助一般看着旁边的小徐。

"不好意思啊，她前两天瞎了，刚刚康复看什么都想多看两眼，"小徐说完，转身一把抢过珊妮的手机揣在兜里，"没收了啊，表现好的话下飞机给你玩。"

"二位可真有意思。"空姐被逗得咯咯笑。

"别啊，就他自己有意思，我啥也没干。"珊妮说着没好气儿地靠在椅背上闭上眼睛。

"哎，我伺候了你那么多天，你说你现在好了，一句谢谢都不说就算了，搞得跟我得罪了你一样，是不是有点令人寒心？"小徐凑在珊妮耳边小声说，珊妮没反应，继续闭着眼睛。

"还不理人是吧，行。"小徐点点头，突然大喊一声，"这不是珊妮老师吗？！知名作家！我可喜欢你的书了！你咋也跑西藏来了呢！"

"你有病啊！"珊妮迅速睁开眼伸出手捂住小徐的嘴，小徐拨开珊妮的手不依不饶，"珊妮老师我照你吩咐的喊完了啊！五十块钱记得给我结！"

"好好好我错了，我谢谢您对我的照顾，您真是我的再生父母，行了吧。"珊妮面红耳赤扫视了一圈，前座几个乘客回头眼神异样地看了珊妮一眼，凑在一起交头接耳。

飞机起飞的提示音响起,珊妮松开和小徐撕扯的手,靠在窗边看着视野里越来越小的房屋和被雅鲁藏布江切割开的不规则形状的土地。

"你怎么啦?从昨天到现在都不太正常。"小徐关切地把一只手放在珊妮的额头上。

"小徐。"珊妮轻轻说道,"你知道我为什么恨我妈吗?"

"房子的事儿,你说了很多遍了。"

"你知道,最让我恐惧的,不是我无法杀死我妈,而是我不可避免地,越来越像她。"珊妮深呼吸,"我也很擅长伤害身边的人,加上我身处的环境,名利场会放大每一个人的欲望和弱点,唯一能够震慑我约束我的,就是我相信因果报应,所以,如果我妈没有应有的下场,那么因果就并不存在,伤害别人也不需要有后果,一旦我接受了这个设定,我不知道会伤害多少人。"

"你到底想说什么?"

"我想说,之前我要是伤害了你,对不起。"

"你有病啊。"小徐笑起来,"不年不节的道什么歉?搞得跟留遗言一样,飞机还没落地呢,你这可不吉利。"

"小徐,我做了一个梦,我梦见你了,但在梦里我不认识你。"珊妮依旧看着窗外失神。

"那不是挺好的，本来咱俩也没什么关系，就是你妈这事儿闹得。"小徐赌气一般把脸转向一侧。

"我在梦里的时候非常害怕，我隐约觉得，当我真正认识你的那一天，就会有灾难发生在我身上。"珊妮看着窗外，梦呓一般喃喃自语。小徐转过头，看着珊妮的侧脸，云层不时从窗外掠过，珊妮的轮廓被镶了一圈薄薄的金箔，一瞬间，小徐想到了某些神话故事，当他想要推敲故事的细节的时候，那些情节又像空中的云彩一样，从他握紧的指缝中慢慢消失了。

"那就这样吧，等飞机落了地，我们就各回各家各找各妈，哦不对，你不能找你妈，总之就是从此之后谁也不认识谁，这样灾难就永远不会降临在你的头上。"小徐伸出手拍了拍珊妮的头，珊妮没有反应，盯着天空的尽头，陷入了深深的沉思。

人在喜欢一个人的时候真的需要穷尽对方身上所有的谜团吗？当我说我爱你的时候，我需要准确地说出你家的门牌号和电话号码吗？

穷其有限的一生，人又能真的了解谁呢？珊妮靠着窗子，昏昏沉沉地迷失在了温暖的阳光里。

珊妮是被空姐温柔的声音喊醒的，睁开眼睛的时候，耳边是孙楠老师《缘分天空》的背景音乐，机舱里空空荡荡，只有刚才见过的空姐欠着身体眯着眼睛微笑地看着珊妮,珊妮迅速看向邻座,小徐已经不知所踪,只有珊妮被没收的手机放在小徐的座位上,珊妮又站起来看头上的行李架,行李架上空空荡荡,小徐随身的背包也已经被拿走。

一阵伤感迅速蔓延过珊妮的身体,珊妮后知后觉地意识到,自己或许和小徐已经见完了平生的最后一面。珊妮转过身,失魂落魄地往廊桥走去,身后突然响起骂骂咧咧的声音,珊妮转过身,小徐背着背包,满脸不爽地从卫生间走出来。

"这卫生间也太小了,能不能跟你们航空公司商量一下,以后机票涨价十块钱,我们众筹给你们建个大的WC,行吗美女?"小徐说完,空姐又清脆爽朗地笑了起来。小徐走到珊妮旁边,白了她一眼,"怎么着啊,我先走还是你先走?"

"您先请吧。"珊妮按捺着自己失而复得的惊喜,一只胳膊向前伸,做了个请的手势。小徐大摇大摆向前走去,珊妮跟在小徐身后,隔着五米的距离,二人一前一后地走出飞机,珊妮幸福地看着小徐的背影,小徐不时回头,目光和珊妮的目光短暂相遇,又假装若无其事地看向别处。

珊妮口袋里的手机振动起来,珊妮打开手机,第一条消息传来,"欢迎来到××市……"珊妮随手删掉了短信。紧接着是经纪人这些天的一系列微信，每天都是一份Excel，大概是珊妮在各个平台的流量和话题统计，最近一条消息是一条公众号推文，标题是"作家珊妮疑母亲去世当天出现在案发现场附近，动机不明，人气作家或成杀母凶手？"珊妮试图点进链接查看内容，发现文章已经被举报删除了。

手机一声接一声地振动着，杨贺的一百二十六条未接来电映入眼帘，珊妮点开消息弹窗，看到杨贺的短信：有警察来找我问到你，看到速回。

珊妮皱起眉头，下意识停下脚步。

"喂，你走不走了？你不走我去取行李了。"前面不远处的小徐停下脚步，不耐烦地冲着珊妮喊了一声。

"你先去吧。"珊妮敷衍着向前走了几步，继续低头看手机，小徐叹了口气，无奈地转身走远。珊妮继续翻看自己的消息，父亲分享给自己的搞笑短视频，收到自己送的手机后的感谢，珊妮的手指快速划过手机屏幕，未读消息的最下面一条，来自五天前的严文玥，内容是："珊妮姐，李警官找我问你平时生活习惯和癖好的一些问题，我很担心是不是那天晚上，小徐哥哥发现了什么。"

珊妮只觉得一阵眩晕，赶紧扶住身旁的墙壁，雪盲的后遗症似乎又加重了些，机场里来往的旅客的面容再次变得模糊不清，走远的小徐的身影和其他人融为一体，难以分辨，机场广播里温柔的女声也逐渐荒腔走板。珊妮只觉得自己站在跷跷板的中间，每往一侧挪动一点点就会招致整个世界的倾覆，她扶着墙壁，用了二十分钟才挪动到行李转盘处，转盘旁边早已没有什么人，珊妮的行李箱孤独地在转盘上转了一圈又一圈，珊妮浑身酸软，费了吃奶的力气才把行李箱搬下来，凭借着"做一个体面优雅的人"的肌肉记忆走到出口，出口处只有一个模糊的人影，人影和珊妮同时发现了对方，珊妮愣了几秒，还是让自己尽量脚步稳健地走了出去。

人影离珊妮越来越近，珊妮看到老李冲自己挥了挥手，几天不见，老李似乎衰老了很多，皱纹在他的脸上切割出更深的沟壑，头发里白色的比例也比之前更多了些，老李的脸阴沉沉的，像是落了一层深秋的薄霜。

像是电影里某种时空转换的转场特效，等到珊妮反应过来的时候，自己已经坐在了警察局老李的办公室里，和之前不一样的是，老李的办公室十分干净整洁，原本废弃仓库一样凌乱的房间空出了不少，珊妮面对着老李，依旧盯着他的脸露出困惑的神情，努力回忆这一路上二人发生的对话，最后沮丧地放弃。她发现不是自己由于对药物的依赖没有得到满足导致了大脑间歇性的片段失忆，而是她和老李这一路上，真的没有任何的互动。

"你办公室干净了不少啊。"珊妮试图开口打破尴尬。

"嗯,我快要退休了,这个办公室很快就不是我的了,得分几趟把东西搬回去。"老李说完,珊妮突然对时间的曲率再次产生了某种怀疑,她和小徐离开了仅仅不到一周,再回来的时候似乎沧海桑田,珊妮猜测是不是海拔高的地方,单位时间的流逝体感上更慢一些。在珊妮走神儿的时刻,老李已经翻出了珊妮之前的笔录放在她对面,泡了杯茶放在她面前。

"我就不浪费时间了,珊妮小姐,你做这份笔录的时候撒谎了吧。"

"也不能这么说吧。"珊妮拿起自己的笔录,欣赏着作者流畅优美又独具一格的语言表达,"我那天确实做了这个梦。"

"这我相信,但您做这个梦的地点不是在酒店里吧。"

"我记不清了,和这个梦比起来,做梦的时间和地点都太不重要了。"珊妮眯起眼睛,微微皱起眉头,好像又陶醉在自己的梦里,和梦中的自己呼吸相连。

"我问的不是梦,是事实!"老李强忍怒火。

"什么是事实?我们对这个世界的了解是事实还是感知呢?所谓的正义、真相,是不是只是存在于我们头脑中的意识,经过大脑的过滤成为一种运算的结果呢?"

"那我帮您回忆一下,您做了个梦,梦见您被母亲丢弃了,一气之下跑回家里和您母亲发生了争执,您母亲不想和您争吵准备离开,刚走到楼下,您就往窗外扔了个花盆,大概是这样的吧?"老李对珊妮的避重就轻十分不满。

珊妮突然被从梦境里打捞出来,愣了几秒,看着老李的眼睛,轻柔又坚定地摇了摇头,"我没杀她。"

"我相信你,但你也要相信我,把你那天晚上的行踪如实告诉我,我会帮助你证明你的清白。"老李看着珊妮,一副家长对女儿恨铁不成钢的姿态。珊妮有些茫然地消化着老李的话,清白需要大张旗鼓地向全世界证明吗?清白难道不是一件只需要证明给自己看的事情吗?

珊妮的视线穿过老李的瞳孔,投射向更幽深的时间的枯井里,她记得之前母亲每次对自己撒谎的时候自己无声的配合,记得每一次被强迫做不想做的事情的时候为了维持母亲的体面的无奈屈服,记得和喜怒无常的母亲相处的每一天都小心翼翼、如履薄冰的神态,这么多年,她情绪的每一次崩塌和灾后重建,都是她不足为外人道的清白。珊妮对着老李瞳仁深处自己的影子,露出心酸又骄傲的笑容。

"我快要退休了,我不想这样离开工作岗位。"老李看着珊妮的眼睛，像是一个软弱的父亲。

珊妮看着老李的眼睛，她不再从老李的眼睛里顾影自怜，而是满怀歉意地看着对面的老李，良久才轻轻说了一句对不起。

"我有一个初恋，我那天晚上回到酒店之后去见他了，我们一起做了一些事情，和杀人案无关，但我并不想分享。"珊妮低下头，两只手指紧紧绞在一起。

老李看着珊妮，珊妮感到他目光的温度逐渐降低，直到房间里的温度终于和户外持平，老李才面无表情地开口，"珊妮小姐，我真的对你很失望。"

珊妮愣住，老李从抽屉里缓缓拿出一支录音笔，杨贺的声音传来。

"……我在这里工作之前，在事业单位，那个时候，单位鼓励员工利用闲暇时间在职创业，我也不会什么，就之前大学的时候喜欢玩点音乐，也不想浪费了这个政策红利，就成立了个音乐工作室，教教别人乐器，自己偶尔也写写歌，遇到什么音乐节就组个乐队去演出，后来来到这边了，工作一下就忙起来了，每天加班睡觉的时间都没有，副业实在是搞不动了……"

"……那天我跟公司请了个假，她签售的时候我站在书店的玻璃墙外面，看了她五分钟……"

后面的话珊妮已经听不清了,她只能听到教学楼里的朗朗书声,听到杨贺母亲泼妇一般指责自己带坏她儿子的嘶吼声,听到身边同学交头接耳的窃窃私语声,珊妮像是一具被抽空了血液的空壳,任凭老李坐在她对面嘴巴一张一合,不再有任何回应。

她的目光穿过老李,落在老李身后的窗玻璃上,窗玻璃反射出珊妮浮肿惨白、落垢蒙尘的脸,她早已不是舆论包装中那个鲜活欢畅的少女了,曾经的她觉得只要一直畅快肆意,睚眦必报,像个孩子一样简单粗暴地面对问题,就会成为自然规律中的漏网之鱼,而此刻,时光终于狠狠惩罚了她的自大和浅薄。

"算了,你今天可能太累了,先回去休息吧,"老李无奈地叹了口气,"有什么事情我再联系你,最近可以的话就先别去外地了。"

三

深夜,路边几盏纤弱的路灯扛着倾轧下来的暮色不堪重负,珊妮转过街角,整条街道安安静静的,灯牌的光黯淡柔和,像睡觉时蜷缩成一团的软暖的猫。肌肉记忆带着珊妮走到没有招牌的店门口，玻璃门已经被拆下，里面的吧台也被搬走，墙壁被砸得乱七八糟，珊妮本想走进去看看，险些一脚踏空摔了进去，这才发现地面已经被凿开，一楼和地下被连通成了一个阴森的坑，原本海洋球的位置也裸露出了斑驳的地面，像是一个垂危的老人为了骗最后一笔钱不惜露出自己的伤口吸引心软的女生，伤痕累累的地面之下暗流汹涌着浓重的阴谋，等到珊妮跌落进去就要把她生吞活剥。

珊妮与一片废墟相顾无言，怀疑自己记忆里那个在夜晚收容孤独者麻醉放纵的地方出自自己酒醉后的想象，并没有在三次元拥有意象的实体。

轮胎摩擦地面的刹车声从珊妮身后传来，珊妮转过身，一辆白色奥迪车停在自己身后，车身溅了零星的泥点，车灯的光是生了锈满是缺口的宝剑，划开了有限的能见度，对面前的黑暗隔靴搔痒。开车的男人穿着套头的毛衣，头发服帖地倒向一侧，珊妮从车子一侧绕到正前方，透过挡风玻璃看那人的正脸，才认出这个陌生的男人是她认识了十几年的杨贺。珊妮看着杨贺，像是一个因为迷路滞留水族馆的游客看到一条被泡褪色了的赝品珍稀热带鱼。

"上车吧。"杨贺开口，吐出一串气泡。珊妮打开门进入水族箱，自己在车里漂浮起来。

"跟你一起去西藏那个人是警察的探子，我查过了，他爸之前进过监狱，就是这个李警官办的案，后来他爸表现良好提前出狱了，这警察对他家人一直挺照顾的，派他在你身边盯梢的。"杨贺说着转头看了眼珊妮，珊妮看着窗外的街景，这条街离珊妮的高中不远，这家连锁酒店之前好像是个卖零食的小店，她放学的时候经常捏着为数不多的零用钱和老板为了两颗话梅讨价还价，不知道现在老板还是之前的老板吗？如果她再见到珊妮和杨贺还认得出他们吗？

"李警官来找我的时候我什么也没说，感觉他现在还不知道咱俩晚上那事儿，如果那个姓徐的发现什么的话，他知道也是迟早的事儿，肯定还会再盯着你的，你最近小心一点儿。"杨贺见珊妮没有反应，叹了口气，轻声说。

汽车在珊妮的酒店楼下的转角处停下，杨贺帮珊妮解开安全带。"前面有个摄像头，我就不开过去了，你走几步吧，到酒店朋友圈转发一首歌，我就知道你安全了。"

"谢谢你。"珊妮抬头看着杨贺，伸手摸了下他的脸。

"谢我什么？是我该说对不起。"杨贺的眼眶红了。

"扮演一个潇洒的人，比真的做那样的人辛苦多了，谢谢你为了我这么勇敢。"珊妮用手指擦去杨贺脸上的眼泪，轻轻吻了杨贺的嘴唇，开门下车。

"喂！"杨贺摇下车窗对着珊妮的背影大喊，珊妮转过身，杨贺把头探出窗外，整齐的发型被风吹得凌乱。"那个姓徐的知道你的事儿是不是？留着他太危险了，交给我吧。"杨贺的嘴一张一合，一团白雾笼罩着他的脸颊。

珊妮愣了两秒，突然哈哈大笑起来，笑得直不起腰，最后索性坐在地上捂着肚子浑身抽搐。

"你笑什么啊？"杨贺的表情因为过于认真而格外像一只动物园里等着发饲料的骆驼。

"我借你两个胆子，你在哪个电影里学的台词儿啊，还杀人，还灭口，你以为你是谁啊，你是个窝囊废！"珊妮艰难地爬起来跟跟跄跄向前走去，直到身影消失在街道转角处，凄厉的笑声还在冷空气中徘徊许久。

杨贺爱自己吗？或许并不吧，他需要一个有主见有胆量的权威依附，哪怕这种依附关系带来的是痛苦与折磨，他母亲尚在时，这权威是母亲，母亲离开了，这依赖的目光便投射到了珊妮身上。

珊妮刚回到酒店就接到了陈凯的电话，陈凯照例问了珊妮最近的身体和心情状况如何，珊妮知道除非有很重要的事情，否则陈凯不会在这个时间给自己打电话。"我休整得差不多了，很快就能恢复工作了。"珊妮故意用轻快的口吻跟陈凯汇报情况，"怎么啦？"

"最近总有人在网络上散播消息，说你妈妈去世的事情，说你配合警察调查汇报情况的时候说了谎，怀疑你有重大嫌疑是杀母凶手，我让负责平台信息维护管理那边的人删掉了一批，结果今天又冒出来很多转发的。链接我发给你了，我想跟你确认一下，如果这的确是捏造事实的话，我打算起诉几个领头的人，这样就能迅速把事情平息掉，总是息事宁人的话，你的读者也会有情绪。"陈凯的语速依然不紧不慢，保持着一个经验丰富经纪人应该有的职业素养。

珊妮打开陈凯分享的链接，一个自称"知情人士"的人在每日更新珊妮的行踪，大致内容是珊妮在汇报自己的行动轨迹时欺骗了警察，而且最近这几天精神状态很差，还专程跑去西藏祈祷，似乎是做了什么良心不安的事情才会举止反常。为了证明自己的话的含金量，这位网友还发出了几张随手抓拍的珊妮的照片，照片上是珊妮在万达小区里的背影，还有她租的那辆陆地巡洋舰的车，也被晒了出来，但曝光的人依然严格遵守法律尺度，给珊妮的车牌号打了马赛克。

"这个人专业素养太高了，对隐私权相关的法律非常了解，用词也很斟酌，但很有引导力和煽动性，咱们几个合作方都是见过大风大浪的制作公司，现在都有点沉不住气了，这人有两下子，说不定是之前的几个狗仔圈有头有脸的人最近改了个名字重出江湖了。"陈凯推断着，语气有些紧张，又隐约泛着一抹棋逢对手的兴奋。

珊妮没有说话，耳边后知后觉地响起杨贺的声音："跟你一起去西藏那个人是警察的探子，我查过了，他爸之前进过监狱，就是这个李警官办的案，后来他爸表现良好提前出狱了，这警察对他家人一直挺照顾的，派他在你身边盯梢的。"

"喂，你还能听到我说话吗？"耳机里陈凯的声音再次响起，盖过了杨贺警告声的回响。

"我知道了，你先不要轻举妄动，我了解一下情况，如果真的是我身边的人拍的我的照片，我找到他应该比你去找他方便，现在起诉会显得我有些神经过敏，气量狭小，最好的办法是我找到这个人，然后让他在网络上公开道歉，你说对吧？"

"珊妮，我强烈怀疑，你再这么进步下去，很快就不需要我这个经纪人了。"陈凯的声音带着笑意，他很开心珊妮并没有因为一系列的变故和纷扰丧失自己敏锐的触觉和过人的思维能力,陈凯有时觉得他和珊妮是命中注定的搭档,两个人叠加在一起才能淋漓尽致地绽放出更多的价值。

"那当然了,我跟着陈老师学习也好几年了,就是只乳猪放在中草药里也差不多腌入味了,我会留意身边的,你别担心,从下个月开始可以安排活动了。"

"好吧,那你可要尽快让这件事情有个交代,周期不要太长,毕竟网友的兴趣在一个事件上停留不了太久,这两天舆论扩散得厉害,今天好几个对接人都不放心来问我,眼下我先稳住他们,等后续事件反转你就又能升值了。"陈凯说完挂断了电话,珊妮精疲力尽地倒在床上,在入睡的边缘又睁开眼睛爬了起来,在朋友圈分享了一首音乐,《速度与激情》的主题曲《*See You Again*》。

杨贺欺骗了自己,把所有棘手的困难都推到了自己面前,珊妮知道忘掉他才是最佳选项,可是啊,如果把他也忘掉了,在珊妮的回忆里,就再也没有什么无条件被爱的经历了。珊妮离开家之后穷尽每一秒寻找家的代餐,可原生家庭的问题就像敲碎的鸡蛋壳,她找了很多类似材质的爱意去填补,可蛋壳里那只湿漉漉的雏鸟只觉得越来越冷。最后一次找到类似的感觉还是在小徐的身上,可惜那气泡还没长到拳头大小就被阴谋的针戳破,碎了一地鸡毛。

　　想到小徐，珊妮本以为会想到在西藏的那些场景，可偏偏一点都想不起来，她只想到了小徐帮助李警官调查自己，小徐和杜丽丽打招呼，小徐和社区的阿姨调侃着天气和新闻，甚至，小徐和王淑怡在阳台聊着自己。

　　是啊，除了我，谁都可以抵达你。

第十章

10
Chapter

一

万达小区一号楼1802的房门被踹得山响。

胆小的邻居蜷缩在被子里,用手机查找着某种传闻,死去的人会不会在某个寒冷的冬天清晨借另一个人的身体还魂,回到生前居住的地方大发雷霆。胆大一点的邻居把门打开一条小缝,顺着走廊看过去,珊妮双手掐腰站在房门口,生生把门踢出了一种击鼓鸣冤的意味。邻居刚刚掏出手机准备拍条抖音小视频,还没来得及关闭闪光灯就被珊妮转过身看自己的冷酷眼神吓到,博学的邻居想起日本电影里面色白净、丧心病狂的无差别杀人狂,心惊胆战关上了门。

"这屋儿没人,小徐早上出门了,别敲了,大家都还睡觉呢。"不知道谁家的门口飘出来了一句无人认领的野生抱怨,怕惹上麻烦落款处特地用了"大家"做署名。

珊妮停下踹门,从口袋里摸出一把钥匙,是八年前王淑怡家门的钥匙，珊妮自从和王淑怡断绝联系之后一直随手扔在杂物箱里，昨天回去看父亲的时候特地翻了出来，抱着试一试的心态插进了锁眼。

一声弹簧弹开的声音，门轻轻打开，珊妮有些惊讶，在门口呆立了几分钟，情绪和司马懿对着诸葛亮的空城一样复杂。

司马懿撤军了，珊妮却抬腿走了进去。

房间里十分凌乱，且有一种说不出的怪异氛围。之前葬礼上的相关道具被堆在客厅的一角，小徐的箱子敞开放在地上，旁边还有几个半满的纸箱，珊妮不太能断定是小徐从西藏回来之后一直没有时间整理内务，还是他正在准备去别处旅行。

说是旅行不太贴切了，他似乎是在准备搬家。珊妮皱起眉头，小徐是坚持不卖房子的，他如果要搬出去，那这房子打算做何处置呢？珊妮想着，走进卧室里，窗帘被潦草地拉开了一半，珊妮一眼就看到了窗口，自己的那串风铃。

是父亲亲手做的风铃。珊妮第一次听见它的声音的时候还是六岁，父亲得意地给珊妮展示自己的杰作，迫切地想让珊妮听到贝壳和椰子壳碰撞在一起的音色，但那天老天爷像是故意挑逗二人一样，珊妮把窗户开到最大，半天都没有一丝风路过。父亲没有办法，只好拿了个吹风机在窗口下面站着吹，风铃的声音大半被吹风机的马达声盖住，珊妮躺在床上笑得东倒西歪，觉得爸爸像一个总能变出笑料的喜剧演员。后来难过的时候，珊妮总是趴在床上打开窗户等待风的造访，零下二十摄氏度的严冬也要裹着棉被打开窗，这是她和造物主的奇怪约定，只要风铃响了起来，眼下的艰难就总会过去，在境遇的边界，总还会有光如约照进来。

珊妮不知道，她生命的底色，在第一个无风的日子里就已经被无声地剧透，她的光鲜和精彩是吹风机里的人造风，风铃雀跃得再欢欣鼓舞，也盖不住沉重刺耳的马达声。

珊妮用力把窗推开，年迈的窗户在铝合金轨道上的运行十分卡顿，珊妮用了全身的力气，也只把窗推开了一个小缝，冷空气扑面而来，珊妮仰面躺在床上，依旧不服输地等着昔日的客人造访。腰部似乎被什么硬物硌了一下，珊妮翻了个身，胯骨位置被压出了一条红印子，身下的被子有一个地方突兀地隆起，勾勒出一个长方体的书状轮廓，珊妮把被子掀起来，下面是一本相册。

珊妮靠坐在床头，轻轻翻开相册。第一页是自己父母的结婚照，从背景布置到两个人的服装都遵循东方人主观臆想的西欧美学。珊妮记得这张照片，之前有一张放大版本挂在父母卧室的墙上，二人离婚后照片就被拿了下来。后面的照片有自己高考之后庆祝聚餐上的全家福合影，王淑怡笑得很开怀，珊妮对着镜头，生硬地配合着亲戚们热络的氛围，心里盘算着什么时候能离开家去另一座城市开始生命的新篇章。那座城市的夜晚，有通宵璀璨的霓虹灯和永不落幕的夜生活。珊妮叹了口气，继续向后翻。

后面的照片画风变得怪异起来，是王淑怡日常生活的抓拍，王淑怡在厨房洗筷子的背影，从浴室走出来湿着头发的侧脸，还有一张照片，机位是这层楼的楼道里的一扇窗户，照片里王淑怡站在窗前看着窗外，眼神空洞，若有所思。照片旁边贴着一些纸条，上面潦草地记录着王淑怡的生活日常，粗糙的记述下却透着怪诞的心思，行行复行行。

小徐一直在偷偷观察和记录王淑怡的生活，意识到这一点的时候，珊妮同时发现了这间房子的奇怪之处，屋子里王淑怡之前用的床单被罩都没有被换掉，小徐在上面又铺了一层自己用的床单，像是在女主人家短暂借宿的旅客。

他竟然如此迷恋母亲生活的痕迹。珊妮的五脏六腑剧烈痉挛，各种情绪化作的生理不适同时爆发。从小徐对王淑怡的偷拍来看，自己网络上被散播的照片多半出自他手，小徐对自己的母亲有着某种特殊的眷恋，母亲去世后，出于对她的爱，对珊妮精心策划的报复也就变得顺理成章，只是这到底是哪种特殊的眷恋呢？是只是一个异乡漂泊的年轻人投射的归属感，还是珊妮不愿意承认的那种呢？

珊妮踉跄着跑到卫生间，趴在马桶上吐了起来。

钥匙开门的声音传来。小徐走了进来，有些紧张地四下张望了一下，听到卫生间里的冲水声，从鞋柜旁拿起一根提鞋的细木棍，慢慢走到卫生间门口，猝不及防一把推开门，珊妮转过头，二人对视了几秒。

"你放下吧，那是我小学三年级的时候送我爹的生日礼物。"珊妮不耐烦地摆摆手。

"居委会李婶打电话给我说有人在我家门口发疯，那人就是你啊。"小徐放下鞋拔子，有些尴尬。

"嗯，是我。"珊妮晃晃悠悠站起来，因为没吃早饭低血糖有些眩晕，小徐伸手想要扶住珊妮却被她推开。珊妮扶着墙，走到沙发上坐下。小徐站在一旁，有些无措地看着珊妮，不知道该做点什么，最后还是坐在珊妮对面的地板上，又露出标志性玩世不恭的笑容，"怎么啦妹子啊？谁欺负你啦？跟我说，让我开心一下，我这烦心事儿也挺多的。"

"不好意思啊，本来我都跟你说好了，以后谁也不认识谁，但是我就是想着，反正事情都结束了，你的任务也圆满完成了，可以告诉我一下答案了，你到底是帮李警官在监视我，还是替我妈来报复我？"珊妮抬起脸看着小徐，眯着眼睛，满脸的疲惫和苍凉。

"你说些什么乱七八糟的呢？一大早上的喝假酒了啊？"小徐莫名其妙地站起来。

"你拍我妈那些照片，挺好看的，我刚还在想，她要真是在我面前也一直这样该多好啊。"

珊妮话音未落，小徐冲进卧室，看到床上的相册，恼羞成怒冲珊妮大吼："你，你翻我东西干什么，你这算私闯民宅你知道不知道啊你？"小徐的声音因为慌乱和紧张有些语病和结巴。

"你是不是全世界最关心我妈的人呢？"珊妮带着一丝厌恶的笑容，隔着一面墙死死盯着小徐。

珊妮的尖锐没有让小徐更加失控，他反而逐渐冷静了下来，走出了房间。"我不是，"小徐说，"你才是，因为你恨她，当你责怪、抱怨、埋怨一个人的时候，无意识地，你总要关注她，你必须时常了解她，才能继续恨她。"

珊妮盯着面前的墙壁，继续自说自话："没关系的小徐，我从一开始就知道你跟我不是一伙儿的，我在想，你跟李警官有什么约定也好，跟我妈心连心也没有关系，哪怕在你眼里，我们都是可以被利用的资源也无所谓。因为我会让你喜欢我的,我妈不会对人好的那些个方面,我学会了,我能做到。你能给我的伤害我也早就受过了,没什么好顾虑的。可能我还是高估了我自己吧,我之前确实挺喜欢你的,我想着你就算被我妈洗了脑,一辈子对我没什么好感,我这条扛过了那么多事儿的命在你这,你也不至于摆布得这么轻易吧。"珊妮微笑着,擦了下自己眼角的泪水。

对女人来说,一个不爱她却对她很温柔的男人是无法忍受的,加缪一早就写在了自己的笔记本里。

"你为什么觉得我对你很无情无义呢?我因为你在反复修改自己的底线了,"小徐从卧室里走出来,坐在珊妮旁边的沙发上,"我从来没有逼你在爱我和恨她之间做选择。"

"嗯,对,谢谢你。"珊妮起身开门走出去。

"哎,你等会儿,你那把钥匙插锁眼儿里刚没拔出来,还给你。"小徐喊住珊妮,像是在同一个屋檐下住了很多年的家人,弟弟在姐姐出门前嫌弃又充满关爱的提醒。

"送你了,留着备用吧。"珊妮背对着小徐摆了摆手,消失在门口。

珊妮刚刚走出小区单元楼就跌坐在门口,血槽里最后一丝的体力被耗尽,能够补给能量的地下资源交易所也已经关了门,她迷迷糊糊地看着远处的太阳,丝毫感觉不到暖意,这太阳和她不久前在冈仁波齐的山顶刚刚照面,如今对方却像从没有见过她一般,与她冷漠地擦身而过。

珊妮的手机振动起来,她用了好久才想起该怎么接听电话。

"珊妮,我昨天想了一晚上……"杨贺的声音传来,珊妮吸了一下鼻子,努力把自己的哭泣声调成静音模式。"你怎么啦?"听到珊妮的呜咽声,杨贺坚定的语气变得茫然起来。

"没事儿,我突然想起啊,你看,不管是你还是我,这么多年总有很多人欣赏和喜欢,你因为乖巧听话而被夸赞,我因为叛逆和抗争被趋之若鹜,只是我也不知道我们谁更可怜一点,总觉得你想死都死不了,我想活又不能活。"珊妮的声音断断续续,温柔干净得像是小学课堂上怯生生举手提问的女生。

"你可以好好活的。"杨贺的声音又变得坚定起来,"我知道我这辈子一直很懦弱,但我想勇敢一次,哪怕就这一次,我想了一个计划……"

"随你吧,我太累了。"珊妮说完就挂断了电话,她不再对什么步步为营的计划感兴趣,她在战场上生活太久了,一路和家人,和陌生的网友,和不怀好意的舆论煽动者斗智斗勇到今天,她才意识到自己骁勇善战的原因不是天资过人,而是无所归依。

她打算跟自己的经纪人坦白自己的所作所为,清算好给各个合作方应该有的赔偿,离开声色犬马的舆论场,不再靠着收割别人的关注获利,如果运气好她会去医院戒掉不时打乱自己生活的药物依赖,休一个长长的假期,找一份编辑或者文员之类的工作,隐姓埋名地陪着父亲过完一生。

这结局不算快意,倒也踏实。如果运气不好,大概也是会死在其中的某一个环节,但也没有关系,愿赌服输。珊妮不喜欢"愿赌服输"这个词,迷惑意味太重,感觉好像她只要不服就总有翻盘的可能一样。

后面要处理的事情似乎太过沉重,应该先好好休息一下,洗个澡睡一觉,珊妮想起自己酒店的mini bar里应该还有一瓶止咳糖浆。

二

小徐去快递站寄完一批东西,回来的路上刚好遇到了抱着练习册出门的严文玥。

"小徐哥哥,好久不见!"严文玥心情不错,主动跟小徐打招呼,"你这是去哪儿啊?"

"我去快递站寄点东西,过阵子可能要去别的地方待一段时间了。"

"啊?你要搬走啦?"严文玥的眼睛里流露出错愕和不舍来,小徐有些受宠若惊,没想到自己在邻里的心里如此有分量。

"去外地工作一阵,换换环境,总当保安人就懈怠了,你怎么样啊,是不是快要考试了?"小徐说完,严文玥露出有些艰难的表情,"还有一个多月吧,我有点担心……"

"你有什么好担心的?就你每天学习那状态,知道的你是考硕士,不知道的以为你直接要当博导了呢。"

"我最近总是肚子疼,我怕考试的时候也赶上那几天,影响发挥。"严文玥往小徐身边挪了挪,低声说。

"不会的,你别自己吓自己。"小徐对严文玥的真诚感到震惊,印象里他做保安的时候,和严文玥认识几个月都没见她开口说过这么多字,尤其是这种难以启齿的话题,严文玥居然也愿意和自己分享,大概是因为自己快要离开这座城市所以抓紧时间联络感情吧。小徐面对严文玥猝不及防的掏心掏肺,一时不知该如何回应,好在手机铃声适时响起,小徐接通电话,对面是一个有些沙哑的男声。

"你是小徐保安吧?"

"是我,您哪位?"小徐在自己的信息库里检索了一圈,不记得哪位住户是这样的声线。

"我是珊妮的父亲,想跟你聊聊。"

小徐愣了几秒,这停顿似乎在对方的意料之内,对方并没有着急催促他的回应,留出了足够的沉默空间。

"你扯淡吧,你是她爹我就是她祖宗。"小徐突然大笑起来,一旁的严文玥歪着头有些好奇地看着小徐的表情,并没有急着要走的意思。

"随你信不信,我有很重要的事情跟你讲,事关珊妮的性命和名誉,今天晚上十一点,万达小区一号楼楼下见。"对方没有预料到小徐的反应,声音明显有些慌乱,迅速应付了几句就挂断了电话。

"没事儿吧?"严文玥关切地询问小徐。

"没事儿,一个骗子,骗我是珊妮她爸,要约我见面被我戳穿了。"小徐露出得意的笑容。

"你怎么知道他不是珊妮姐的爸爸?"严文玥有些崇拜地看着小徐。

"我呀,我火眼金睛,隔着手机就能看到人。"小徐狡黠又神秘地跟严文玥眨眨眼,"我走了,你去图书馆复习多穿点啊,别紧张,考试这事儿就跟打疫苗一样的,打之前觉得天啊,疼,担心得要命,针扎进去的时候一点感觉都没有。"小徐说着转身就要进电梯。

"小徐哥哥,"严文玥走到电梯门口按下开门键,电梯门关了一半又打开,"如果那个人不是珊妮姐的爸爸,为什么要假装说是呢,会不会是他真的知道什么很重要的事情需要告诉你,借用珊妮爸爸的身份只是为了让你更相信他一点?"

"也有可能吧,"小徐思考了几秒点点头,"但是什么事儿非得见面说呢,有什么话不能电话里说。"

"有没有可能,是这个人知道了珊妮姐一些不太好的秘密,想要找你转告她呢。"严文玥说"不太好的秘密"的时候刻意停顿了几秒,对着小徐心照不宣地眨了眨眼。

"我有点担心珊妮姐,要不我和你一起去见他吧,不管他是谁,问明白心里踏实。"

"我自己去吧,他约的时间太晚了,你踏踏实实复习,有什么情报我回来跟你说。"小徐说完,电梯门默契地缓缓关上,严文玥依旧站在门口,对着紧闭的电梯门,表情凝重又肃穆,行注目礼一般。

小徐没有告诉严文玥的是，珊妮在西藏雪盲的那一天，神谕一般地，小徐背着珊妮走回旅店的路上，珊妮的手机铃声突然响起，小徐至今也没弄明白为什么在如此高的海拔上，会有一个位置可以接收到手机信号。

小徐接起了珊妮的电话，对面是一个温柔又和蔼的声音，"闺女啊，什么时候回家？"小徐的脸莫名其妙地发烫了起来，他被这来路不明的紧张打乱了几秒，才乖巧地说了句叔叔好，珊妮睡了。珊妮父亲并没有因为意外而草率挂断电话，他问起小徐珊妮最近的身体情况，表达了对小徐照顾自己女儿的感激，和小徐聊起前阵子巴萨和曼联的比赛，从头至尾，没有问到小徐和珊妮的关系。

高原的夜空下，小徐看着天边净度极高的星星，突然明白了珊妮为什么会因为父亲受到伤害而披挂上阵浴血杀敌，话筒对面的人一定长着一双温柔的食草动物的眼睛。

"认识你真高兴啊爷们儿，等你们回来，到叔叔家来吃饭，叔叔给你做好吃的。"珊妮父亲似乎察觉到天色已晚，准备让小徐快去睡觉。

"叔叔，珊妮一直很担心你，她知道她母亲霸占您房子的事情，您一直都没有走出去，虽然她不经常回家，但是我看得出来，她很爱你。"小徐脱口而出，直到说完才后知后觉地害羞起来。

"嗐，什么房子不房子的，我都快忘记了，珊妮她爷爷是大学老师，我小的时候，全家都住在教师宿舍里，我和我弟弟两个人挤在一个储藏间改成的卧室里，连个窗都没有，估计现在监狱里的条件也比我那时候好，有什么关系呢？我们这一代人不贪图什么衣食住行，几十年过来什么变故也都见过了，知道想要活得好就不能太较真儿。王淑怡认识她那个大师之后脑子拧巴了点，但好歹是珊妮的妈妈，她给了我个好孩子，我给她什么都应该。我就是看不得闺女因为我受委屈，每天在外面不眠不休强颜欢笑，你说她对着全中国人哭诉自己的事情，有几个能真的心疼她？珊妮背着这件事情不放，我就只能跟着她骂娘，但其实啊，我心里明白，我从来没有后悔过我的婚姻，即使后悔，那也是我应该承担的东西，珊妮是我的孩子，她不该替我承担这些，让父母快乐不应该是孩子的责任。"

小徐听着珊妮父亲的声音，转头看了一眼靠着自己的肩膀熟睡的珊妮，一种自父亲入狱就被忘记了很久的感觉渐渐复苏，他终于想起，原来家是这样的含义。

三

老李挂断电话，起身在自己办公室里烦躁地踱着步，最近城市里的缉毒专案组正在全力侦破一起新型毒品交易案，几千瓶已经停产的含有植物神经刺激作用的止咳糖浆流入城市的网吧、KTV和台球厅，最近几起青少年使用麻醉药物的案件引起了政府的高度重视，专案组正缺少人手配合调查。相比之下，王淑怡案变成了一个过了气的热点，没有人愿意在上面浪费一点力气，领导催促结案的频率越来越高，老李有些无奈地一边在办公室迂回散步，一边用铅笔敲击着自己的太阳穴。

敲门声响起，老李打开门，珊妮出现在门口。她靠着门框，两条腿摊开坐在地上，看到老李打开门身体旋转了六十度面对老李，老李只觉得圆规在纸上画出了一个扇形的弧度。珊妮迷离着眼睛，像是刚与李白开怀痛饮过一般，但老李俯下身子，却只闻到了洗发水淡淡的茉莉花香味。

"不冷啊你坐地上，快起来进屋坐。"老李一把把珊妮拎起来放在椅子上，转身准备去倒茶。珊妮趴在办公桌上冲老李笑着，像是一团水母刚刚到陆地上。

"不用忙了李叔儿，我有事儿跟你汇报。"

"我今天时间不多,得马上出门,你要汇报什么言简意赅地说,要么写下来也行。"老李边说边穿上外套。

"不会占用多少时间,两句话就说完。"珊妮噘起嘴巴,像是撒娇一般,老李不太适应这种交流方式,背对着珊妮拉上外套拉链,"那你说吧,挑重点说。"

"我来自首,我杀了我妈。"珊妮话音刚落,老李用力过猛,手上的拉锁从外套上被拽了下来。老李顾不得自己一半敞开的衣服,转身瞪着珊妮,珊妮依旧仰着脸笑嘻嘻的,像是幼儿园放学的孩子刚刚讲了一个新学的笑话,等待着家长的表扬。

"是吗?那你说说你是怎么杀的。"老李坐在珊妮对面,神情凝重。

"我只记得是我杀的,细节被忘掉了,大概就是我说你是个大坏蛋,她说我打死你个小兔崽子,然后她伸手要打我,我趁她不注意抽出水果刀,一把捅进她的心脏,然后血扑哧一下子喷了出来,然后我就去洗脸,离开现场,嗯,大概就是这样吧。"珊妮挠了挠头。

"小姐,你妈是被花盆砸死的。"老李皱着眉头,用弓起的中指敲了敲桌子。

"哦对,我重新说,我说你是个大坏蛋,她说我打死你个小兔崽子，然后她伸手要打我，我趁她不注意从窗台上拿起一个花盆……"珊妮还没说完，老李狠狠一巴掌拍在她面前的桌子上，珊妮吓了一跳，自导自演的自首戛然而止，面前一次性纸杯被老李的内功震倒，热茶顺着桌面流到珊妮的腿上，珊妮好像毫无知觉，委屈巴巴地看着老李。

"你是不是觉得人民警察的工作特别悠闲，有时间听你在这说这些屁话？"老李原本对珊妮的调戏行为火冒三丈，看到她湿润的眼睛，火苗又一下子被扑灭了大半，"你爱在这待着就待着吧，我去忙了。"老李叹了口气走出门，忘记了换一件外套。

老李刚刚把警车开出两公里，就看到路边一个熟悉的身影，杨贺背对着老李的车窗，一只手拿着手机放在耳边讲话，一只手下意识地捂住话筒，杨贺没讲几句就挂断了电话，呆立在路边不知道在想些什么。

"杨贺！"老李喊了一声，杨贺身体一个激灵转过头看到老李，手机不自觉脱手砸到了自己的脚，有些狼狈地弯腰捡起来冲老李笑了笑，几天不见，杨贺的脸色惨白，嘴唇也毫无血色，太阳穴周围的血管因为过于紧张而突了出来，在皮肤上勾勒出了一座唐古拉山脉。

"你没事儿吧？"老李问杨贺。"没事儿，最近公司事务有点多,加班加得久了一点。"杨贺苦笑着摇了摇头。"那也得注意身体啊,你看你现在这样,看着像我之前抓的杀人案犯罪嫌疑人。"老李说完就笑了起来,杨贺也笑了起来,笑得比哭还难看。

"哦对了,那个唐珊妮最近不知道抽什么风,你认识她朋友的话找几个人去陪陪她,不认识就算了,我随口一说。"老李做了个港片里的敬礼动作,转动方向盘准备离开。

"她怎么啦?还是家里的纠纷吗?"杨贺快走了几步跟上老李的车。

"谁知道又是哪一出呢!不过我听同事说,好像是最近网上攻击她的人比较多,说她的疑点太多,公开的行程有漏洞,存在杀害王淑怡的嫌疑,这年头网友个个都是包青天,我一警察还不敢说的事儿呢网民抠着脚就把案子给断了,没意思。"老李说完一脚油门向前驶去,后视镜里的杨贺还站在原地,像是原本就立在那个位置的路标,和城市路口的景色融为一体。

收网行动进行得很顺利,城乡结合部工厂里几个负责勾兑可待因口服液的犯罪嫌疑人看到警察冲进作坊的那一刻就迅速扔下了自己的东西举手投降,后面只需要通过他们的口供和通信记录锁定完整的产品供应链,及时控制和抓捕链条的下端卖家,减少对社会的危害。老李开着警车准备回城,面前熟悉的景色提醒了老李，不远处是小徐父母的家。老李掉头向冒着炊烟的一排平房处驶去。

警车刚刚在院子门口停下，小徐母亲一边在围裙上擦着手一边走了出来。老李看着她走路别扭的姿态，判断她这两年的风湿病又严重了些。小徐母亲走到车子旁边，小心翼翼地围着车子转了半圈，警灯刺眼的灯光让她想起了过去不堪回首的记忆。她正转身准备进屋喊自己的丈夫，驾驶座的车窗缓缓摇下，老李探出头喊了句大嫂。小徐母亲愣了半天，直到老李走下车，才一把冲上前拉住老李，一边高声喊着小徐父亲，一边拉着老李进屋。小徐父亲听到声音，热情洋溢地迎了出来。老李看着几年不见的小徐父亲，心里暗暗浮现出"萎缩"两个字。

这人真的萎缩了，像是一块洗过碗之后被随手丢在厨房一角遗忘多年的海绵，被油烟蒸发干净了体内的水分，身体干瘪成了一种随机的形状，污渍越发明显。老李和小徐父亲握手的时候，感觉自己握着的是一具不怎么新鲜的尸体。

"老李大哥，我昨天还跟她念叨你呢。""尸体"端着酒杯，脸颊在酒精的装点下有了血色，"我不在家这几年，儿子在外面读大学，这家里明里暗里你没少帮扶，我这人不会说话，就干了啊。""尸体"仰头把酒盅里的白酒一饮而尽，"你等我儿子学成回来，将来有了大出息，我让他好好报答你，以后他就是你儿子，给你养老送终。"

"对了，小徐现在在干吗呢？"老李看着小徐父亲提到儿子时自豪的神情，隐约觉得有些蹊跷。

"读大学呢，明年就毕业了，而且啊，这小子拿了公费留学的名额，说不定过完年就去美利坚了，你说我家这个祖坟风水是真好，他爷爷一辈子连火车都没坐过呢，这小兔崽子要去美国了。"

"是吗？"老李的质疑被小徐父亲理解成了惊叹，他晃晃悠悠站起来，从卧室里拿出一个饼干盒打开，里面全是小徐的奖状，大学团委优秀学生干部，志愿者协会会长，还有一张合影，小徐穿着干净利落的制服站在校长旁边，眉眼间写满了未来可期。如果不是照片上小徐的脸是老李熟悉的那个孩子，老李简直以为，万达小区里蹲在便利店门口抽烟胡侃的那个，是另一个人。

"我现在真的信命了，真的，你看我遭这么大罪，但我儿子出息了，权当是给这小王八蛋挡灾了，我上辈子欠这兔崽子的。"小徐父亲越说越得意，把杯中酒一饮而尽。老李敷衍地附和着，拿出手机搜索小徐的全名，一片夺目的荣誉表彰里，老李看到了小徐休学一年申请被批准的公示。

手机铃声响起,老李接通电话,领导让老李把今天在现场对犯罪嫌疑人的审讯录音共享到群里,录音文件过大,老李的手机无法操作。

"屋里有孩子之前用的电脑,几年前的了,不知道能不能用。"小徐母亲搬来一台厚重的笔记本电脑,老李打开电脑,连接自己的手机热点,准备登录自己的微信账号传输文件,一个豆瓣的登录弹窗弹出来,自动登录的账号,头像是一个十岁左右的女孩的照片,昵称叫作"我们都是小橘子",账号ID是"我爱珊妮"的全拼,账号注册时间是六年前。

一些尘埃里不被察觉的信息碎片,割伤了老李的手指。他登录自己的账号,找到曾经调查的关于严文玥和王淑怡关系的那段电梯里的监控,空电梯在十六楼停下,严文玥和杜丽丽走上电梯,看胳膊抬起的角度应该是按下了一楼的楼层键,但电梯根据载客程序并没有向下走,而是继续向上,二人没有察觉,正在电梯里拥抱接吻。电梯到了十八楼金属门打开,严文玥和杜丽丽看向电梯口,愣了几秒,紧接着,王淑怡走进来,严文玥和杜丽丽有些尴尬地站在电梯一侧,王淑怡紧紧贴着电梯的另一侧。电梯到十七楼又打开门,小徐拎着个布袋子走进来,手里拿着一摞统计表之类的纸和一支笔。

布袋子里,隐约露出一个花盆一角的鱼尾巴形状。

手机铃声再次不知趣地响起,老李暴躁地接起,"马上就传过去了,不能等一会儿啊,那么多大案要案没破也没见你们这么着急。"

"李警官,是我。"严文玥带着哭腔的声音传出话筒,"小徐哥哥出事儿了,在医院抢救呢。"

第十一章

11
Chapter

一

珊妮的中指在回车键上摩挲了很久，最终还是收了回去。这绝不是因为自己没勇气坦白自己的所作所为，一定是对修辞和用典还不够满意，她对自己说。

她又看了一遍结尾段落：

"时至今日我并不奢求宽容和体谅，也真心奉劝我的粉丝们不必期待有什么反转，有你们陪伴的日子让我有了一种造物主在某个时刻站在我身边的错觉，但神迹总是在片刻显现，绝大多数的时间里人还是要凭借一己之力面对别人制造的麻烦，承担自己造成的后果，你们现在应该长大了，我也背负着自责和愧疚走了很久，是时候体面地分别。我唯一未竟的愿望是，如果自己是某个游戏中的角色的话，我希望有人能拿着我的角色重新玩一次我的人生，我想有人告诉我，我不是这条生命被驾驭的若干可能里，做得最差的那个人。"

就这样吧，珊妮深吸一口气，闭上眼睛，把手又放在回车键上。已经到了这步田地，如今自己唯一能争取的荣誉就是勇敢了，不能再因为犹豫漏掉最后一枚勋章。珊妮想着，麦克白面对兵临城下的讨伐时，大概也是这样的想法。

多可怜啊虚荣的人，连坍塌的时候也企图追求审美的意义。

珊妮正要按下发送键，手机铃声响起，来电的是陈凯，陈凯和珊妮总有一种玄学上的默契，在过去珊妮的每个关键时刻，陈凯都像有心电感应一般及时出现，陈凯是不是喜欢自己啊？珊妮在两声铃声之间的空白思索起这个问题，她不希望陈凯喜欢自己，她和陈凯之间是一种高级又不能被定义的同频，不能被降维成男欢女爱之类庸俗和单薄的东西。

她很糟糕，但她和每个人的感情都很珍稀，这些感情比她这个人通顺，纯粹且有生命力。这样想着，珊妮惨淡的心境又亮起了星星点点的萤火，她接通电话，用一如既往的轻快语气，询问陈凯另一个城市的天气。

"行啊你珊妮，你现在真的是太厉害了，我可当不了你的经纪人了，太不般配了。"珊妮听见话筒里的风声，干扰了陈凯一向平稳的声线，让他的声音听起来像走了调的八音盒，说不上聒噪，只让人觉得别扭。

"对不起啊,我原本是打算早点告诉你的,后续的事情我会和你一起商讨处理,涉及赔偿的部分我一个人来承担,绝对不会影响你。"珊妮叹了口气。

"什么赔偿?现在全网都在给你道歉呢。"陈凯说完,珊妮才想起来,自己的坦白文根本没发出去,她急忙打开微博,热搜第一条是"欠珊妮一个道歉"。旁边一个"爆"字样的图标形状如同新年烟花的火星,狠狠烫伤了珊妮的眼睛。珊妮点进热搜话题,第一条是一个视频,视频里是杨贺的脸,杨贺抱着吉他,因为距离镜头太近脸形被拉伸成奇怪的比例。

"我想要跟喜欢珊妮的人和关注王淑怡案件的网友坦白一件事情。"杨贺对着镜头叹了口气,但珊妮分明看到了他眼睛里得意又释然的神情。"我和珊妮是高中同学,那个时候,我爱上了她,但我更爱我自己的美好形象,我很担心我不再是优秀的学生,如果我不再优秀,我就不敢喜欢她,可我为了保护我的'优秀'让珊妮受到了无端的伤害和指责。如今珊妮多了很多关爱她保护她的人,你们每个人都比我有资格出现在她的生命里,我原本不该打扰她的生活,但错误已经酿成,我不想让历史重演。所以我在这里要坦白一件事情,王淑怡案发生当晚,我约珊妮在我开的酒吧见面,求她与我和好,被拒绝后,我痛苦万分,在她面前服用了含有致幻药物勾兑的止咳糖浆。她担心我的安危，一直在照顾我，直到天亮我清醒之后才与我分开。她是个善良又愚蠢的人，如果她聪明一点，她就能看穿我这副样子完全是为了接近她做的伪装，如果她聪明一点，她就知道我并不值得。"

后面的话珊妮听不太清了，她听到自己某根血管碎掉的声音，听到耳腔里一辆失控汽车横冲直撞的声音，听到升旗仪式现场身边同学嬉笑的声音，在一片混乱的声响里，她听到青涩又悠扬的吉他声，她揉了下眼睛，让自己模糊的视野重新聚焦，想看清屏幕上那张弹吉他的脸，可却被弹幕密密麻麻的刻薄词汇挡住。吉他的声音戛然而止，画面定格在杨贺关掉录像的手指特写。听筒里，陈凯的声音又清晰了起来，"你这个想法太好了，我都没想到。刚才五分钟有八个人找我谈节目合作，都是大盘子，你现在真的是了不得了。这个人是你从哪找来的，给的条件好吗？讲得好逼真啊，你当心他后面被别人收买改口，不然后续对接的事情交给我……"

珊妮迅速挂断电话打开自己的微信对话框，这才看到一小时前杨贺给自己发来的信息："你放心，今天之后，不会再有任何事情困扰你了。"

珊妮拨打杨贺的电话，无人接听，拨打小徐的手机，没有回应。

珊妮扑下床跑出酒店，夜色浓重，身后酒店招牌的亮光衬托得前路更加一片昏暗，珊妮只觉得自己被一只黑色的茧包裹，茧越收越紧，珊妮动弹不得，呼吸就越发困难，哭声被缠绕的几千层丝线绝缘，眼看就要胎死腹中。一辆出租车经过，珊妮哭喊着冲向出租车，出租车一个急刹车停了下来。珊妮不顾司机摆手，冲上副驾驶坐下。

"车上有客人了。"司机看到衣冠不整的珊妮，半天才说出一句囫囵的话。

"救救我。"珊妮自顾自系上安全带，把上车时说的话又重复了一遍。

司机和后排的乘客看了看窗外的四周，没有想象中尾随女性的流氓和抢走提包的飞车党，珊妮身上没有任何伤痕，也不像是刚刚遭遇过家暴的样子。司机猜想珊妮或许是精神疾病中的某一类被迫害妄想症，博览群书的乘客则想到了某些故事滥俗的情节里，深更半夜突然出现的，穿着睡袍的长发女人，这种人通常看不见影子，流出的眼泪也是鲜红的颜色。"没事儿师傅你送她吧，我们下车了。"乘客从后排把一百块钱扔给司机，没等司机反应过来就匆忙下车，很快消失在视线范围内。按这座小城的出租车计价，一百块钱足够环城一周，人在意识到生命受到威胁的时候，对钱的问题总是格外的大度。

"行吧，你要去哪？"司机把一百块钱放进口袋里。

"万达小区，快一点，多少钱都行。"

司机有些狐疑地看了珊妮一眼，但房子的贷款，儿子的学费，丈母娘的白眼和"富贵险中求"的名言很快浮现在他的脑海里。司机狠踩一脚油门，汽车迅速从黑夜与黑夜的缝隙间逃走，气缸排泄出的烟雾很快消失不见，一团肮脏融化在另一团肮脏里。

车还没有在小区门口停稳，珊妮急不可耐地跳下车向居民楼冲去，这种奔跑姿势在她身上并不经常发生，这条路线上一次留下她急促的脚印还是七岁的时候，去接她放学的舅舅和她在小学校门口开玩笑，说自己和珊妮父母说好交换孩子养，自己家的孩子已经住进了珊妮的房间，而他要把珊妮带去日本抚养，珊妮信以为真，挣脱舅舅的手一路跑回家，看到哈哈大笑的家人，疲惫感才后知后觉地涌了上来。

万达小区一号楼的电梯门紧紧关着，门口放了一张椅子，椅子上放着一个写着"正在检修"字样的牌子，珊妮低声骂了一句，跑进楼梯间，酸麻的知觉顺着脚踝蔓延到股骨头，珊妮这才发现自己的脚上穿着的还是酒店的一次性拖鞋，行动十分不便，珊妮脱下鞋子，光着脚向十八楼跑去，转过一个弯的时候，脚跟突然踩到一颗坚硬的珠子，珊妮疼得尖叫一声，坐在楼梯上低头检查，一颗透明的塑料珠子镶进了她脚跟的皮肤里。珊妮抠出珠子，扶着把手站起来继续攀登看起来永无止境的楼梯，脚跟被塑料珠子雕刻出的酒窝很快又被粗糙的水泥地磨平。

时间在无限延展又不断重复的空间变得无迹可寻，珊妮也不知道自己用了多久跑到了十八楼，由于喘息过于急促，她的喉咙干裂肿痛，血丝的咸味不时涌上舌根。她跑到1802门口，用身体狠狠撞击着门。

门打开，珊妮一个趔趄，开门的人扶住她的手，是珊妮熟悉又亲切的感觉。

杨贺站在门口，有些惊讶地看着珊妮。珊妮张开嘴，无论如何都发不出声音。

二

"你是怎么跑上来的？"杨贺看着珊妮，露出紧张又惊喜的神色，"电梯不是坏了吗？"

珊妮张开嘴，大口喘息着，两只眼睛紧紧盯着杨贺的眼睛，在这混乱又濒临极限的时刻，她无法依赖自己的声带和语言组织能力，只能期待多年的默契可以让杨贺明白她的想法。杨贺一把把珊妮拉进屋内关上门，不等珊妮站稳，杨贺一把把珊妮横抱起来，走进卧室把她放在床上，又从桌子上拿了杯水，自己灌了几口，用嘴喂给了珊妮。

一种似曾相识的熟悉感击中了珊妮，她无法开口说话，视线范围内只有杨贺的喉结上下颤动，她在努力回忆这一幕究竟什么时候发生过。直到杨贺做完了一系列动作走出房间，珊妮才想起，高中的时候，也是在这张床上，她幻想过这样的情景，脑海中的杨贺也是这样，像是随时可以把包括自己在内的一切掀翻一般。

为什么只有到了世界末日的前一秒，你才真的变成我期待的样子呢？珊妮的鼻子一酸，喉咙里呛了一口水，剧烈地咳嗽起来。

杨贺从门口拿了一双拖鞋和鞋套进来，拍着珊妮的后背，用手背擦掉珊妮嘴边的水渍，俯身给珊妮穿上鞋子，又把鞋套套在珊妮脚上。"你没事吧你，哪里不舒服？"杨贺问珊妮，眼睛却盯着墙上的挂钟。

"我没事，"珊妮冲杨贺笑了下，被保护的感激和浪漫产生的热浪逐渐消退，珊妮这才想起自己来这的目的，"你怎么在这里，小徐呢？"

"没事就赶紧走，电梯不好用，你走楼梯下去，应该不用很久，出去之后赶紧回酒店，到酒店再把拖鞋和鞋套脱下来一起扔掉，不要留下脚印，快走吧。"杨贺一气呵成说完一段话，扶起珊妮把她一路推到门口。

"什么意思啊，小徐呢？你到底在干什么？你不告诉我我就不走。"珊妮身体靠在门框上，用全身的力气抵抗杨贺的胳膊让自己不被推出门，执拗地盯着杨贺的眼睛，像是一对即将散伙的雌雄大盗，女方因为男方忘记了当初一起浪迹天涯的承诺耿耿于怀。

"好，那我快点跟你说一下，你得赶紧走，不然来不及了，"杨贺有些激动地拿起沙发上的一个帆布袋子，突然又想起了什么迅速把袋子放下，从餐桌上拿起一副医用橡胶手套，戴在手上，再次拿起沙发上的帆布袋子，袋子里的东西近乎橄榄球的形状，大小像一个发育不良的椰子。橡胶手套把杨贺的手勒出病态的弹性和光滑，他有些不灵便地拿出帆布袋里的东西，用牙扯开外包装的胶布，一层一层打开带泡泡的塑料膜，珊妮看到一个蓝色的鱼形花盆。

"什么意思?"珊妮问杨贺,可骨骼似乎比大脑更快意识到即将发生的事情,她的身体不受控制地颤抖起来。

"网上说,王淑怡是被一个这样的花盆砸死的,不是你干的对吧?"

"废话,我那时候在哪你还不清楚?"

"对,王淑怡死了,以你跟她的关系,大家都怀疑你,但是如果同样作案手法的案件又发生了第二起,而你刚好在众目睽睽下没有作案条件呢?那这一连串的事情肯定和你没有关系了。"杨贺露出孩子一般得意的神情,脸因为兴奋变得红润起来,"你现在赶紧回酒店,或者找个商场之类的地方待着,最好现场有人能认出你。电梯被我弄坏了,案发之后楼里的人不会很快跑出去,警察应该很快来封锁现场,到时候外面的人就会迅速解除嫌疑了。"

"所以连环案件的第二部,死者是小徐对吗?"珊妮抱住自己的肩膀,尽量让自己颤抖的振幅小一些,杨贺在她的眼中因为晃动得太厉害,轮廓已经变成手撕纸样粗糙的毛边,把珊妮的视网膜割得又痛又痒。

"他活该,谁让他占了你的房子。"

"那是我妈留给他的，要怪也是怪我妈。"

"是他这么跟你说的吧，你也太幼稚了吧珊妮，你以为你妈真的会这么绝情，心里一点你都没有？"杨贺皱起眉头，嘴角的一边向上提，扯出一个嘲讽的弧度，"你知道我是怎么进来的吗？你高中的时候给过我一副你家的钥匙，说是怕自己丢了钥匙回不去放在我这里一副留作备用，我就是用那副钥匙进来的。这么多年都不换锁，说明什么，说明王淑怡肯定在等你回来，这样的人会把本来就属于你的东西全给别人吗？肯定是小徐这小子天天在她旁边煽风点火，哄着王淑怡把房子都留给他。甚至我怀疑，你妈说不定就是他杀的，你妈立遗嘱这个事情只有他知道，刚立完不到半年就死了，你不觉得蹊跷吗？哪怕不说房子的事情，他在你旁边这么久，你对止咳糖浆上瘾的事情他肯定知道了，他死了你就安全了，你就又是清清白白的明星了。"

珊妮愣住了，盯着杨贺的瞳孔开始放空，除了"王淑怡在等你回来"这一句，她什么都没听进去。

如果母亲在这时候还在等着自己回家，她看起来就没有那么的罪大恶极，如果被审判的犯人罪不当罚，那么有罪的就是登高一呼的审判者本人。珊妮低下头，想辩驳又不知道该辩驳什么，想服法又不知道该向谁服法。

"时间快来不及了，你快走，跑下去，我会在窗上看着你的，快去吧。"杨贺给了珊妮一个粗暴的告别亲吻，不由分说打开门要把珊妮送出去。

"你不能杀小徐。"珊妮从检讨的情绪里抽离出来，又恢复了果断的决策官的姿态。

"为什么？"

"我爱他。"

杨贺盯着珊妮的眼睛，珊妮这句话他听过很多次，从很多年前她和班主任争吵，到她面对自己的父母负隅顽抗，再到重逢后二人蜷缩在酒吧里和空气中幻想出来的客人对话的时候，珊妮经常说这句话，那时候的"他"，指代的总是杨贺。

"凭什么？"杨贺来不及组织语言，反正珊妮一定知道他想问什么。

"我也不知道。"珊妮长舒了口气，露出轻松的笑容，像是抗战结束，终于可以带着昔日的国家机密重返阳光下的退休特工，"你也知道的，我这人爱上谁，从来没什么道理可讲。"

"你已经在我这里吃过一次亏了，还不够吗？"杨贺烦躁地大吼起来，说不出是对珊妮恨铁不成钢，还是被抢了某种偏爱特权之后的撒泼打滚。

"吃亏是福。"珊妮平静地看着杨贺，回味着自己无数次怦然心动的瞬间，"你不知道，当年喜欢你的时候，我多快乐，如今也是，我甚至从没想过，那种感觉会在另一个人身上复活。我从他身上链接到了这个世界的另一个维度，像是在外宇宙失去了重心，我知道自己危险，但面前的景色过于迷人让我忘记了这些，杨贺，我是睁着眼睛走到黑洞里去的，不存在伪装、美化和欺骗，只有吸引，如果你爱过我，你一定能理解这种感觉。"

杨贺的嘴唇颤抖着，没有说话，看着珊妮的眼神从不满到充满恨意，他精心策划了自己的英雄时刻，做好了面对一切惨烈结局的可能，他甚至设想过，警察跑上楼看到他，他就站在窗前，冲气喘吁吁的警察轻蔑地笑，然后从窗口一跃而下，楼下的人正在围观小徐的尸体，猝不及防看到另一个人从天而降，一定吓丢了半条命，想到这里杨贺就想大笑，他这一辈子走得太过平稳安定，在人生的结局处，终于贪婪地享受了一次俯冲而下的凉气。但珊妮轻飘飘的几句话让他英雄的动机不再成立，之前的一切筹谋看起来也像跳梁小丑的自娱自乐。杨贺恨起珊妮，他已经不知道自己这些年到底爱的是珊妮，还是被珊妮的目光塑造着的，镀上光泽的自己。

杨贺的手机铃声响起，手机屏幕上显示出小徐的电话号码。

"来不及了！"杨贺从这场对峙中清醒过来，拿起沙发上的鱼形花盆走到窗边低头向下看，距离自己十八层楼的地面，一抹微弱的亮光由远到近走来，那是小徐的手机屏幕。

"绝对不行！"珊妮冲过来抢走花盆。杨贺不顾珊妮哭肿了的眼睛，他现在是按下快门的摄影师，拉满弦的弓箭手，倾家荡产的赌徒，脑子里只有最后一搏的高光，看不到身后的回头路。杨贺一把抢回花盆推开珊妮，珊妮爬起来一口咬住杨贺的胳膊，二人撕扯之际，楼下华尔兹的音乐声响起，是张秋梅和丈夫的烛光晚餐的背景音乐，二人正在庆祝今天老李没有上门，他们终将在这场乌龙事件中全身而退。杨贺被这音乐声分了神，珊妮一把抢过花盆，用力过猛，花盆从自己的手上滑了出去，在夜空中划出一条弧线的前半部分。

几秒后，楼下的尖叫声传来。

直到喊叫声越来越多，单元楼门口已经人头攒动，杨贺瘫软在地上，珊妮才反应过来，如果她今天没有赶来，如果她不和杨贺撕扯，或许这个花盆，还不会如此精准地落在小徐的身上。

靠近案发现场一侧的窗口，单元楼里的住户纷纷探头向下望去，珊妮把头伸出窗外，仰起头向天上看去，"是你在惩罚我吗？"珊妮低声问天上正看着人间发笑的生灵，他们在冈仁波齐的山顶见过一次，对方应该还没有忘记她。

漆黑的天空，沉默不语。

三

离开世界的前一秒，人会想到什么？小徐想到的是帮助王淑怡大扫除的那天。

小徐从床下拿出珊妮的相册的时候，王淑怡刚好走进来。"刚刚烧好的水，有点烫，我给你放在这边了。"王淑怡说着把水放在桌子上。

"您别太麻烦了。"小徐翻看着相册，没有回头。

"怎么能叫麻烦，你帮我大扫除，你才麻烦。"王淑怡有些不好意思，家里已经连续几年没有彻底打扫了，如果不是今天车载广播里讲到年前的习俗，独居的王淑怡已经忘记了黏稠的岁月里的那些被磨损得模糊不清的刻度。

"这个是从床底下找出来的，还要吗？"小徐用袖子擦了擦相册封面沉积的绒毛状的灰尘，递给王淑怡，王淑怡翻看着相册，身体轻轻抽动了一下，如同手术后病人拆线的时候又扯到了伤口，唤醒了某些受伤时候的感觉。

"擦一擦然后扔床底下吧，也没人看。"王淑怡说完把相册随手扔在桌子上。

小徐无奈地摇了摇头，大扫除的本质在于扔掉郁结堵塞的旧物，营造通透明朗的环境迎接新生活，王淑怡不愿意面对，自然也不会做到。

小徐拿起桌上的相册翻看起来，里面没有几张珊妮本人的照片，大多是珊妮拍的街景，居民楼之间电线上的麻雀，海边追逐飞盘跑动形象模糊的金毛狗，有一张图很有意思，是在菜市场里，照片没有拍到人脸，只拍到一排一排菜农拨弄菜的手，沾着露水的青菜在菜农粗糙皲裂的手里，看起来像并没有离开土地一般。

小徐不会告诉王淑怡的是，这些照片，他十年前都看过。

小徐关注珊妮的时候珊妮的账号只有三十几个人关注，那个时候她的名字叫"海边小屋的主人"。小徐在冲浪的时候无意中发现了这个账号，会发一些中学生活的日常，会拍像日本电影镜头一样的海边景色，会隐晦地提及自己的初恋男友如何放学的时候假装刚好和自己乘坐同一辆公交车。那时小徐正在准备初中的分班考试，课间做广播体操，一个男女面对面牵手的动作，小徐每次都尴尬地和对面的女生的手保持几厘米的距离，通过无实物表演完成体操动作，女生们在卫生间茶话会中口耳相传，小徐有一种奇怪的病，叫爱无能。

小徐深夜躲在被子里刷手机，在珊妮为数不多的几个关注者的主页里寻找蛛丝马迹，想找到哪一个是藏在她文字里的英俊的国旗班男朋友，他闭上眼睛想象距离自己几十公里外的城市里发生的浪漫故事，随便他们叫自己爱无能吧，小徐知道自己不是。他只是没找到自己的女主角，和他匹配的人还在另一部戏里自编自演，享受沉浸式创作的乐趣。

那时小徐暗暗发誓，自己一定要考取距离这个女孩家最近的那所大学，可小徐还在奋力备战中考的时候，珊妮已经去了另一座城市读大学，那座城市的人造景观美轮美奂，黄浦江上的游船上可以看到两侧林立的金属丛林，节日太古汇门口的灯光还原出一片海景，珊妮发照片的频率低了不少，也很少再分享精心寻找角度的街拍，取而代之的照片内容是自己握着酒杯的鲜红色指甲，配文也大多是对于未来某些美好可能性的不信任。在小徐心里，珊妮之前是一个幸运的女孩，而独自在异乡的摸爬滚打让她幸运的糖衣被剥落，露出本质的难过底色来。

直到某一年的除夕，新旧岁交替的时刻，小徐看到珊妮发了很长一篇文章，题目是《我实在不想忍下去了》，珊妮洋洋洒洒写满了自己近些年家里发生的事情，从母亲与父亲为了买房假离婚，到发现家里的账面上突然被挪用了几十万，再到意识到母亲把所有房产转移到自己名下，威胁要把她与父亲扫地出门，假离婚莫名其妙变成了真离婚。字里行间写满了绝望和无助，小徐不知该如何安慰她，只能给她留言，明天一切都会好起来的，如果你需要，我可以去你的城市看望你。

小徐和珊妮都没想到的是，次日一早，珊妮再次登录自己的账号的时候，粉丝已经破了二十万，她那篇绝望的哀号被疯狂转载，很快冲上了关于原生家庭板块的榜首，上万人给她打赏，为她摇旗呐喊，等着她翻出更多血肉模糊的溃烂伤口来。

珊妮对着自己提现的数额愣了半天，她在一天之内，赚到了两年的学费加生活费，一辆低配日产轿车的价钱。

一元复始，万象更新，一切真的好了起来，以小徐和珊妮都意想不到的方式。

珊妮把自己的昵称换成了"不服输的珊妮"，与几个流量百万的账号互相颔首致意，晒出自己打了码的学生证和教材的一角证明这一切不是精心策划的营销。小徐的安慰淹没在声势浩大的支援声里，珊妮当然没有看见。

关于母亲的美好回忆也不是没有，只是仇恨一天天强化，美好的部分便被吞噬，人类总是倾向于保留那些负面的信息而忽视积极的内容，这大概和祖先的恶劣生存环境有关，牢记痛苦的事情人类才能安全地繁衍下去。

珊妮的文风越来越狠辣犀利，她带着父亲搬出了家，很快付了新房子的首付，她在账号上晒出了购房合同感激大家对自己的支持。一个网友评论，现在一切终于都好了吧。珊妮回复，如果一切痛苦的根源来自贫穷和匮乏，或许现在已经是圆满的结局，但我的病灶是背叛、凉薄和仇恨，只有那个人死了我才会新生。

那时小徐大学二年级即将结束，在距离珊妮的家不远的那所大学，刚刚连任了学生会主席，连续两年拿到一等奖学金，班级里盛传，公费出国留学的名额非他莫属。他有时候会去海边散步，他沿着海岸线从清晨走到日落，把面前的景色和记忆里珊妮的街拍在视网膜上比对，确认自己走过的是对方曾经踏足的路。

"只有那个人死了我才能新生。"小徐捡起沙滩上的一个海螺壳放在耳边听，听到珊妮委屈又决绝的声音。

作为计算机专业的高才生，查到一个人的个人信息并不难，小徐很快查到了珊妮的真实身份，接着找到了珊妮母亲的住址，万达小区一号楼1802号。

休学的小徐成了小区的保安,有如神助一般,小徐还没来得及去敲王淑怡的房门,就看到她在小区门口被珊妮粉丝围堵,小徐冲进人群把王淑怡拉出来,身后一群穿着校服的女生还在冲着他喊,黑白不分,披人皮当狗。这些声音被小徐过滤后成了歌颂和赞扬,她们永远都不会知道,谁才是对珊妮最好的人。

王淑怡身上被泼了饮料,半透明的衬衫粘在身上,内衣的颜色若隐若现,松弛的乳房无法躲藏在宽松的衣服里假装身体还没有凋零,相比起被语言攻击,这种刑罚更加无情。她紧张地跟在小徐身后,小徐并没有看她,走过楼门口的时候,还明知故问地加了一句:"阿姨你住哪栋楼?我是新来的保安,还不熟悉。"

小徐并不知道自己,王淑怡松了口气,继而激动地哭了起来。生活细节被无底线曝光,每一个微表情被放大发布在网络上经受无数过度解读,她早已草木皆兵,面前这个不知道自己是谁的人像是世界上最后一只野生麋鹿,王淑怡百感交集,她很感激世界上还存留着拥有这样清澈眼睛的物种,也知道可能就在下一秒,小徐就会被那些红着眼睛张牙舞爪的人同化。

"阿姨,你怎么惹了这么一群神经病?"小徐坐在王淑怡家的餐桌旁,四处张望着,心里想着珊妮坐在这里的样子。

"我作孽，对不起我女儿。"王淑怡背对着小徐切水果，小徐看不到她的表情。

"是在上海那个女儿吗？我听居委会的李婶说您有个女儿在上海。"小徐刚说完，王淑怡惊弓之鸟一般转过身，手上的水果刀发出冷峻的光，"李婶儿跟你说的？她还跟你说什么了？"

"没说什么啊，就说您平时经常一个人在家，需要多留心安全问题。"小徐迎接着王淑怡目光的审视，他相信王淑怡不会怀疑自己，戒备心再强的女人，也总是相信自己愿意相信的真相，果然，王淑怡移开了目光，落寞地叹了口气。

"不是那个，那个女儿是个冤亲债主，生下来就是来跟我讨债的。在她之前，我有过一个女儿，那时候年纪小，不懂事，觉得还没准备好就给流掉了，后来有高人提点我，我才知道，这是造孽啊，透支福报，不仅自己这辈子鸡飞狗跳，而且祸及子孙，我做了很多场法事，花了很多钱超度，可是还是现在这样。"

这套论调有些荒唐，但王淑怡虔诚的神情让小徐暂时忘记了质疑这位高人的身份和提出这套理论的动机，"要是高人的法事不好用的话，您就先别想这些了。"小徐半晌才想起自己的态度。

"也不能说完全没有效果，我女儿在上海活得挺好的，就是恨我，恨我就恨我吧，她是我的报应，总比她跟我一起遭报应要好一点。"王淑怡说着，用围裙揩了一下眼角。

小徐咬了一口切成块状的哈密瓜，不小心咬到了自己的舌头，看到哈密瓜牙印处的血渍，小徐才想起来自己来到这里的目的。

伪造一场意外，需要半年之久，他摸清了一号楼全部住户的基本情况，留意到至少有八户人家的窗台上有同样的鱼形花盆，计算了小区不同天气不同时间段的风速以及对重力加速度坠落轨迹的影响，找到了合适的地点——只有保安能打开锁登上的天台，在若干个无人的夜晚完成了几百次的模拟实验。在一个他以为一切就绪的日子里，他趁着去每家收物业满意度调查问卷的时间，偷出了张秋梅家窗台上的鱼形花盆。

张秋梅家因为吵架损坏的东西不计其数，想来他们也记不得窗台上少了些什么。小徐得意地把花盆装进帆布袋，走进电梯，刚好看到王淑怡面对着自己，一旁是神情怪异的严文玥和杜丽丽。王淑怡的脸色有些难看，小徐一边闲扯着随机想到的话题，一边担心今天自己的表现让她看出了什么端倪。走出电梯的一刻，王淑怡对小徐说，你有空来我家一趟。

小徐回警务室放好花盆，换了鞋去王淑怡的家，王淑怡从枕头下拿出房产证，告诉小徐自己决定离开这座城市去一个山村安度晚年，思虑再三，还是打算把这套房子留给他。小徐不记得自己说了些什么语无伦次拒绝的话，只记得自己仓皇逃出门的时候，被门口的鞋子绊了一跤。顺着这个往前想，好像在这之前王淑怡说，需要拜托他一件事情，如果有一天她去世了，希望把她的骨灰撒在冈仁波齐的山顶。

如果有一天自己去世了，她怎么知道自己今天要去世？难道她真的跟着某个高人，学到了了不得的法力？小徐努力克制住自己即将吐出来的心脏，随口敷衍着，"是您那个大师说的吧。"

"不是，是我女儿小的时候看过一个关于西藏的纪录片，她一直想去，我知道她的脾气，想着她有一天总会去的，我不如就待在那里，还能和她见上一面，否则要指望她来我的坟前看看我，那真的是做梦了。"

小徐跑回自己的岗亭，用空调被蒙着自己的头，痛哭起来。他打开自己的电脑，给珊妮的账号发私信：一切不像是你想的那样，世界一定不只有绝望的一面，或许你可以和你妈妈好好谈谈。这是他这几年里重复发送的第上百条同样类型的消息，他的头像换成了珊妮儿时的照片，据说这样消息被看到的概率大一些。

小徐不知道的是，他发送的第一条消息珊妮就看到了，三年前的那一晚，珊妮辗转反侧，关于过去种种幸福与不幸的场面在她的脑海里为了争夺舞台厮打了一夜，她想她或许可以试着放过自己，和家庭和解，也是那一晚，她接到了陈凯的电话，她反复确认了几次对方是捧红诸多一线文化红人的陈凯，她激动地问话筒另一边的人："你真的愿意跟我签约吗？"

"当然。"陈凯斩钉截铁地回答她，"只要你还是不服输的珊妮。"

珊妮关掉了和小徐的对话框，前路很长，灭掉的那几盏家里的灯光比起远方的星海，太不值一提。就一直做不服输的珊妮吧，这是命运给自己的补偿。

之后的三年如同三天一样短暂，珊妮被更多闪光灯和人群包围，听到更多赞美和掌声，她频频鞠躬致意，无数次在镜头前热泪盈眶，仿佛是个磕头要份子钱的可怜新娘。

"抱歉，"三年后，即将出发去家乡签售的珊妮无意中看到了私信留言，在上飞机的前一刻回复，"浪费了您的美好祈愿。我是推巨石上山的西西弗斯，切换姿势力道和态度于事无补，山夷平的那一刻才是我真正的救赎。"珊妮回复完消息，才发现对方并不是小橘子，而是一个酷似小橘子的高仿号。飞机起飞的提示音响起，管他是谁呢，珊妮调整了一下护颈枕，戴上了眼罩。

珊妮即将降落的城市里，小徐戴上手套擦拭着鱼形花盆上的指纹，他即将去做一件自己都不会原谅自己的事情，结束这件事情之后，他还要撇清和珊妮的关系并让自己全身而退。说不定他和珊妮真正相见的那一天，他会装作第一天认识珊妮那样，藏起前面的几千页序言，和她重新写下故事的第一章。

但罪恶感并不会被对幸福的幻想掩盖，他甚至希望若干年后有一天自己也被一个这样的花盆砸死，才算是王淑怡常说的那句，天道好轮回。

在这之前如果能和珊妮说句话就好了，如果还能去旅行一次，就更加无憾了。

第十二章

12
Chapter

一

离开世界的前一秒，人会想到什么？王淑怡想到的是自己二十岁的那一年。

那一年她在大专刚刚结束专业课，找校领导给自己去实习单位的推荐信上盖章的时候，一阵眩晕感袭来，她吐了教导主任一桌子。

教导主任并没有责怪她，只是在她室友来盖章的时候顺口问了一句关于王淑怡同学的身体问题，室友想到了王淑怡热恋时的举动以及和其他同学格格不入的作息，把以上信息融会贯通添油加醋告诉了另一个同学，王淑怡未婚先孕的消息不胫而走。

王淑怡当然没有想到，自己是最后一个得知自己怀孕的人。那个年代人们对待生育的态度还简单粗暴，一部分小组领导连"少生优生"的意思都没有解读明白就强行下达了命令和指标，一部分家庭成员还没有从"养儿防老"的思维定式里跳出来——

或许那一群人一辈子都没有跳出来。

但默契的是对于未婚先孕女生的态度，王淑怡把体检报告折成小方格放进口袋里，走在校园的路上，往来同学的目光像刀片状的冰雹割过她绯红的脸颊，她怀疑自己穿了一件透明的外套，口袋里化验单上的字被看得一清二楚。

更可怕的是，人们会透过她透明的外套看到她的身体，她粗了一圈的腰，和已经被揉捏亲吻的未婚少女的乳房。

王淑怡没有选择的余地和权利，流产是她面前唯一的路，那天的天气似乎格外阴冷，她躺在手术台上，自己的男友正在门口和医生为一个红包拉扯，王淑怡闭上眼睛，祈祷自己只是做了一个逼真的噩梦。

噩梦并没有结束，王淑怡的第一份实习工作就是在本市的妇产医院，几天前刚刚给她做完无痛人流的医生接过她的介绍信，抬头打量着她，被口罩遮住大半的脸上看不清表情。

王淑怡被派去产房帮助产妇接生，每一个沾着血迹出生的湿漉漉的孩子都长着一样无辜的脸，王淑怡想，如果自己的孩子生下来，大概也会是这个模样。直到有一天晚上，一个产妇临盆时大出血，医生和护士忙碌到半夜孩子终于平安落地，王淑怡照例拍打了新生儿的屁股准备放到体重秤上记录新生儿的体重，但那个孩子并没有哭，意外地，她睁着眼睛看着王淑怡，像是多年未见的债主一般，平静又愠怒。王淑怡被这目光冻住一般，身体僵硬不知该如何是好。

"再打一下啊！让孩子哭出来！把她肺打开！"疲惫的医生已经有些烦躁，见王淑怡傻愣着不动，几步走过来，狠狠拍了孩子屁股一下。孩子这才大哭起来，眯起眼睛，成了和其他新生儿差不多的孩子。王淑怡赶紧包好孩子走出产房通知家属。产房外围了一圈人，其中一个人面色油亮，穿着一身黑色的唐装，盘腿坐在门口半闭着眼睛念念有词，王淑怡差点撞到他。孩子的奶奶从王淑怡手上接过孩子，笑得合不拢嘴，连连感谢医生护士："多亏你们了，你们是我孙子的贵人，你看这孩子，跟这护士长得还有点像呢。"奶奶说完，一家人围过来七嘴八舌地附议，王淑怡打了个寒战，觉得这个夜晚和自己躺在手术台那天一样阴冷。奶奶蹲下身子把孩子放在盘腿坐着的男人面前，男人的眼睛依旧半闭着，摸了一下孩子的头，众人安静下来，看着门口的人紧张不已。"怎么样？"孩子奶奶问，那人没有说话，半闭着的眼睛张开了点，看向某个想象中的遥远地方，像是在回忆着千百年前的某件事情。

"麻烦看一眼就快点给我，新生儿得送去婴儿房，否则容易染病的。"

王淑怡说完，孩子奶奶走过来小声道歉，"对不起啊护士，让我们大师再看看，等了一宿了，都不容易，通融一下。"那大师扭过脸，抬头看了王淑怡一眼，"孩子不错，机灵懂事儿，就是这接生的护士身上，怨气太重，怕是背了命债的。"

王淑怡不记得那家人后来又小声说了些什么，她把孩子抱进婴儿房，准备离开的时候，婴儿在襁褓里又睁开了眼睛，看着她，依旧是悲伤又充满怨念的表情。

"对不起，"王淑怡小声说，捂住嘴巴不让哭声惊醒房间里的新生命们，那个孩子看着她，又缓缓地闭上了眼睛，像是茶馆里听戏的顾客，明明已经洞悉了故事的发展走向，却依然津津有味地看着角色愁肠百结，坐立不安。婴儿翻了个身睡去，悠然自得状。

实习结束后王淑怡顺利毕业，那个让她流产的人很快娶了她，和婚礼上承诺的誓词一样，他对她百依百顺，言出必行。女儿出生后，一家三口很快成了邻里之间口耳相传的模范家庭，珊妮鬼怪机灵，惯会讨所有人喜欢，大家夸奖珊妮的时候，她的父亲就站在一旁憨笑着，不断地重复"不像我，像妈妈，像妈妈"，像是这个女儿太过优秀他受之有愧一样。但王淑怡的脾气越来越差，莫名其妙的火气也越来越大，男人不理解自己究竟做错了什么让她变成了另一个人，王淑怡知道，有些事情再也无法弥补了。

男人并非十恶不赦，甚至在绝大多数的人眼里，他比自己承担了更多的家庭责任，可一切"感恩""珍惜"的字眼在抵达王淑怡身上之前就被屏蔽掉，她从没离开过流产那一日，她始终委屈，永远是暴怒的受害者，受害者总是有一种清白感的，作为受害者可以放松，可以时刻审判对方，自己则随时被赦免。

王淑怡不能说出口的是，珊妮出生那天，她精疲力尽睡去，醒来时孩子在自己的身边，睁着眼睛看着她，神色平静，像是已经相识多年一般。王淑怡想起那个接生的深夜，她抱着新生儿去婴儿室的时候，身后的大师对孩子的家属说，流掉的孩子的灵魂会附着在出生的孩子身上，向杀害自己的家人讨债。

那之后王淑怡找了无数个大师，通过一个大师会认识一群朋友，这些朋友又总会给她介绍新的大师，她当然不知道其实社会上有很多团伙打着宗教的名义诈骗，她也不会查验这些所谓大师的资质，她沉浸在自己的恐惧里无法自拔。她按照每一个大师的指示，选址搬家，给孩子改名字，在无人知晓的地方花重金做了无数场所谓的法事。家人眼里只有她日渐暴躁的脾气和存款上永远算不清明细的开支,争吵变得多起来,王淑怡红着眼眶哑着嗓子去请教大师破解的办法。大师说,你的丈夫日后会和你离婚,家里的房产会被他带去给新的家庭,你和女儿会活得很艰难。王淑怡急匆匆回到家,丈夫正等着她商量假离婚买房的事情,王淑怡要求把全部的不动产放在自己名下,丈夫莫名其妙但仍然答应了下来。假离婚之后的复婚变得遥遥无期,王淑怡像是刻意践行大师的预言一样,和丈夫拉远了距离,在外地读大学的珊妮寒假才得知消息,新年家庭聚会,她端起酒杯给母亲敬酒,"祝你带着你的不义之财早日下地狱"。

王淑怡愣了几秒,周围的空气像是个黑洞,把她的笃定全部消解在无边无垠的气体里。

为什么和大师说的不一样呢?

大师是不会有错的,那么错的只能是女儿,如果大师错了,她该如何看自己一路走来的轨迹,又如何面对未来令人恐惧的漫长时光呢?

王淑怡想要辩解,说出口的却是:"你住在我的房子里,你要住就好好住,否则就跟你爸一起滚出去。"

珊妮站起来,顶着新年的第一场雪和天空此起彼伏的礼花摔门而出。

之后，除了法庭上的对峙，王淑怡再也没有见过珊妮，确认女儿健在的方式就是听同事们的传言里女儿又在网络上说了些什么，绝望中，她竟觉得有一丝踏实，多年来悬在自己头上的薛定谔的惩罚终于具象了起来。

单纯的爱和单纯的恨都不会让人变得病态，但介于二者之间的摇摆足以把人逼疯。倘若她对女儿的爱足够纯粹，便能够击溃那些无法证实又无法证伪的语言牢笼，建立起凌驾于种种文化解释之上的坚不可摧的桥梁。如果她只是单纯地把女儿当成来复仇讨债的冤家，她自然也能毫无顾忌地轻易割舍，可怕的是，这两个念头，她都无法安心接受。

因为还有爱，所以她始终对女儿抱有期待，因为爱的不够纯粹，对家人的依赖中，又多了些忌惮、疏远和恐惧。

八年转瞬而逝，她作为无情母亲的知名度越来越高，社交范围越来越小，除了小徐她不再有其他的朋友。日子在痛苦中变得恍惚，她时常陷入困惑，怀疑自己是不是真的有一个女儿，可她知道，只要打开任何一个网络平台，推荐页面上那张面孔就是自己的孩子。

那天是她退休前的最后一个周末，小徐拒绝了她赠送房产的请求后，她还是立了遗嘱，扫描给了公证单位，她打算退休后就离开这座城市，去一个网络不那么发达、没什么人认识自己的地方，结束这场漫长的有期徒刑。

王淑怡下午准备把遗嘱的纸质文件交去公证处，在电梯里偶遇了正在拥抱的严文玥和杜丽丽。从公证处回来时，严文玥正在单元楼门口等自己，求她不要把自己的事情告诉自己的母亲，王淑怡点点头表示默许。她心里知道，这样不是长久之计，她是一个失败的母亲，她至少可以为其他的母亲提供经验教训，她拨通了严文玥母亲的电话，想劝说严文玥的母亲接受这一事实，想告诉对方自己直到失去珊妮才知道，爱不是一厢情愿的筹谋，而是对彼此自由选择权利的尊重，可严文玥的母亲并没有时间听完她的话，接通了电话几秒就匆忙挂掉，王淑怡想这样也好，明天找个她空闲的时候，自己刚好可以和她好好聊聊。

晚上临睡前，王淑怡突然接到了一通陌生号码的来电，话筒里是小徐的声音："我在一楼便利店门口见到你女儿了，她好像在哭，你要不要下来看看。"下一秒，王淑怡从床上弹起来飞奔下楼，她不知道即将来临的是和解还是更大的伤害，但她确实很久没有见到珊妮了。

王淑怡冲出门口，电梯毫无征兆地停止运行，她急匆匆跑进楼梯间，刚好撞到两手背在身后哆哆嗦嗦的严文玥，她无暇关心严文玥，用百米冲刺的速度跑下楼去。单元楼一楼便利店的门口空无一人，她拨通了刚才来电的号码，"我在超市门口，没有看到珊妮。"

王淑怡环顾四周，自己的脚边似乎有粉笔一般的痕迹画了一个圆圈，像是《西游记》里孙悟空担心唐僧安危给师父画下的活动范围。她当然不知道这是小徐千百次高空抛物的实验数据，也没关注到上空一颗不会发亮的星体的坠落。她自然也不会知道，一分钟后，小徐会从天台冲下来，从她身边拿走她的手机，删掉最后两通对话记录，准备把手机交给警察。然后用粉笔在之前的粉笔痕迹上再叠加一圈用于帮助警察保护现场，再之后，还有好多被卷进来的人，在各自的井底自以为是地苦苦挣扎。

她并不关心这一切，她在等自己的女儿，一心一意。

二

老李找到珊妮的时候，珊妮正在酒店房间里换上一条黑色的礼服裙子，见到老李，亲切地把老李迎进来，像是看到多年未见的老友如约来喝下午茶。

"这两条裙子哪条好看？"珊妮穿着刚换上的裙子在老李面前转了一圈，又从床上拿起另一条放在胸口比了一下。

老李被珊妮的松弛自然搞得手足无措起来，含糊地回答："就你身上这条吧。"

"我也觉得这条好看。"珊妮露出满意的笑容，"对啦，你是开车来的吧？"

老李点了点头，他的退休申请已经被批准，下个月就告别自己的刑警生涯，在他几十年的办案经历里，除了带走小徐父亲那一次，老李很少像现在这样，因为要抓捕一个犯罪嫌疑人而感到难为情。

"那你等下能不能先陪我去个地方，不会耽误多久的，去完之后你再带我回警察局，很快就好。"珊妮一边急匆匆地戴好发卡，一边转头央求老李，像是一个小学生，央求母亲在去补习班的路上路过一下乐高门店的橱窗。

"行吧，不过不能太久。"老李说着转身出门，"我去楼下等你。"他无法再待在珊妮的房间里，午后和煦的阳光和珊妮光着脚踩过的地毯让他如坐针毡。

警车在车流里穿梭，根据珊妮的指示，到一个礼堂门口停了下来。老李从后视镜里看着珊妮,珊妮专心地看着窗外,两只手搭在腿上,手指勾在一起绞着,优雅端庄又有些紧张。

"你不会是想进监狱之前先结个婚吧,姑娘我觉得这样不好,耽误人家小伙子干吗。"老李故意轻描淡写地打趣,嗓音里却已经盈满了咸涩的味道。

"等会儿你就知道了。"珊妮看着窗外深呼吸,调整自己的情绪。警车缓缓停下,珊妮拉着老李走进礼堂,礼堂里已经坐满了人,前面的墙上正中间挂着王淑怡的遗像,珊妮从自己的口袋里拿出一朵白色的纸花,别在自己胸口的位置上,走上讲台。

她的目光扫视全场,然后聚焦在门口,像是在等什么重要的客人来。不一会儿,王淑妮气喘吁吁地赶来,手里抱着一张小徐的黑白照片,坐在观众席最前排中间的位置上。

"小姨,谢谢你。"珊妮露出欣慰的笑容,王淑妮有些尴尬,面无表情冲珊妮点了点头,把目光生硬地转到别处,珊妮拿起麦克风,清了清嗓子。

"今天是我母亲的葬礼,抱歉让大家第二次参加我母亲的葬礼,上一次,因为我的原因,没有办法让我的母亲在这个世界上和大家有一个平静安宁的告别,我想了很久,决定补办这次葬礼,我的母亲是个护士,一生在工作岗位上帮助过很多人,她也是一个好女儿、好姐妹，在我中学的记忆之前，她也算是一个让人骄傲的母亲……"珊妮说着，眯起眼睛，视线穿过人群，看到自己小学的门口，放学的时候，王淑怡总是别有用心地穿着新买的裙子站在校门口等她，珊妮总是默契地慢吞吞走出校门，给自己的母亲留出足够的被同学和老师欣赏赞美的时间。

"后来，发生了一些事情，我不再和她联络，也忘记了我们之前很多美好的回忆，我指责她因为相信别人的谎言而忘记了我们原本要互相深爱彼此陪伴走过一生的承诺，直到我的母亲去世之后，陪她走过人生最后旅程的小徐把她的骨灰带去了冈仁波齐，我执意要跟着去，觉得她的一生不配有个好结局，在冈仁波齐的山顶我才突然想起，她的遗愿不是因为某个信仰和文化中提过的仪式，是我很小的时候做过的一个梦，我梦到西藏的雪山和湖水，梦见湛蓝的天空和湖里如同游动在虚空中的鱼群，我们约定过，未来会一起去那里，看白云在湖面上的倒影，看自由的生灵在水里，仿佛游荡在天际。"

珊妮说着，声音有些哽咽，"我和我母亲的一生，有太多遗憾了，还好最后一次的旅行我没有错过，我唯一难过的是，今天还有另外一位朋友，他原本应该在场，如果他听到我今天的话，一定会很开心的吧……"珊妮转过脸看着王淑妮的位置，王淑妮已经泪流满面,她的怀里抱着小徐的照片,照片上的小徐眉目清朗。

"再次谢谢大家参加我母亲的告别仪式,大家可以自便。"珊妮说完就冲下讲台,拉着门口的老李迅速冲出礼堂,悲伤的钢琴曲响起,客人们三三两两凑在一起攀谈,王淑妮在几个来宾中间,手舞足蹈讲着珊妮小时候和自己一起出去玩的趣事,没有人注意到珊妮的离开。

珊妮和老李飞快地跳上警车,警车开动,礼堂和不绝如缕的钢琴声很快消失在了二人身后。

"怎么样怎么样?没人发现我是被警车带走的吧?"珊妮气喘吁吁,打开车窗探头向后看。

"放心吧,一个看到的人也没有。"老李安慰珊妮。

"谢谢你。"珊妮心满意足地笑起来,笑得满脸都是眼泪。

"我前阵子把你的书看完了,你别说,写的不错,我从小到大都没一口气看完过这么多字儿。"老李看着窗外。

"见笑了。"珊妮轻轻擦了擦脸上的泪水。

"有一个问题,我一直想听听你的想法,你对母爱怎么看?我和我妈分开的很早,又没有孩子,很想听听你的想法。"

"我不知道,我曾经看过一本书,上面说,其实孩子在母亲身体中的发育过程，和肿瘤的发育模式是一样的，孩子从父母身上获得基因，在子宫中，父亲的基因让孩子快速长大，而母亲的基因则会抑制孩子的生长，因为如果孩子的体积过大就会威胁母体的健康，或许人类的传承就是这样发生的吧，我们亲自选择迎来了一个亲密的敌人，虽然总是重蹈覆辙，却又始终对这种关系抱有期待，一代一代的人愿意投身这场高风险的赌博，不在乎失大于得，才换来整个人类的生生不息，不是么。"

"说的真有道理啊。"老李赞叹道："不过你怎么突然想给你妈做这些事儿了？"

"说来话长。"珊妮看着窗外，回想起最后一次去小徐住处的时候，在阳台上看到了两碗被盖住的米饭，碗底贴着两张纸条。

其中一碗的纸条上写满了"我爱你"，而另一碗的纸条上写满了污言秽语，珊妮凑近两碗米饭，写着"我爱你"的碗里，米饭虽然发霉长着绿毛，但打开之后却是一种清香的酒酿味道。写着"我恨你"的碗里的米饭虽然看着是白白的，却有点发糊，打开盖碗恶臭味弥漫。

人是可以自我拯救的，可谁都忘记了这一点。王淑怡无法面对恐惧，如乞丐一般向外求索，珊妮自认为已经无药可救，于是把精力都放在造福与报复别人，而小徐，甚至在惩罚别人之前就计划好了如何惩罚自己。

"有件事情说出来你可能不信，从我很小的时候开始，我发现了一个秘密，当我做我认为应该做的事情的时候，我会感到一阵风吹到我的脸上。离开家之后这感觉就没有了，刚才我在追思会现场，似乎看到了一个女人，那人比我大几岁，我从没见过，但我知道那是我没来得及出生的姐姐，她看了一会儿就走了，裙摆带起了一阵风，我知道她这些年一直在看着我。"珊妮低头笑了起来，"真的好奇怪啊，我曾经深刻地觉得，我的家庭里，每个人的命运都是那么的不自由，但我今天突然觉得，我从那种轮回里解脱出来了，虽然我即将奔向一个不自由的地方，但我整个人自由了。"

老李把车缓缓停在路边，站起身来帮珊妮系好安全带，又缓缓发动汽车。"旅客朋友坐好了，欢迎来到美丽的海滨城市，我们的车终点站是监狱，希望乘客有序上下车，讲文明，共建美好家园。"

汽车掉了个头转过街道，珊妮像个孩子一样发出风铃一般的笑声，没有注意到街角，严文玥站在路口，目送车子走远，独自伫立了许久。

珊妮反应过来的时候车子已经开到了滨海中路，傍晚的海边有些许凉意,前来游玩的人也陆续散去,珊妮看着窗外,只觉得这一幕似曾相识,她费了很大力气才想起,多年前她在社交网站上发的第一张照片,就是一张站在路边拍摄的街景的空镜头,当时也刚好有一辆车驶过,车胎湿润着,在路上轧出两条古诗中车辙一样的印记。当时珊妮只觉得这景色很美,并不知道这车上坐的是谁,会驶向哪里,如今她才知道,这车上坐的正是自己,飞快的车速不是为了逃离某种煎熬的命运,而是踏上迎着必然,凛然而上的路。

尾声

初秋，校园里的乔木还勉强维持着郁郁葱葱，强撑着最后一口夏天的倔强气息。下课的同学们三三两两聚在一起聊着今天的新闻，一个冒充大师的骗子落网，数以百计的家庭因为受到他的蛊惑倾家荡产，妻离子散，各个宗教协会纷纷发声明提醒信众们擦亮双眼。

严文玥绕到在树下打盹儿的老李身后，轻轻捂住了老李的眼睛，老李醒过来，转头看到严文玥俯着身子冲自己笑着。

"你办案的时候在门外蹲犯人也这么容易睡着吗？"严文玥打趣道。

"老了，不知道怎么了，退休之后整个人跟废物一样，不是吃就是睡。"老李站起来拍了拍腿上的草屑，"不像你们年轻人，每天生龙活虎的。"

"您还光棍呢？真没出息。"严文玥笑起来。

"我啊，我想一想，我上一次谈恋爱好像是在几十年前了，那个时候我刚当上警察，经人介绍交了个女朋友，有一天啊，我忍不住好奇，用那个女人的身份证号查了一下开房记录，你猜怎么着？那真叫一个遍地开花啊。"

"所以你就受伤啦？不近女色啦？"

"我当时就和她分了手，过了几个月，女孩半夜突然来了个电话，我刚好在执勤，看到了但没接，第二天，警察在一个快捷旅店发现了她的尸体，先奸后杀。那个时候我就知道，我这辈子不会再有女人了。"老李叹了口气，"陈年旧事了，没什么意思，说说你吧，你现在还好吧？"

"我挺好的，硕士课程不多，我研一就都修完了，现在找了个大厂在实习，刚跟完一个项目，听人事说等我毕业就可以转正了。"严文玥想了想有些得意地又补了一句，"四十个人才有一个转正名额呢。"

两个男同学刚好路过，严文玥笑吟吟地和他们打招呼。"这是我爸！"严文玥说着用手挽住老李的胳膊，一个男生一下子脸红起来，另一个男生迅速把脸红的男生往前推了推，"那可太巧了，叔叔，我跟你好好介绍一下，以后你们可能是一家人了……"

"你胡说什么呢！"被推上前的男生面红耳赤，和身后的朋友扭打在一起，严文玥哈哈大笑，拉着老李离开，老李看着严文玥阳光下泛红的侧脸,严文玥好像突然找到了和这个世界相处的默契,整个人变得生机勃勃了起来。

"你可越来越像你之前那个同学了,对了,那个杜丽丽现在在忙什么呢?"老李问道。

"她去年申请了公费交流,现在在国外,时差和我们昼夜颠倒,我也很久没和她联系了。"严文玥轻描淡写一笔带过,老李迅速会意,眯着眼睛专心看着面前满地的银杏叶,有些感情原本就四季分明、周期固定,朦胧的开始,轰轰烈烈的过程,无疾而终的结局,都是这美好景色的一部分,这让人有些伤感,却并没有什么遗憾。

"还是你这种独来独往的人好,维持一段感情,也挺难的。"严文玥踢着脚下的叶子。

"你知道维系一段关系最重要的是什么吗?"老李转头看着严文玥。

"我不知道,但我不觉得你知道。"严文玥说着大笑起来。

"我前几天见到你们之前的邻居,张秋梅那两口子了,他们搬家去尚品天城了,请我去做客,我问他们,王淑怡那事儿出了之后,你们有没有私下在一起聊过,关于到底是不是对方不小心扔的花盆这件事情。"

"他们怎么说的?"

"他们斩钉截铁地跟我说,从来没有,即使我前一秒刚刚离开他们家里,他们也会马上开始一个新的话题。我才知道为什么我要当一辈子光杆司令,我是警察,警察的天职是弄清真相,但生活的真相是,我们要小心翼翼守护好那一团模糊,才能一直幸福地生活下去。"

严文玥转头盯着老李的脸,老李也低头看向她,对视的瞬间,严文玥又调皮地捏住老李的脸,像是察觉到了某种真诚的气氛正在延展,她未雨绸缪,要把它扼杀在摇篮里。

"对啦,你怎么突然想起来看我啦?"严文玥走路蹦蹦跳跳,不时跳起来踩到即将飘起来的银杏叶。

"收拾东西,突然想到你,有两件事情想问问你,你和杜丽丽,真的是男女朋友,不对,真的是女女朋友啊?"

"我也说不好。"严文玥叹了口气,"其实,我上初中的时候,女生之间互相称呼老公老婆什么的,就非常普遍和正常了,在卫生间打闹互相摸胸口扯内衣带也是常事,我也会参与其中,但并不觉得和我的性取向有什么关系,后来我和丽丽合租,一起吃饭、自习,都挺快乐的。直到有一天,我寒假的时候听见我妈在给一个朋友打电话讨论我的事情,我就知道她偷偷看了我的聊天记录，不知道为什么，我挺爽的，我知道她抚养我长大不容易，可看着她紧张、手足无措，我就开心，好像我这个一直被统治的人找到了反击统治者的方法。如果我是同性恋能让她揪心，那我就是同性恋好了。再后来我自己也迷惑了，我们这样的就是同性恋吗？有一天在电梯里，我学着网上看到的视频的样子，和杜丽丽接了吻，可这并没有让我愉悦，只让我觉得尴尬，我才知道或许我们之间并不是同性恋，再后来，我有了喜欢的男生，就更加确定自己并不喜欢同性。"严文玥捡起一片叶子，"我说它不健康，不是因为它是在同性之间产生的，而是因为这种爱是从我对母亲的恨意里滋生出来的，如果一棵树充满了恨，上面的叶子也一定是不健康的。"

"我明白，我之前办过很多案子，他们作恶的本意都不是心里多么邪恶，只是为了反抗某些力量一时兴起，然后越发不可收拾。"老李点了点头，"还有一件事情，我收拾东西的时候，发现之前拿你的东西忘了还，特地来还给你。"老李看着严文玥困惑的神情，从包里拿出一本珊妮的签名书，签名的时间是王淑怡遇害的前一晚。

"给，这是你的东西，我不能要，不过鉴定科的人让我转告你，说你很聪明很有天赋，他经手过无数笔迹，你是模仿得比较以假乱真的。"老李说完，不顾严文玥僵硬的表情，把签名书塞回严文玥手上。严文玥仿佛被老李的咒语解锁了一场时空旅行，还流连在三年前的万达小区里，没有回过神来。

"我一直不太理解，想来问问你，你不是王淑怡案的凶手，和珊妮没有过节，也没有什么掩护小徐的动机，为什么一定要引导我怀疑珊妮，混淆视听？"

"因为我也杀过她。"严文玥结束自己的时间漫游，轻轻叹了口气，"我和丽丽的事情被她撞到之后，那天下午我在楼梯口等她下班回来，我求她不要告诉我妈妈，她答应了。我担心她骗我，于是等她回家后在她门口把听诊器放在门上偷听，果然听到她给我妈打电话，我知道我妈那个时间一定很忙，果然她们约好第二天细聊。我之前挺可怜她的，但是从那个时候开始我就开始厌恶她，厌恶和她一样自以为是打着正义的旗号伤害孩子们的大人。总之我不能让她活到第二天，我本打算第二天一早拉了电梯的电闸，在楼梯口转角等她出门的时候把她推下去，前一天半夜，我正在实验，拉了电梯的电闸，在地上撒了透明的塑料玩具珠子，只要她穿着高跟鞋踩上去就能一路摔下去。我刚撒了一把，王淑怡突然走过来，说电梯坏了，她有急事要下楼，我吓坏了，看着她健步如飞走下去，赶紧回房间了，王淑怡去世后，我回去过一次,就是碰到珊妮姐那天,我去楼梯间想把我撒的塑料珠子捡干净,不要被察觉。我捡着捡着,灯突然暗了,我抬起头,看到王淑怡向我走来,我吓坏了,跑回学校抱着花坛旁边的丽丽哭了好久,当时你在旁边的,你还记得吗?"

"我记得,可是王淑怡不是因为你摔死的,你为什么这么紧张?"

"我当时想,如果她乘坐电梯下楼,就会提前走过被花盆砸到的位置,不会在那一秒刚好经过,就不会发生这样的意外。"

"就算是这样,法律上你也没有责任,不用接受任何处罚的。"

"是啊,"严文玥眯起眼睛看着前方,如同一棵任由秋意占领自己的青葱绿植,泛着苍老腐朽味道的死亡气息再次顺着她的脚踝攀上她的腰肢,一路摸索着,直到占领她的脸庞,"我做了坏事,造物主了然于胸,他吊着我的胃口,让我悬着心,时刻等待自己的罪行或迟或早会被别人发现,却又没有规则可以惩罚我,这难道不是世界上最残忍的酷刑吗?"

一阵风吹来,银杏叶被风卷起,满天飞舞,二人仿佛被包裹在迷幻又浪漫的沙漠里。

那一刻,全世界都变成了监狱。

【完】

作者简介

荷小姐

原名袁香荷

上海戏剧学院编剧硕士

东华大学创意写作专业讲师

爱奇艺"云腾计划"签约作者

"读客文化"签约作者

"后浪电影"签约讲师

代表作:

长篇小说《三号心理咨询室》(北京日报出版社)

电影《冒牌大哥》(北京国际电影节市场单元)

作品多次提名北京国际电影节,上海国际电影节,平遥影展。

图书在版编目（CIP）数据

不宽恕者迷宫 / 荷小姐著. -- 北京 : 中国青年出版社, 2024. 12. -- ISBN 978-7-5153-7520-5

Ⅰ. I247.5

中国国家版本馆CIP数据核字第2024PQ2588号

版权所有，翻印必究

不宽恕者迷宫

作　　者：荷小姐
责任编辑：吕　娜
特约编辑：王超群
书籍设计：王柿原
出版发行：中国青年出版社
社　　址：北京市东城区东四十二条21号
网　　址：www.cyp.com.cn
经　　销：新华书店
印　　刷：山东新华印务有限公司
规　　格：787mm×1092mm　1/32
印　　张：10.875
字　　数：195千字
版　　次：2025年1月北京第1版
印　　次：2025年1月山东第1次印刷
定　　价：69.00元
如有印装质量问题，请凭购书发票与质检部联系调换。联系电话：010-57350337